Uomini e Polpi

MISHA BELL

♠ MOZAIKA PUBLICATIONS ♠

Copyright © 2022 Misha Bell
www.mishabell.com/it/

Pubblicato da Mozaika Publications, stampato da Mozaika LLC.
www.mozaikallc.com

Traduzione italiana: Martina Pompeo

Copertina di Najla Qamber Designs
www.najlaqamberdesigns.com

Fotografia di Wander Aguiar
www.wanderbookclub.com

ISBN: 978-1-63142-773-2
Print ISBN: 978-1-63142-776-3

CAPITOLO
Uno

IL TENTACOLO viola tremolante si insinua tra le gambe della ragazza.

Lancio un'occhiata diffidente a mia nonna.

Figuriamoci! Mentre la maggior parte delle nonne rischierebbe di avere un infarto, vedendo una scena del genere, la mia osserva affascinata, come un ginecologo alle prime armi.

Un secondo tentacolo si unisce al primo.

L'interesse della nonna aumenta, ora, eguagliando quello di un proctologo alle prime armi.

Giro la testa dalla TV a lei e, poi, di nuovo alla TV. Infine, domando cautamente: "Nonna... perché stiamo guardando un porno con i tentacoli?"

Con un leggero cipiglio, lei preme il pulsante di pausa. "Si chiama *hentai*. Questi cartoni animati vengono disegnati in Giappone."

Sul serio, in Giappone? Mangiare polpo crudo non è sufficiente? Ora devono anche corrompere mia nonna, già ossessionata dal sesso in un modo che mi mette a disagio?

Sospiro. "Perché stiamo guardando un hentai?"

Lei agita le sopracciglia perfettamente curate. "È una cosa che a me e a tuo nonno piace. Ho pensato che potesse essere il tuo genere."

Che Cthulhu mi aiuti! Se l'eccesso di informazioni potesse trasformarsi in una persona, quella sarebbe mia nonna. È persino peggiore di sua figlia: mia madre. "Perché pensi che un porno con i tentacoli sia 'il mio genere'?"

Lei lancia un'occhiata al grande acquario vicino alla finestra, quello che ospita Beaky, il mio migliore amico, che si dà il caso sia un polpo gigante del Pacifico. "Adori davvero quella creatura e stai attraversando un periodo di astinenza, perciò..."

Mi schiarisco la gola in modo forte e deciso. "Mi stai suggerendo di darmi alla zoofilia?"

Amo tutto ciò che ha a che fare con i polpi. Dato che sono una biologa marina, è logico. Ma ciò non significa che voglia avere rapporti sessuali con loro.

La nonna fa spallucce. "Come ho detto alla mia amica scatofila al bingo, l'altro giorno, io non giudico chi ha delle perversioni."

Mi stringo il ponte del naso. "Io non ho una perversione sessuale per i polpi. Non sono nemmeno sicura che *esista* una cosa del genere."

Lei sogghigna. "Si chiama Regola 34. Se riesci a immaginare una cosa, esiste un porno al riguardo."

Stringo le labbra. "Se qualcuno fa sesso con qualsiasi essere vivente senza il suo consenso, mi riservo il diritto di giudicarlo male. E non m'interessa se ad essere molestato è un polpo, una capra o uno scarafaggio."

La nonna indica Beaky con un cenno. "Continui a parlare di quanto lui sia intelligente. Magari potrebbe comunicare nel linguaggio dei segni con i tentacoli?"

Discutere con la nonna è tanto difficile quanto con mia sorella Gia (il che è appropriato, considerando che hanno lo stesso nome). Ci provo comunque. "Io e Beaky siamo solo amici."

"Si può essere scopamici."

Uff! "Abbiamo un rapporto strettamente platonico."

"Beh… stavo pulendo la tua stanza e mi sono imbattuta nel tuo vibratore a forma di tentacolo." Con mio stupore, sembra imbarazzata, mentre lo dice (decisamente una prima volta).

Arrossisco fino a diventare della stessa tonalità di rosso che assume Beaky, quando cerca di sembrare minaccioso. Poi, mi viene in mente che la Florida è famosa per le doline.

Una non potrebbe ingoiarmi in questo momento?

"L'ho preso per scherzo, nonna. Inoltre, i polpi non hanno tentacoli. Tu stai pensando ai calamari e alle seppie."

"Eh?" Scruta l'acquario con aria confusa. "Allora, come definisci quelle otto appendici?"

Mi avvicino alla vasca e ne prendo il telecomando. "Braccia."

Lei mi guarda sbattendo le palpebre. "Qual è la differenza?"

So che sto per entrare in modalità 'biologa marina'

di fronte al pubblico sbagliato, ma non posso evitarlo. "Se le ventose sono dappertutto…"

"Ventose?" Agita le sopracciglia.

"Uff, nonna, dacci un taglio. Come stavo dicendo, se le ventose sono dappertutto, è un braccio. Se sono soltanto sulla punta, è un tentacolo. Le braccia, inoltre, hanno una capacità di controllo più fine, mentre i tentacoli sono allungati e…"

"Ok, ok, mi dispiace" dice lei.

Stringo gli occhi. "Ti dispiace per aver suggerito che io abbia rapporti con il mio polpo? O ti dispiace per aver curiosato nel mio cassetto privato?"

Il suo sorriso è malizioso come quello di una bambina birichina. "Mi dispiace di aver domandato."

Con uno sbuffo, attivo il motore sotto l'acquario e l'intera vasca comincia a muoversi su ruote. "Nel caso non fosse chiaro, io e Beaky andiamo a fare una passeggiata."

Dopo averci salutati, mia nonna riprende a guardare il porno, affascinata come prima.

Ehi, non la sto giudicando. Io guardo e riguardo *Aquaman* ogni volta che mi sento su di giri.

La ragazza del manga geme con la voce stridula e acuta che è caratteristica del genere. Gli uomini giapponesi trovano sexy le voci infantili?

D'accordo. Forse sto giudicando un pochino.

Essendomi trattenuta più del dovuto, guido l'acquario motorizzato di Beaky nella sala da pranzo, dove trovo mio nonno seduto al tavolo, intento ad assemblare amorevolmente un fucile da cecchino. Come mia nonna, anche lui è in ottima forma, soprattutto per un'ottantenne. Con i capelli folti e le braccia muscolose, potrebbe donare testosterone a uomini più giovani.

Alza lo sguardo dall'arma e un sorriso gli incurva le labbra consumate dal tempo. "Ah, Cappero. Che cosa combini?"

Sorrido. Il mio nome è Olive (i miei genitori sono malvagi nella loro indole hippie) e, quando il nonno mi chiama Cappero, intende "piccola oliva", il che mi fa sentire di nuovo bambina. Ovviamente, non gli dirò mai che il soprannome che mi ha affibbiato è botanicamente scorretto: i capperi sono i boccioli di un arbusto, mentre le olive sono i frutti di un albero di una specie completamente diversa.

"Porto Beaky a fare una passeggiata" gli rispondo, indicando l'acquario.

Il nonno strizza gli occhi in direzione del vetro, ma Beaky sceglie quel momento esatto per assumere le sembianze di una roccia, come fa ogni volta che lui cerca di guardarlo.

Il nonno si strofina gli occhi. "C'è davvero un polpo lì dentro? Ho la sensazione che tu e tua nonna stiate cercando di farmi credere che sto diventando rimbambito."

"No. È Beaky che ti sta prendendo in giro."

Non posso biasimare mio nonno per non aver individuato il mio amico a otto braccia. Quando si tratta di mimetizzazione, i polpi battono i camaleonti alla grande. Inoltre, se un camaleonte fosse in acqua, nessun mimetismo lo salverebbe dal diventare il pranzo di un polpo.

Il nonno scuote la testa. "Perché?"

Mi stringo nelle spalle. "È una creatura con nove cervelli, uno in testa e uno in ogni braccio. Cercare di capire come ragiona farebbe venire l'emicrania a chiunque."

Il nonno strizza di nuovo gli occhi in direzione dell'acquario, ma Beaky mantiene le sembianze di una roccia. "Perché lo porti a spasso, comunque?"

"Per non farlo annoiare. Ciò di cui ha davvero bisogno è una vasca più grande, ma per ora, dovrà accontentarsi di un cambio di panorama."

"Annoiare?"

"Oh, sì. Un polpo annoiato è peggio di un bambino di sette anni strafatto di caffeina e torte di compleanno. In Germania, un polpo di nome Otto ha ripetutamente mandato in cortocircuito l'intero sistema elettrico del Sea Star Aquarium, spruzzando acqua contro il faretto da 2.000 watt. Perché si annoiava."

Il nonno solleva le sopracciglia folte. "Ma non crei dei rompicapi per lui? Non gli fai guardare la TV?"

Annuisco. Creare rompicapi per polpi è effettivamente quello per cui sono famosa, nonché ciò che mi ha fatto ottenere il mio nuovo lavoro. "I giocattoli e la TV aiutano" dico, "ma ho ancora la sensazione che si senta rinchiuso."

Grugnendo, il nonno scava nella tasca e tira fuori una pistola grande quanto il mio braccio. "Porta questa con te." La spinge verso di me.

Sbatto le palpebre dinnanzi a quello strumento di morte. "Perché?"

"Per protezione."

6

"Da cosa? Siamo in un quartiere residenziale recintato."

Lui spinge l'arma verso di me con maggiore urgenza. "È meglio possedere una pistola e non averne bisogno."

Non accetto l'offerta. "Il tasso di criminalità a Palm Islet è di dieci volte inferiore a quello di New York."

Il nonno toglie il caricatore dalla pistola, lo controlla, ci infila un proiettile in più e lo rimette a posto. "Mi sentirei più tranquillo se la prendessi."

"Per Cthulhu!" mormoro sottovoce.

"Salute" mi dice il nonno.

"Non era uno starnuto. Ho detto 'Cthulhu'." Dinnanzi allo sguardo vacuo del nonno, sospiro. "È un'entità cosmica immaginaria, creata da H. P. Lovecraft. È raffigurato con le fattezze di un polpo."

"Ah. È lui quello nei cartoni animati sexy di tua nonna?"

"Assolutamente no." Rabbrividisco al pensiero. "Cthulhu è alto centinaia di metri. È uno dei Grandi Antichi, quindi le sue attenzioni squarcerebbero una donna con la stessa rapidità con cui la farebbero impazzire."

"Mi sembra giusto." Il nonno cerca di ficcarmi di nuovo la pistola tra le mani. "Prendila e vai."

Nascondo le mani dietro la schiena. "Non ho il porto d'armi."

"Stai scherzando." Mi guarda con aria incredula. "Domani, ti porterò a un corso per ottenerne uno."

Reprimo una roteata di occhi delle dimensioni di

Cthulhu. "Sono piuttosto occupata domani, inizio il nuovo lavoro."

Con un cipiglio, lui nasconde la pistola da qualche parte. "Questo fine settimana, allora?"

"Vedremo" rispondo nel modo meno impegnativo possibile, prima di afferrare la mia borsetta dallo schienale di una sedia vicina e premere di nuovo il pulsante del telecomando per far muovere l'acquario fino al garage.

I miei nonni, come altri abitanti della Florida, preferiscono uscire di casa passando da qui, anziché, diciamo, dalla porta d'ingresso.

Non appena il nonno è sparito alla vista, Beaky smette di fingersi una roccia, allarga le braccia e assume una tonalità di rosso entusiasta.

"Dovresti vergognarti" gli dico severamente.

Noi siamo il Dio Imperatore della Vasca, consacrato da Cthulhu. Non elargiremo la gloria del nostro volto a chi non ne è degno. Sbrigati, nostra fedele sacerdotessa-suddita. Vogliamo assaporare il sole sulle nostre ventose.

Eh già. Ellen DeGeneres parlava con un polpo senziente fittizio ne *Alla ricerca di Dory*, mentre il mio vero polpo mi parla nella mia testa. E non sono l'unica a tenere queste conversazioni immaginarie. Io e le mie sorelle diamo voce agli animali fin da quando eravamo bambine. Nella mia mente, Beaky risuona come nove persone che parlano all'unisono (il cervello principale e gli altri otto nelle braccia) e il suo tono è imperioso (i polpi hanno il sangue blu, dopotutto). Oh, inoltre, le sue parole fuoriescono con quel leggero effetto sonoro simile a un gargarismo usato in *Aquaman*, quando gli Atlantidei parlavano sott'acqua.

Apro la porta del garage.

Fuori, la giornata è super luminosa, nonostante le antiche querce forniscano parecchia ombra.

Con un sospiro, tiro fuori dalla borsa un grosso flacone della mia crema solare preferita, a base minerale, e mi copro dalla testa ai piedi con uno strato spesso. L'indice UV è 10, perciò aspetto qualche minuto e poi mi spalmo addosso un secondo strato. Lo faccio furtivamente in garage, per evitare che i miei nonni mi prendano in giro per aver accettato un lavoro nel cosiddetto "Stato del Sole", pur essendo paranoica riguardo all'esposizione solare.

E no, non sono una vampira (anche se mia sorella Gia lo sembra sospettosamente, con il trucco in stile gotico e tutto il resto). Evitare il sole ha un senso scientifico legittimo, dati gli effetti nocivi dei raggi UV, sia A sia B, nonché della luce blu, dei raggi infrarossi e della luce visibile. Tutti quanti causano danni al DNA. Questo problema si è presentato alla mia attenzione un paio di anni fa, quando Sushi (il mio pesce pagliaccio domestico) ha sviluppato un cancro alla pelle, probabilmente a causa del fatto che il suo acquario era vicino a una finestra. Da allora, sono stata prudente, arrivando persino a incollare un triplo strato di rivestimento protettivo contro i raggi UV sulla vasca di Beaky.

Ebbene, sono consapevole di preoccuparmi del sole un tantino più di chiunque non sia un dermatologo paranoico? Certo. Ma posso evitarlo? No. Penso che un certo livello di nevrosi sia insito nel mio DNA, almeno a giudicare dalle mie cinque gemelle identiche. Ma ehi, quando avrò ottant'anni e sembrerò più giovane di tutte le mie sorelle, vedremo chi riderà per ultima.

Dopo essermi applicata la protezione solare, indosso una giacca leggera rivestita di sostanze chimiche protettive contro i raggi UV, un cappello a tesa larga e un paio di occhiali da sole giganti.

Ecco. Se stessi davvero esagerando, indosserei una di quelle visiere alla Darth Vader, no?

Il mio battito cardiaco accelera, mentre seguo l'acquario di Beaky in pieno sole, ma mi calmo, ricordandomi che la crema solare farà il suo dovere. Quando la vasca su ruote percorre il vialetto e sale su un marciapiede ombreggiato vicino al lago, il mio respiro si calma ulteriormente.

Fin qui, tutto bene. Ora, spero solo che i vicini ficcanaso non mi facciano troppe domande irritanti.

Mentre passeggiamo lungo la riva del lago, due aironi prendono il volo nelle vicinanze. Beaky li fissa intensamente e cambia forma un paio di volte.

Vogliamo assaggiare quelle creature. Fa' la brava sacerdotessa-suddita e consegnale alla vasca.

Accarezzo la parte superiore dell'acquario. "Ti darò un gamberetto, quando torniamo."

Entrambi avvistiamo un procione che scava nell'erba vicino al lago, probabilmente alla ricerca di uova di tartaruga o di alligatore.

Desideriamo assaggiare anche quello.

"Ti darò un gamberetto senza rompicapo" gli dico.

Di solito, inserisco il suo spuntino dentro una delle

mie creazioni, per rendergli il pasto più divertente; però, se gli è venuto appetito guardando tutti questi animali di terra, non voglio posticipare la sua gratificazione.

Un alligatore di un metro e mezzo striscia lentamente fuori dal lago.

Eh già, siamo decisamente in Florida.

Avvistandolo, Beaky raccoglie due gusci di noce di cocco dal fondo dell'acquario e se li chiude sopra, apparendo al mondo (e all'alligatore) come una noce di cocco innocente.

"Quella creatura non può acciuffarti dentro la vasca" gli dico con tono rassicurante. "Per non parlare del fatto che ha paura di me. Si spera."

Le statistiche sugli attacchi degli alligatori sono a nostro favore. In uno stato con titoli di cronaca come "uomo della Florida picchia alligatore" e "uomo della Florida getta alligatore nel fast food Wendy's dalla finestra", questi animali hanno imparato a tenersi molto, molto alla larga dagli umani svitati.

Poiché Beaky non legge il giornale né controlla le statistiche online, i suoi occhi sembrano scettici, mentre sbircia fuori dai gusci di cocco.

Riporto la mia attenzione sul marciapiede e… lo vedo.

Un uomo.

E che uomo!

Avrebbe potuto recitare in *Aquaman* al posto di Jason Momoa. Se dovessi fare le audizioni per scegliere il protagonista dei miei sogni erotici, questo ragazzo otterrebbe sicuramente il ruolo.

Questo pensiero provoca spirali di calore alle mie parti basse, in particolare alla parte che considero privatamente la mia 'wunderpussy', in onore del '*wunderpus photogenicus*': una straordinaria specie di polpo scoperta negli anni Ottanta.

A proposito, una volta ho scattato una foto alla mia *wunderpussy* e anche quella è *fotogenica*.

Ma torniamo allo sconosciuto. Lineamenti forti e maschili, incorniciati da una barba impeccabilmente curata; occhi ciani, profondi come l'oceano; un corpo abbronzato e muscoloso, fasciato da jeans a vita bassa e da una canotta che mette in mostra braccia possenti; capelli folti e biondi, che gli scendono sulle spalle larghe: sembrerebbe un surfista, se non fosse per l'espressione cupa sul suo viso.

Beaky deve aver dimenticato l'alligatore, perché è uscito dalla noce di cocco e sta guardando lo sconosciuto con aria affascinata.

Figuriamoci! Aquaman ha il potere di parlare con i polpi, oltre che con altre creature marine.

Mi rendo conto che anch'io lo sto fissando e mi irrigidisco, mentre lui si avvicina. A differenza di quanto avviene a New York, dove è consuetudine incrociare un estraneo senza riconoscerne l'esistenza, qui in Florida tutti salutano per lo meno i propri vicini.

Che cosa gli dirò, se mi rivolge la parola? Ho almeno il coraggio di aprir bocca? E se, per sbaglio, gli chiedessi di fare sesso con me?

Aspettate un attimo. Credo di aver capito. Anche lui sta portando a spasso un animale domestico: nel suo caso, un bassotto (alias, un cane hot dog, il membro più fallico della specie canina). Non devo far altro che dire qualcosa sul suo salsicciotto (quello che scodinzola, non il suo Aqua-manico).

Quando l'uomo è a una dozzina di passi di distanza, sembra notarmi per la prima volta. In realtà, il suo sguardo si concentra sulla vasca di Beaky e la sua espressione cupa diventa palesemente ostile: mascella serrata, bocca incurvata all'ingiù, occhi inflessibili. La cosa assurda è che, così, non sembra meno sexy. Anzi, forse di più.

Che cosa c'è che non va in me? Non c'è da stupirsi, se finisco per frequentare degli stronzi come...

La sua voce profonda e sexy è talmente fredda, da poter creare un vento gelido persino in questa sauna umida. "Quanto vuoi per il polpo?"

Sbatto le palpebre, poi stringo gli occhi in direzione dello sconosciuto, con i nervi che affiorano come gli aculei di un pesce palla. Vuole comprare Beaky? Perché? Vuole mangiarselo?

Questo *è* effettivamente lo stato in cui la gente mangia alligatori, tartarughe (persino delle specie protette), rane toro, pitoni birmani e torte al lime.

Stringendo i denti, indico il cane scodinzolante al suo fianco. "Quanto vuoi per il wurstel?"

Un ghigno gli storce le labbra carnose. "Lasciami indovinare... newyorkese?"

Aquaman? Più che altro, Aqua-stronzo. "Lascia indovinare *me*. Uomo della Florida?" Posso immaginare il resto del titolo di cronaca: "...rapisce polpo in acquario e cerca di avere un rapporto sessuale con lui."

Considerando ciò che mia nonna ha detto a

proposito della Regola 34 e il luogo in cui mi trovo, non è poi così inverosimile. Una volta, ho letto un articolo su un uomo della Florida che ha cercato di vendere uno squalo vivo nel parcheggio di un centro commerciale. Che cosa sarà mai il sesso con un polpo, in confronto?

Le sue folte sopracciglia marroni si aggrottano. "Le storie a cui stai alludendo si riferiscono ai trapiantati. Non riguardano mai i veri abitanti della Florida."

"Oh, ho letto qualcosa sull'argomento" replico con uno sbuffo. "'Uomo della Florida riceve il primo trapianto di pene da un cavallo'. Sono piuttosto sicura che l'articolo dicesse che il coraggioso pioniere era nato e cresciuto a Melbourne, che è a due ore da qui."

Ops! Avrò esagerato? Sembra che tutti, qui, abbiano una pistola. E considerando i miei precedenti in fatto di ragazzi, siccome prima l'ho trovato attraente, potrebbe rivelarsi pericoloso.

Invece di tirare fuori un'arma, lo sconosciuto si massaggia il ponte del naso. "Mi sta bene, per aver cercato di discutere con una newyorkese. Lasciamo perdere le notizie di cronaca. Quella vasca è troppo piccola per quel polpo. A te piacerebbe vivere la tua vita dentro una Mini Cooper?"

Trattengo il fiato e sento una stretta allo stomaco. "E a *te* piacerebbe essere portato al guinzaglio?" Indico con il mento in direzione del suo salsicciotto, che non scodinzola più. "O essere costretto a ignorare la tua vescica e il tuo intestino pieni, finché il tuo padrone non si degna di portarti a spasso? O farti manomettere gli organi riproduttivi?"

Mi fulmina con lo sguardo. "Tofu non è castrato. Anzi, lui…"

"Tofu?" Resto a bocca aperta. "Come un hot dog di tofu? Parlando di crudeltà verso gli animali."

Le vene che gli sporgono sul collo sono sexy in un modo che mi distrae. "Che cosa c'è che non va nel nome Tofu?"

Prima che io possa rispondere, il bassotto guaisce pietosamente.

"Ottimo lavoro" commenta lo sconosciuto. "Adesso l'hai turbato."

"Sono piuttosto sicura che sia stato tu." *Chiamando quel povero cane Tofu.*

"Questa conversazione è finita." Mi volta le spalle e tira il guinzaglio. "Vieni, Tofu."

Tofu mi lancia uno sguardo triste, che sembra dire: *non mi piace quando il mio papà e la mia nuova mamma litigano.*

Con uno sbuffo, guido l'acquario di Beaky nella direzione opposta.

CAPITOLO
Due

DOPO QUALCHE MINUTO, il mio sangue si raffredda un po' e capisco perché mi sono arrabbiata così tanto. Aqua-stronzo aveva ragione sul fatto che Beaky abbia bisogno di una vasca più grande. Questa per me è stata una fonte di stress e senso di colpa nelle ultime settimane.

Non ho sempre avuto Beaky. L'acquario marino in cui lavoravo a New York è andato in bancarotta da un giorno all'altro, perciò non sono riusciti a trovare una nuova casa per Beaky. Così, l'ho preso con me. Sfortunatamente, nel mio appartamentino non avevo spazio per la sua vasca originale e, quindi, mi hanno dato questa, che io poi ho motorizzato. In mia difesa, Beaky avrebbe potuto finire in condizioni peggiori, o addirittura essere soppresso. Il suo benessere è la ragione principale per cui ho accettato il lavoro che inizierò domani (un lavoro che mi fa rischiare letteralmente la pelle, dato che le probabilità di contrarre un melanoma sono molto più alte qui, in Florida).

La mia speranza è che Sealand, la nuova azienda per cui lavoro, mi permetta di ospitare Beaky in una delle sue grandi vasche. Quando ho sollevato la questione in fase di colloquio, mi hanno risposto che il proprietario *dovrebbe* essere in grado di soddisfare la mia richiesta e che dovrò parlarne con lui, dopo aver iniziato.

Questo mi ricorda... Tiro fuori il cellulare e controllo le email.

No. Niente da parte di Octoworld, l'azienda a cui mando e rimando quotidianamente la mia candidatura. Lavorare a Octoworld è il mio sogno, dato che (come suggerisce il nome) sono specializzati in polpi; invece, Sealand (come tanti altri posti) si occupa più che altro dei mammiferi del mare, come i delfini.

Non fraintendetemi. Non odio i delfini, ma mi dà sui nervi il fatto che tutti vogliano parlare soltanto di loro, non appena scoprono che sono una biologa marina. Naturalmente, lo fanno a proprio rischio e pericolo. Mi piace raccontare alla gente informazioni poco conosciute sul comportamento dei delfini, come il fatto che, talvolta, uccidono le focene per divertimento e che, spesso, giocano con (leggete: torturano) il loro cibo (sono particolarmente crudeli con i polpi). Occasionalmente, uccidono anche i neonati della propria specie e, ultimo ma non meno importante, possono essere sessualmente aggressivi, a volte persino verso gli esseri umani.

Rendendomi conto di aver compiuto un giro completo dell'isolato, dirigo la vasca su ruote verso la casa dei miei nonni. Non voglio rischiare di imbattermi di nuovo in Aqua-stronzo.

Quando entro con l'acquario, il cellulare di mia nonna sta riproducendo a tutto volume "All by Myself" di Céline Dion.

"Il nonno è uscito?" grido al di sopra della musica.

"No, perché?"

Sorrido. "Lascia perdere."

Lei mette in pausa la musica. "Com'è andata la passeggiata?"

Mi sento bruciare la faccia. "Ho incontrato uno dei vostri meravigliosi vicini."

La nonna sembra sul punto di mettersi a saltare su e giù per l'eccitazione. "Quale?"

Sospiro. "Non era meraviglioso per davvero. Pensavo che, ormai, avessi imparato a cogliere il sarcasmo."

La sua eccitazione viene meno. "Chi era?"

"Un ragazzo vicino alla trentina. Capelli lunghi. Stronzo."

Dovrei menzionare il fatto che sia così fastidiosamente sexy, che la nonna potrebbe usarlo come sostituto del porno con i tentacoli?

Lei sembra pensierosa. "È il giovanotto che abita nella casa con tutti quei pannelli solari?"

"Non ho idea di quale sia la sua casa."

La nonna indica fuori dalla finestra. "Eccola là."

Guardo. Ebbene, sì. Il tetto è completamente ricoperto di pannelli solari. Se quella è la casa di Aqua-stronzo, pagare le bollette dell'elettricità non deve proprio piacergli.

"Poveretto. Scommetto che il comitato di quartiere gli sta addosso." La nonna scuote la testa.

Oh, no. Non un'altra invettiva sul comitato di quartiere! In base a quello che ho sentito dire dai miei nonni fino ad ora, trattare con il comitato di quartiere è meno divertente che accarezzare uno squalo goblin.

"Come si chiama?" chiedo alla nonna, in parte per cambiare argomento e in parte perché provo una curiosità morbosa.

"Mi vergogno ad ammetterlo, ma non ne ho idea" mi risponde. "Ci salutiamo sempre, quindi sento che dovrei saperlo."

"Oh, beh. Non importa." Posso continuare a riferirmi a lui come Aqua-stronzo (anche se, ora che ci penso, il soprannome suona un po' come se avesse a che fare con la diarrea).

Gli occhi della nonna brillano. "Ti è piaciuto?"

"No. Il contrario."

Lei mette il broncio. "Perché no? Hai un ragazzo a New York?"

Devo sembrare calma. L'ultima cosa che le serve è venire a sapere dell'ordine restrittivo contro il mio ex idiota. "Sono decisamente single."

Il suo sorriso è di nuovo malizioso. "Forse puoi ricominciare da capo qui in Florida? Trovare l'amore. Mettere radici."

"Giusto. Certo. Tutto può succedere" dico, fingendo uno sbadiglio. "Sarà meglio che mi prepari per domani."

Dubito che la nonna voglia sentire la verità: cioè, che ho deciso di essere una solitaria, come i polpi. L'idea di romanticismo di un polpo è un appuntamento per cena in cui, dopo aver fatto sesso, uno dei partecipanti a volte finisce per *essere* la cena. Se sarò una solitaria, non dovrò condividere la mia coperta con nessuno. E potrò fare sesso con chi voglio (senza la parte del cannibalismo). Inoltre (e questo è il fattore chiave), potrò concentrarmi sulla mia carriera.

Se voglio ottenere quell'impiego a Octoworld un giorno, avrò bisogno di buone referenze da Sealand, il mio nuovo posto di lavoro. Ciò significa che dovrei andare a letto presto, così domani potrò fare una buona impressione.

Dopo aver guidato la vasca fino alla camera degli ospiti, dove alloggio, do a Beaky lo spuntino che gli avevo promesso prima.

Accettiamo questa offerta, sacerdotessa-suddita. Comunque, se farai in modo che possiamo assaggiare quell'entità hot dog di tofu, metteremo una buona parola per te con Cthulhu, siano benedetti i suoi tentacoli.

Sorrido e sto per fargli le coccole, quando vedo un filo simile a uno spaghetto uscire dal suo sifone.

Bleah! Sta facendo la cacca. Doppio bleah! Hulk, l'anemone verde compagno di vasca di Beaky, ora sta mangiando la suddetta cacca. So che non posso biasimare un animale per la sua natura, ma comunque... Come umana, è disgustoso vedere Hulk sgranocchiare la popò di Beaky.

Le coccole al polpo dovranno aspettare.

Sfortunatamente, quando mi metto a letto, sono completamente sveglia. Suppongo di essere in ansia per il mio primo giorno al nuovo lavoro. Merda di carpa!

Perché questo succede sempre quando si ha più bisogno di dormire?

Conto i polpi nella mia testa.

Nemmeno una strizzatina di occhi.

Tiro fuori il mio portatile e faccio partire *Alla ricerca di Dory*, un film che riesce sempre a calmarmi.

Neppure questo funziona.

Dovrei guardare qualcos'altro?

Esamino la mia collezione.

Quando si tratta di fiction, ho una passione per il mare, proprio come nella vita reale. Beh, più che altro un'ossessione. D'accordo, lo ammetto: se una profiler dell'FBI vedesse questi titoli, concluderebbe che voglio diventare una sirena (il che non sarebbe lontano dalla verità). Quand'ero piccola, volevo essere un polpo, ma crescendo, ho deciso che essere una sirena è il mio sogno.

Sorrido, ricordando la prima volta che ho visto *La Sirenetta*. Ho odiato quel film. Se fosse dipeso da me, i due protagonisti romantici si sarebbero scambiati le storie. Ariel sarebbe rimasta una sirena, mentre il bel principe Eric si sarebbe trasformato in un tritone per lei. È incestuoso immaginare l'eroe risultante con le sembianze del re Tritone (il padre di Ariel) da giovane? Oh, e questo va da sé: la cattiva della storia non avrebbe avuto le sembianze di un polpo. Ursula sarebbe stata piuttosto la saggia insegnante di Ariel, mentre il cattivo sarebbe stato un delfino.

Poche persone lo sanno, ma in origine doveva esserci un delfino in quella storia. Tuttavia, la Disney ha abbandonato l'idea (probabilmente, perché quelle creature sono troppo aggressive sessualmente).

Sbadiglio.

Sì, questo è un buon segno.

Forse, adesso, mi addormenterò?

Chiudo gli occhi, ma il sonno mi sfugge per un'altra ora.

Merdaccia di carpa! Forse, dovrei fare qualcosa di attivo? Tipo andare a farmi una nuotata? La spiaggia è a due passi e, inoltre, potrei portarmi la mia coda da sirena...

Ma no.

Sono già le due del mattino. Devo svegliarmi alle otto. Anche se mi addormentassi in questo preciso momento, riuscirei a dormire a malapena quanto basta, per reggermi in piedi domani.

Sospiro. Perché noi umani non possiamo fare come le balene e dormire con una metà del cervello sveglia?

Oh, pazienza. Esiste un aiuto collaudato a cui posso ricorrere per addormentarmi.

Tiro fuori il vibratore a forma di tentacolo.

Ebbene, sì. Opterò per un orgasmo. Magari due.

La cosa fondamentale è non pensare ad Aquastronzo, mentre vengo.

Aquaman, certo. Il giovane re Tritone, ugualmente accettabile. Persino Silver Surfer, un cattivo dei *Fantastici Quattro*, sarebbe preferibile all'irritante vicino di casa dei miei nonni.

No.

Enorme fallimento.

Proprio mentre raggiungo l'apice, i muscoli sodi e i

22

capelli lunghi che mi balenano in mente non appartengono a personaggi di finzione. Appartengono all'uomo a cui stavo cercando di non pensare.

Aqua-stronzo.

Mormoro delle imprecazioni sottovoce. C'è ufficialmente qualcosa che non va in me. Spero che almeno adesso riuscirò a dormire.

Appagata, chiudo gli occhi e mi addormento.

CAPITOLO
Tre

MI SVEGLIO con un raggio di sole sul viso.

Scopatemi con un riccio di mare! Dovrò iniziare a mettermi la crema solare prima di andare a letto.

Prendo il cellulare per controllare l'ora.

Merda di carpa su un cracker!

La batteria si è scaricata.

Balzo in piedi di scatto. Il telefono doveva essere la mia sveglia; quindi, se si è spento, potrei già essere in ritardo per il mio primo giorno.

Dopo aver eseguito la mia routine mattutina alla velocità della luce, corro in cucina e controllo l'ora sul microonde.

Ok, se salto la colazione e infrango i limiti di velocità, posso farcela.

Il nonno entra nella stanza. "Buongiorno, Cappero."

Gli rivolgo un sorriso. "Ti prego, dimmi che la macchina che prenderò in prestito è pronta a partire."

Lui annuisce. "L'olio è stato cambiato l'altro giorno e

il serbatoio della benzina è pieno. Ti ho anche lasciato una Glock nel vano portaoggetti; non ti serve il porto d'armi per quella."

Dato che sono in ritardo, non mi metterò a discutere con lui sulla questione della pistola.

"Hai fatto colazione?" mi chiede il nonno.

Scuoto la testa. "Prenderò qualcosa da mangiare, quando arriverò lì."

Accigliandosi, lui apre il frigorifero e tira fuori una scatola portavivande ricoperta di adesivi di sirene e polpi. "Tua nonna aveva il presentimento che saresti stata di fretta. Qui dentro c'è il pranzo, ma puoi mangiarlo per colazione."

Una sensazione di calore m'inonda. Quella è la mia vecchia scatola porta-merenda; l'hanno conservata per tutti questi anni.

La prendo e do un bacio al nonno sulla guancia barbuta. "Di' alla nonna che è la migliore. E lo sei anche tu."

"Lo farò. Corri."

Mi precipito nel garage, poi sfreccio sulla A1A: una strada panoramica che non riesco nemmeno a godermi per colpa della fretta.

Arrivo a Sealand con appena un minuto di anticipo.

Una donna mi sta aspettando. È una bionda giovane e bella, con una pelle precancerosa e un sorriso finto, che la fa sembrare un delfino.

"Miss Hyman?" mi chiede con un tono troppo allegro, considerando l'orario mattutino.

Reprimo l'impulso di rabbrividire. "Miss Hyman"

suona come una prostituta stanca che ha nostalgia dei bei vecchi tempi in cui era vergine. Non che il mio nome completo sia molto meglio. "Olive Hyman" mi fa pensare a una membrana vergine dal sapore mediterraneo, qualcosa da servire con un contorno di placenta all'aceto.

Le tendo la mano. "Per favore, chiamami Olive."

La sua mano è sudata, quando stringe la mia. "Io sono Aruba."

E questo è sufficiente per avere quella canzone dei Beach Boys di nuovo fissa in testa. Se qualcun altro in questo posto si chiama Giamaica, Bermuda, Bahama o qualche variazione di "pretty mama", mi tuffo in una vasca di squali.

"La signora Aberdeen è dispiaciuta di non poterti incontrare qui di persona" mi spiega Aruba. "Si sta occupando di un'emergenza."

Rose Aberdeen (che ha insistito affinché la chiamassi Rose) mi ha fatto il colloquio per questo lavoro. È una comportamentista di animali acquatici (o strizzacervelli per pesci, come dice lei) e, inoltre, rappresenta di fatto il dipartimento delle Risorse Umane qui a Sealand.

Inarco un sopracciglio. "Spero che vada tutto bene."

"Sì sì. Un tizio ubriaco è entrato in qualche modo nella piscina a Otteraction. È stato morso e ha iniziato a sanguinare dappertutto."

"Oh, cielo. Che cos'è Otteraction?"

Lei mi guarda come se le avessi appena chiesto se l'acqua è bagnata. "Otteraction è la nostra attrazione delle lontre." Si può quasi udire il tacito *ovviamente*.

Wow. Riesco a immaginarmi *quel* titolo di cronaca:

"*Uomo della Florida cerca di mangiare una lontra.*" Oppure, fa sesso con la lontra? Sarebbe potuta andare in entrambi i modi.

"Le lontre stanno bene?" chiedo. Per quanto mi riguarda, l'umano meritava di essere morso.

"Peanut era traumatizzata, ma la signora Aberdeen se ne sta occupando."

Sbuffo. "Ti immagini cosa dirà l'uomo alla moglie, quando lei gli domanderà: 'Oddio, che ti è successo?'"

Aruba mi fissa con espressione sconcertata. "No. Che cosa?"

"Dovresti vedere contro chi ho *lontrato*."

Le sue piccole narici si dilatano. "Trovi che questa tragedia sia divertente?"

"No... Scusami. Lascia perdere. Non ho dormito molto stanotte."

Lei scuote la testa lentamente. "Vieni. Ti faccio fare un giro."

La seguo, attenendomi al mio miglior comportamento.

Sealand risulta essere grande almeno il doppio del mio vecchio posto di lavoro, con una maggiore varietà di animali.

Non c'è da stupirsi che, come ultima tappa, Aruba mi porti dai delfini, dove il suo sorriso diventa genuino per la prima volta oggi. "Io mi occupo di questi."

"Ah." La mia espressione assomiglia a quelle che le persone si stampano sulla faccia, quando un amico mostra loro una foto del suo nuovo bambino o animale domestico. "Li addestri?"

I suoi occhi si offuscano. "Preferisco pensare che loro addestrino me."

Scommetto che quei subdoli manipolatori fanno proprio questo.

"Non ho visto polpi" affermo.

"Si dice polipi" ribatte Aruba.

"No. Il polpo è un mollusco cefalopode della famiglia Octopodidae, mentre il polipo è un celenterato. Spesso il termine polipo è usato erroneamente per riferirsi al polpo, ma si tratta di due animali diversi. Ti prego di non usare quel termine. La vita è già abbastanza complicata."

Lei corruga la fronte. "In qualunque modo tu voglia chiamarli, noi non li teniamo e spero che non li avremo mai."

"Perché?"

"Ne abbiamo avuto uno, in passato" risponde (e le sue parole grondano di disapprovazione). "È scappato ed è finito qui, nella vasca dei delfini."

Provo un tuffo al cuore. "Oh, no. Poverino! Che cos'è successo?"

"È stato orribile." La sua espressione affranta le fa guadagnare qualche punto. "Abbiamo perso Flipper."

Sbatto le palpebre un paio di volte. "Qualcuno ha chiamato un polpo Flipper?"

"No. La bastarda si chiamava Atena. Flipper era il delfino che ha soffocato a morte."

Tiro un sospiro, incrociando le braccia sul petto. "Atena, per caso, ha soffocato Flipper mentre lui cercava di mangiarla?"

"I delfini mangiano i polpi continuamente, in natura."

Sì, ma quei delfini hanno fame. Quelli tenuti qui sono probabilmente nutriti meglio di me.

Stringo i denti. "Immagino che Atena non sia sopravvissuta?"

"A chi importa? Povero Flipper. Lui..."

Ignoro il seguito, perché l'ultima cosa che voglio è essere io a soffocare Aruba. Non è la prima impressione che voglio fare qui. Per cambiare argomento, chiedo: "Tenete spettacoli di delfini per il pubblico?"

Pur non essendo un'estimatrice dei delfini (specialmente dopo la storia di Flipper), non amo comunque l'idea di trasformare gli acquari in circhi.

Con mia sorpresa, lei scuote la testa. "Il dottor Jones non approva queste cose. Io addestro i miei bambini a comportarsi bene quando partecipano alla ricerca e cose di questo genere."

Ah, il misterioso dottor Jones. Era troppo occupato per farmi il colloquio, ma è stato menzionato spesso e con riverenza. In base a quello che ho sentito, me lo immagino con il cervello di Einstein e il corpo di Davy Jones de *I pirati dei Caraibi*: una barba che ricorda un polpo, una chela di granchio per un braccio e tentacoli per l'altro.

"Pensi che incontrerò il dottor Jones oggi?" le chiedo. È lui che prenderà la decisione sulla residenza di Beaky, quindi sono impaziente di incontrarlo.

Il sorriso di Aruba diventa falso ancora una volta. "Ne dubito fortemente. È sempre molto occupato di lunedì. Anche di martedì. Nel mio caso, mi ci sono voluti due mesi per incontrarlo, e il mio lavoro è più utile del tuo. Senza offesa."

Non si possono dire stronzate del genere e aggiungere "senza offesa" alla fine, per farle sembrare migliori. Persino i delfini lo sanno.

"Il tuo lavoro?" le chiedo. "Ne deduco che tu non sia soltanto un'addestratrice, allora? Sei anche una ricercatrice?"

Lei lascia cadere il sorriso da delfino. "Qualsiasi cosa è meglio che creare giocattoli per pesci rossi."

Perché la gente pensa che la parola "giocattoli" sia un insulto? Rompicapi, giocattoli... non m'interessa come vengono definiti, purché rendano più felici le creature marine.

"Olive è una rinomata esperta di arricchimento" interviene una voce familiare, sorprendendomi. "Dev'essere trattata con rispetto."

Mi giro e vedo Rose (che, a quanto pare, è la signora Aberdeen per Aruba).

"I delfini non hanno bisogno di arricchimento" replica Aruba. "Hanno me."

Traggo un respiro profondo e lo lascio fuoriuscire lentamente. "Sembra che tu sia l'arricchimento, allora. Se ogni acquario potesse permettersi di dedicare un essere umano per intrattenere ogni animale, io sarei senza lavoro... e ne sarei felice."

"Purtroppo, non possiamo permetterci questa soluzione" mi dice Rose. "Perché non andiamo nel mio ufficio a discutere di quello che, invece, *possiamo* fare?"

Annuisco. Ci lasciamo Aruba alle spalle ed entriamo in un piccolo edificio con un tetto scintillante di pannelli solari. Immagino che questo sia un punto fermo qui, nello Stato del Sole.

"Accomodati." Rose indica una sedia da ufficio di fronte a una scrivania rovinata dalle intemperie.

Mi siedo. "Ho sentito dell'emergenza."

"Già. È stato un caos di lontre."

Sbuffo. Dev'essere lei quella che ha inventato il nome Otteraction.

Procede col dirmi che le lontre stanno bene (e anche l'umano) e io cito la mia battuta precedente, che stavolta riceve una reazione di gran lunga migliore.

"Dunque, passiamo al lavoro." Rovista nella sua scrivania e tira fuori un fagotto color kaki e bianco. "Puoi iniziare a indossare questo domani."

Mi porge il fagotto.

È un completo composto da una polo e un paio di pantaloncini; ho visto che tutti lo indossano qui.

Mi manca il fiato e devo ricordare a me stessa che questo non è affatto come quando il mio ex mi diceva cosa indossare. Le uniformi sono normali in posti del genere. Il mio ultimo luogo di lavoro era l'eccezione, non la regola.

"D'accordo. Domani, lo indosserò" dico nella maniera più calma possibile.

Poi, lei mi dà un computer portatile. "È già tutto impostato per te."

"Grazie." Eseguo l'accesso secondo le sue istruzioni. "Dovrei passare la giornata a prendere familiarità con la vostra intranet?"

Lei liquida l'idea con un gesto della mano. "Non c'è molto da vedere lì."

"Che cosa dovrei fare, allora?"

Si gratta il mento. "Ho parlato di te con il dottor Jones; la sua idea è che tu e io lavoriamo a due lati dello stesso problema."

"Ah sì?"

"Io mi concentrerò sull'addestramento degli animali che abbiamo intenzione di rilasciare, con il tuo aiuto ingegneristico, quando necessario. Nel frattempo, il tuo obiettivo sarà quello di rendere la vita delle nostre creature più appagante e divertente, fintanto che si trovano qui."

Wow. Mi piace il modo in cui il dottor Jones e Rose hanno inquadrato la cosa, soprattutto perché questo è il compito in cui eccello, almeno quando si tratta di polpi.

"Mi sembra fantastico" esclamo. "A che cosa state lavorando attualmente?"

Lei mi fornisce una lunga lista. Molte sono cose standard e noiose, come dare palline da ping-pong ai pesci e usare tubi, tunnel, bolle d'aria e così via.

"Qual è il mio budget?" le chiedo.

"Perché?"

"Ci sono alcune cose divertenti ed economiche che possiamo fare, come aggiungere specchi alle vasche; però, se potete permettervelo, un tablet sommergibile potrebbe essere un ottimo giocattolo per la maggior parte delle specie; o, in alternativa, almeno una TV fuori dalla vasca. Il mio polpo si diverte con entrambi."

Quello che non dico è che l'applicazione preferita di Beaky è Tinder. Lui usa le sue braccia per scorrere a sinistra e a destra su ragazzi a caso dal mio account, ma siccome non sono pronta per le relazioni, ignoro tutti i messaggi che ne conseguono con le relative foto di peni. Queste ultime potrebbero essere effettivamente ciò che Beaky sta cercando, poiché potrebbero ricordargli qualcosa di delizioso, come le 'vongole dalla proboscide'.

"Funziona con i pesci?" mi chiede Rose.

Annuisco. "Nell'ultimo posto in cui ho lavorato, c'era un pesce chirurgo blu che sembrava depresso. Dopo che ho donato il mio vecchio tablet per usarlo nella sua vasca e l'ho impostato in modo da riprodurre a ripetizione alcuni contenuti accuratamente selezionati, si è davvero rianimato. Ad alcuni pesci piace anche la musica e..."

"Hai un discreto budget." Gira il proprio portatile per mostrarmi la somma. "Per andare oltre, dovresti parlare con il dottor Jones, perché è lui che prende le decisioni finanziarie."

"Ottimo. Quella cifra può farmi cominciare. Va bene se do un'occhiata in giro, per vedere se c'è qualche compito a portata di mano?"

"Perfetto." Si alza e mi tende la mano. "Sono sicura che ci divertiremo a lavorare insieme."

Le do una stretta entusiasta. "Prima di andare... volevo parlarti del mio polpo."

Mi lascia la mano. "Suppongo che Aruba abbia menzionato il fiasco Flipper-Atena?"

"L'ha fatto, ma vorrei ricordarti che le recinzioni a prova di polpo sono la mia specialità. Il mio polpo non è mai scappato, né quelli nelle vasche che usano i miei progetti."

Lei guarda la propria scrivania. "Perché non

sottoponi la tua richiesta all'attenzione del dottor Jones?"

Merda! Pensavo che questa fosse solo una formalità, ma ora comincio a preoccuparmi seriamente.

"In tal caso, puoi presentarmi il dottor Jones? Vorrei parlargli subito."

Lei impallidisce. "Il dottor Jones è un uomo molto occupato. Devi prendere un appuntamento."

Sospiro. "A chi devo rivolgermi?"

"Alle Risorse Umane."

Aggrotto la fronte. "Non sei tu?"

Mima il gesto di mettersi un cappello. "Adesso sì." Rimettendosi a sedere, digita qualcosa al computer. "Oggi è impegnato tutto il giorno" mormora. "Anche domani. Ah. Ecco. Che ne dici di dopodomani alle undici?"

"Certo" replico, nascondendo la mia irritazione.

Questo significa altre due notti insonni.

"Ottimo." Fa un cenno verso la porta.

Sto per uscire, quando lei si schiarisce la gola.

"Dato che indosso ancora il mio cappello da Risorse Umane, dovrei menzionare il fatto che abbiamo una politica molto severa contro le relazioni tra dipendenti."

Sto quasi per dirle che non è un problema, dato che non mi è piaciuto nessuno dei ragazzi che ho visto durante il tour, ma opto invece per un'alzata di sopracciglia disinvolta.

"Dovresti tenere a mente questa politica, soprattutto quando lavori con le lontre."

"Certo." Esco dal suo ufficio, improvvisamente

sopraffatta dal desiderio di controllare l'habitat delle lontre.

Era l'unica fermata non disponibile nel tour di Aruba (e, ora, penso che ci fosse un motivo diverso dal "caos delle lontre").

Ebbene, sì. Dex è il nome del ragazzo che lavora con le lontre, ed è decisamente carino. Non è il mio tipo, però. Infatti, mi ricorda un po' le sue creature (per non parlare del loro parente stretto, la donnola).

"I blocchi di ghiaccio congelati con i pesci dentro sono i loro giocattoli preferiti" m'informa Dex, quando gli chiedo dell'attuale arricchimento delle lontre. "Per quanto riguarda le cose non commestibili, adorano giocare a frisbee, farsi spruzzare con un tubo di acqua calda e giocare con giocattoli di plastica galleggianti e gusci vuoti di noci di cocco."

Sorrido. Anche a Beaky piace quest'ultima cosa. "Hai provato a usare un puntatore laser per giocare con loro?"

Si sfrega i baffi con le mani piccole. "Intendi come quelli che la gente usa con i gatti?"

"Sì. Io ci ho provato, nell'ultimo posto in cui ho lavorato, e le lontre lo adoravano."

Sgrana gli occhi. "È un'ottima idea. Ne prenderò uno e lo proverò domani. Non vedo l'ora."

"Ottimo. Spero che gli piaccia. Ora, se vuoi scusarmi, vado a controllare il resto delle esposizioni."

Soprattutto, non voglio che Rose mi veda qui e pensi che sto già infrangendo la più sacra delle regole delle Risorse Umane.

Dex mi ringrazia di nuovo per l'idea e io me ne

vado. Trovato un posto all'ombra, mi riapplico la crema solare e, finalmente, mangio il mio pranzo per colazione.

Anche se mi sembra un po' folle farlo durante il mio primo giorno a Sealand, controllo se ci sono nuove offerte di lavoro a Octoworld. Purtroppo, non ce ne sono.

Con un sospiro, faccio ciò a cui mi dedico spesso dopo questo: controllo le pagine dei social media della fondatrice di Octoworld (nonché mio idolo), Ezra Shelby. Ezra è una leggendaria biologa marina e rappresenta per i polpi quello che Jane Goodall è per gli scimpanzé.

Mi acciglio, leggendo il più recente post educativo di Ezra. Essendo una fan di *Alla ricerca di Dory*, non sono sicura di come mi faccia sentire ciò che scrive.

Prima di tutto (attenzione allo spoiler): Alla ricerca di Nemo *inizia con un pesce pagliaccio maschio e uno femmina che accudiscono le loro uova; poi, la femmina viene mangiata da un barracuda e tutte le uova spariscono, tranne una.*

Smetto di leggere per un secondo, per riprendere fiato. Quella scena mi ha causato danni psicologici ed è il motivo per cui preferisco nettamente il sequel più allegro su Dory.

Ora, parliamo di come sarebbero andate le cose, se il film fosse stato basato sull'autentica biologia marina, continua il post di Ezra. *Per il momento, tralasciamo il fatto che il pesce pagliaccio maschio mangi le uova difettose; quindi, Nemo, con la sua minuscola pinna, probabilmente non sarebbe nemmeno nato. Ma anche supponendo che nascesse, Nemo sarebbe stato un ermafrodita indifferenziato, come tutti i giovani membri della sua specie. Con la morte della femmina e senza altri pesci pagliaccio in giro, il padre di Nemo sarebbe diventato una femmina a propria volta. Così (di nuovo, senza altri pesci pagliaccio in giro), Nemo sarebbe cresciuto come un maschio e, poi, si sarebbe accoppiato con suo padre.*

Ridacchio. Per quanto io rispetti Ezra, dovrebbe dare tregua alla Pixar. Le creature marine non parlano nemmeno tra di loro; è una licenza poetica. Malgrado esistano i *mormyridae*, conosciuti anche come pesci elefante. Hanno cervelli enormi e comunicano tra loro tramite segnali elettrici, così come...

Una videochiamata illumina il mio telefono.

È Blue, una delle mie cinque gemelle.

Rispondo.

Sebbene i nostri volti siano identici, i capelli corti di Blue rendono impossibile confonderci, come invece accadeva quando eravamo piccole.

Sta tenendo in braccio il suo gatto, Machete, il che la fa assomigliare a una cattiva di James Bond (paragone che lei potrebbe apprezzare, dato che è una super-fanatica di quel franchise).

"Ciao" mi saluta Blue. "Come sta andando il tuo primo giorno?"

Sorrido. Blue è attualmente la mia sorella preferita, perché mi ha lasciata dormire da lei, subito dopo che ho mollato quello stronzo del mio ex. Ha anche fatto in modo che lui ci pensi due volte, prima di avvicinarsi di nuovo a me.

"Guarda tu stessa." Faccio scorrere il cellulare in modo che lei possa vedere le lontre e l'esposizione di lamantini in lontananza. "Sono circondata dalla Florida, nel bene e nel male."

Lei sogghigna. "Immagino che tu, da sola, mantenga in affari qualche fortunato produttore di creme solari."

Roteo gli occhi. Essere la mia preferita non significa che possa prendermi in giro e farla franca. "Hai la minima idea di quanti aironi ho visto, da quando sono arrivata?"

Il suo sorriso scompare e io provo una piccola fitta di senso di colpa. A differenza della mia (perfettamente ragionevole) prevenzione dei danni solari, Blue ha paura degli uccelli (persino di quelli più carini, come i pinguini).

"Quanti?" Stringe il proprio gatto mostruoso e lui le sibila contro, prima di saltare via. "Uno stormo?"

Scuoto la testa. "Se per stormo intendi un gruppetto, allora no. Erano solo due e molto distanti. Sono piuttosto sicura che Beaky volesse mangiarseli."

"Come sta?" mi chiede. "Gli hai preso una vasca più grande?"

Le rispondo che non l'ho ancora fatto. Poi, mi chiede dei nostri nonni e io la aggiorno.

"Beh, tienimi informata" mi dice. "Oh, ti avverto: ho sentito dire da Fabio che lui e Lemon stanno progettando una vacanza imminente in Florida. Indovina dove alloggeranno?"

Merda! La risposta è: dai miei nonni, ovviamente.

Fabio è il nostro amico d'infanzia, che si dà il caso faccia il pornodivo, mentre Lemon è un'altra delle mie cinque gemelle. Ironia della sorte, nonostante il nome aspro, è la più golosa di dolci tra tutte noi.

"Sembra che il mio stile di vita stia per essere fortemente affollato." Mi asciugo una goccia di sudore dalla fronte con un tovagliolo.

"Tu hai stile?" Blue mi scruta intensamente.

Fingo di ascoltare un suono lontano. "Ho appena sentito qualcuno dire: 'Mio, mio, mio'?"

Lei rabbrividisce, il che significa che ha colto il riferimento ai gabbiani (la ragione per cui non ha ancora visto *Alla ricerca di Nemo* fino alla fine).

"È meglio che vada" dice.

"Ok, grazie per la chiamata" la saluto e riattacco, solo per ricevere immediatamente un'altra telefonata.

È mio padre, che mi chiama senza video, come un cavernicolo.

"Ciao, papà" lo saluto.

"Figlia Cinque" esordisce, usando il suo soprannome per me. "Sei in vivavoce. C'è anche tua madre qui."

"Ciao, mamma."

"Namaste, raggio di sole" mi saluta lei. "Come ti senti?"

Sono contenta che questa sia una telefonata senza video, così lei non può vedermi rabbrividire. Tra la rottura col mio ex e il mio trasferimento in Florida, sono ufficialmente la figlia di cui i miei genitori hanno deciso di preoccuparsi.

"Alla grande." Mi stampo in viso un sorriso forzato, nella speranza di rendere la mia voce più allegra. "Tutto è meraviglioso."

So che sembrano le parole di quella canzone di *The LEGO Movie*, ma se non mi mostrerò abbastanza vivace, la mamma mi propinerà una tonnellata di consigli non richiesti (la maggior parte dei quali riguardo agli orgasmi).

"Buono a sapersi" affermano entrambi i genitori, anche se mamma sembra meno convinta di papà.

"E voi, novità?" chiedo, pregando Cthulhu che accettino il cambio di argomento.

"Non molte" risponde papà. "Tranne... ti abbiamo detto che anche noi verremo in Florida?"

"Eh?"

C'è forse qualcuno della mia famiglia che *non* verrà nello Stato del Sole?

"Sì, andremo a trovare i miei genitori" aggiunge papà.

Fiù! Un diverso paio di nonni. Voglio bene a mamma e papà, ma avere loro, Lemon, Fabio, la nonna e il nonno sotto lo stesso tetto mi farebbe venire voglia di spararmi con una delle pistole del nonno.

"Spero che vi divertiate" auguro.

"Sì" dice la mamma. "Abbiamo tante cose in programma."

Condividono il loro itinerario con me, mentre finisco il mio pasto.

Dopo aver riattaccato, mi sento ringiovanita, perciò passo il resto della giornata a prendere familiarità con le creature marine, la cui vita spero di rendere più divertente nel prossimo futuro.

Vedo parecchie vittorie facili. Alcune creature potrebbero beneficiare di qualcosa di semplice, come un Mr. Potato, mentre altre potrebbero apprezzare i mattoncini LEGO. In certi casi, alcuni animali hanno solo bisogno di un modo più interessante per procurarsi il cibo.

Mentre torno a casa, mi sento quasi felice del mio nuovo lavoro. Se solo riuscissi a risolvere la questione del destino di Beaky, potrebbe davvero piacermi lavorare qui... anche se non è Octoworld.

———

Quando arrivo a casa, una Tesla sta bloccando il vialetto. I miei nonni devono avere amici a cena.

Parcheggio lungo la strada e m'intrufolo in casa attraverso il garage. Si sentono delle voci in cucina, a sostegno della mia teoria degli 'amici'.

Entrando in punta di piedi nella camera degli ospiti, mi cambio d'abito, indossando qualcosa di comodo, e lancio a Beaky un granchio intrappolato in un nuovo rompicapo di mia creazione.

Il Dio Imperatore accetta questa offerta, sacerdotessa-suddita. Lasceremo che il mondo giri intorno alla Vasca per un altro giorno ancora.

Aspetto di vedere se Beaky risolve il rompicapo all'istante, com'è già successo in passato.

No.

Ci si arrotola intorno, con lo sguardo intenso.

"Divertiti!" gli dico; poi, esco dalla stanza.

Mentre mi avvicino alla cucina, sento tre voci: quelle dei miei nonni e un'altra, maschile, vagamente familiare.

Aspettate un attimo!

Non può essere. Oppure sì?

41

Quando entro in cucina, i miei occhi assomigliano senza dubbio a quelli del pesce rosso dagli occhi a bolla.

È proprio come pensavo.

Per qualche ragione insondabile, Aqua-stronzo è qui, alla nostra tavola.

CAPITOLO
Quattro

LO FISSO A BOCCA APERTA, osservando i lunghi capelli dorati, le spalle larghe, quelle labbra carnose e sexy...

Era *così* incredibilmente sexy, ieri? No, non può essere. Per prima cosa, oggi è vestito meglio, con un paio di pantaloni color kaki e una polo bianca, che mette in risalto il collo forte e abbronzato, oltre ad accentuare il rigonfiamento dei suoi bicipiti possenti. Nonostante la mia forte antipatia per quest'uomo (e spero non a causa di essa), desidero che mi trascini nella camera degli ospiti e mi scopi energicamente, come un delfino.

"Che diavolo ci fa lui qui?" chiedo (a nessuno in particolare).

La nonna mi sorride. "Mi hai fatto capire che sono stata una pessima vicina, così ho rimediato alla situazione."

Avrei dovuto saperlo. C'era quel luccichio nei suoi occhi, quando le ho parlato di Aqua-stronzo.

A proposito del signor Stronzo. Lui alza lo sguardo

dal piatto e i suoi occhi ciani si stringono sul mio viso. "*Questa* è la nipote che avete detto si sarebbe unita a noi?"

Perché persino *questa frase* è sexy? Per le possenti ali di Cthulhu! È meglio che qualcuno dia del Viagra a quel delfino devasta-Olive.

Prima che la mia eccitazione mi appaia in viso, mi volto di spalle ostentatamente. "Godetevi la vostra cena. Io esco."

Mia nonna sussulta teatralmente, come se vivere in Florida le avesse fatto interiorizzare la famosa ospitalità del Sud.

Uno stridio mi induce a guardare alle mie spalle.

Aqua-stronzo si è alzato in piedi. "No. Lei dovrebbe mangiare con la sua famiglia. Me ne vado io."

Roteo gli occhi. "*Lei* è ancora qui."

Il nonno si alza in piedi con espressione tempestosa. "Gia ha cucinato tutto il giorno per questa cena. Siete adulti. Non potete almeno fingere di essere civili per un'ora?"

Merda! Non ha tutti i torti.

Persino Aqua-stronzo ha l'aria castigata (sebbene questi non siano i *suoi* nonni).

D'accordo. Non farò l'egoista. Ma posso cenare con questo tizio senza schiaffeggiare (o leccare) il suo splendido viso? O senza che i miei nonni dicano qualcosa che mi faccia morire dall'imbarazzo?

È improbabile, ma non ho scelta.

"Resterò, se lui promette di non parlare del mio polpo." Nonostante il senso di colpa, la frase mi esce scontrosa.

Aqua-stronzo si rimette a sedere. "Niente polpi. Possiamo anche evitare di menzionare l'intera fauna marina, nel caso in cui ciò offenda la tua delicata sensibilità."

"Affare fatto" replico. "Possiamo anche evitare di parlare di hot dog e tofu."

Lui fa un sorrisino. "Non ce n'è bisogno. Io posso sopportare di parlare del mio animale domestico."

Il nonno si rimette a sedere con un sospiro, borbottando qualcosa come "bambini."

Non rispondo alla frecciatina del nonno, perché la mia contro-argomentazione geniale sarebbe: "ha iniziato lui." Invece, sorrido graziosamente al nostro ospite. "E le notizie di cronaca?"

Il suo sorrisino svanisce. "Che cosa?"

"Potresti sopportarlo, se citassi qualche notizia di cronaca qui a tavola? È una tradizione di famiglia."

"No, non lo è" ribatte il nonno.

"Potrebbe essere vero il contrario" afferma la nonna.

"Non c'è problema." Aqua-stronzo si passa una mano tra i lunghi capelli schiariti dal sole. "Possiamo parlare di tutte le notizie che vuoi."

Gli sto fissando troppo i capelli? Muovendomi rapidamente, tiro fuori il cellulare e cerco qualche storia con cui poterlo deridere.

Proprio quando alzo lo sguardo e apro la bocca per citarne una, la nonna interviene. "Che ne dite di mangiare, prima di chiacchierare?"

Come se aspettasse questo momento, il mio infido stomaco produce un rumore che assomiglia alla parola "nutrimi" nel linguaggio delle balene.

E sia!

Scruto il tavolo alla ricerca di qualcosa da ficcarmi in bocca, qualcosa di commestibile che non sia l'Aqua-manico (che è quello per cui la mia *wunderpussy* opterebbe).

Con mio grande dispiacere, oggi per i miei nonni è la giornata settimanale del pesce, cosa che il medico del nonno ha raccomandato. Accidenti! Avevo una gran voglia di carne, ma come suggerisce il nome, la giornata del pesce significa che c'è solo salmone arrosto in tavola; inutile per me, dato che seguo il motto del gruppo di supporto degli squali de *Alla ricerca di Nemo*: "I pesci sono amici, non cibo."

La buona notizia è che la nonna ha preparato alcuni dei miei contorni preferiti: quinoa con funghi, riso pilaf con datteri e nachos con salsa guacamole. C'è anche una grande insalata, ma la evito. L'ultima cosa che voglio è dare al nonno un motivo per fare battute sull'olio d'oliva a mie spese.

Non sono sicura se Aqua-stronzo stia cercando di copiarmi come forma di sottile presa in giro, o se semplicemente non gli piaccia il salmone, ma il suo piatto ha tutti gli stessi elementi del mio.

Quando la nonna mi sente sgranocchiare i nachos, fa un cenno di approvazione. "Brava ragazza. Lascia che vi presenti." Indica Aqua-stronzo. "Olive, ti presento il nostro vicino, Oliver. Oliver, ti presento nostra nipote, Olive."

"Sì, so cosa stai pensando" mi dice il nonno, prima che io possa reagire alle presentazioni. "Lui è ancora più oliva di te."

Gemo, rischiando di strozzarmi con i nachos.

"Mi piace il nome Oliver" afferma la nonna. "Mi ricorda *Oliver Twist*, uno dei miei film preferiti."

Eh? Pensavo che il suo film preferito avesse dei tentacoli birichini. A pensarci bene, qualcuno che non abbia mai sentito parlare del racconto classico di Charles Dickens potrebbe pensare che la parola "Twist" si riferisca a qualche tipo di tentacolo contorto.

Gli occhi ciani di Oliver brillano di divertimento, il che mi fa desiderare che lui possa contorcere me... a letto.

"Mi hanno dato il nome di mio nonno" afferma.

Il nonno sembra malinconico. Lui, mio padre e l'altro mio nonno sono tutti delusi dalla mancanza di maschi nella nostra enorme famiglia.

"Una delle sorelle di Olive si chiama come me" afferma la nonna. "Mentre la gemella di Gia si chiama come l'altra loro nonna."

"Giusto" dico, tenendo l'amarezza fuori dalla mia voce. "Mentre io e la mia cucciolata di sei gemelle siamo state nominate per capriccio."

Gli occhi di Oliver diventano grandi come due laghi, ma prima che lui possa chiedere qualcosa, il nonno ridacchia. "Non è stato interamente per capriccio. Mi sembra di ricordare che i vostri genitori si trovassero all'Olive Garden, quando hanno deciso tutti i vostri nomi. È possibile che ci fosse di mezzo un Martini con un'oliva."

Spero che sia uno scherzo, anche se posso facilmente immaginarmi la scena. Ho una sorella che si chiama Lemon, al che il suo nome potrebbe essere nato grazie a un bicchiere d'acqua con limone servito a mio padre. Honey potrebbe chiamarsi così perché mia madre voleva il miele nel tè. È possibile che Pixie, Blue e Pearl debbano i loro nomi a una cameriera con un taglio di capelli pixie e gli occhi blu, che quel giorno indossava una collana di perle. Dopotutto, entrambi i nostri genitori amano *I soliti sospetti*, specialmente la parte in cui i dintorni sono stati usati come ispirazione.

"Quindi… avete otto nipoti femmine tutte insieme?" domanda Oliver, incredulo.

Buon per lui. Sa contare. Almeno fino a otto.

"Proprio così" risponde la nonna, raggiante di orgoglio. "La coppia di gemelle e l'esade di sestine."

Che sia il caso di testare l'intelligenza di un uomo della Florida, usando paroloni ricercati con prefissi greci, come "esa"? E già che c'era, la nonna non avrebbe dovuto dire "diade" invece di "coppia", per coerenza?

"E tu?" Il nonno domanda a Oliver, che sembra stia ancora digerendo la stranezza della mia famiglia. "Hai fratelli o sorelle?"

Riprendendosi, lui annuisce. "Due fratelli."

Interessante. Mi chiedo se abbiano mascelle cesellate come la sua. E occhi come…

Grr. Devo darmi una calmata. Seriamente, perché sto bramando così tanto questo ragazzo in particolare? Ci sono moltissimi altri pesci più educati nel mare.

Riempiendomi la bocca di cibo, ignoro le domande dei miei nonni a Oliver. Invece, do una sbirciatina al mio cellulare per leggere alcune storie sui suoi connazionali. La speranza è che frenino la mia libido iperattiva.

"Coniglietto pasquale picchia uomo della Florida"…
e c'è pure un video. "Uomo della Florida si masturba
con dei peluche al Walmart." Adorabile. Un altro ha
cercato di sparare a un cucciolo (il che è già abbastanza
terribile), ma poi, in un colpo di scena che è pura
Florida, il cucciolo ha inavvertitamente posato una
zampa sul grilletto e ha sparato all'uomo. Un altro tizio
ha dato fuoco alla propria casa con una bomba da lui
realizzata con una palla da bowling. Un altro ha rubato
un'ambulanza da un ospedale e l'ha guidata nel fango.
Un altro uomo della Florida ha tagliato le gomme
dell'auto a una donna di ottantotto anni, perché si era
seduta sulla sua sedia preferita al Bingo. Ma i miei
preferiti sono: "Uomo della Florida afferma con
orgoglio di essere stato il primo a vaporizzare lo
sperma" e "Uomo della Florida balla su un'auto di
pattuglia per 'sfuggire ai vampiri'."

"Che cosa c'è di così divertente?" mi domanda la
nonna.

Merda! Beccata. "Stavo solo leggendo delle storie
sugli uomini della Florida." Fisso con aria di sfida gli
occhi ciani di Oliver (un errore di calcolo, perché ora ho
voglia di tuffarmici dentro).

La nonna batte le mani con entusiasmo. "Parlano di
quanto siano incredibilmente attraenti? Quando ci
siamo trasferiti qui, ho pensato che ci dev'essere
sicuramente qualcosa nell'acqua."

Ehi, almeno non ha detto che vorrebbe avessero i
tentacoli.

Guardo il nonno alla ricerca di qualsiasi segno di
gelosia, ma lui è occupato a vuotare il proprio piatto (e

spero che questo non signifchi che hanno un matrimonio aperto).

"No" replico. "Questi articoli riguardano i crimini." Recito quelli che ho appena letto e, poi, aggiungo: "Oh, e agli uomini della Florida non devono proprio piacere le automobili." Indico il mio schermo. "Uno, vestito da pirata, ha sparato a delle macchine con un moschetto, mentre un altro si è spogliato e ha tirato dei sassi contro le auto." Vedo Oliver trasalire, perciò aggiungo: "A proposito, sono spesso nudi, come quello che si è scopato un albero e poi ha preso a pugni un agente."

Bella mossa. Ora, sto immaginando l'uomo della Florida di fronte a me nudo, il che risulterebbe in una storia sulla falsariga di: "Uomo della Florida ingiustamente bello si spoglia: tutte le ovaie circostanti vanno in autocombustione."

"Il clima è sempre caldo qui." Oliver posa la forchetta accanto al proprio piatto, ormai vuoto, aggrottando le sopracciglia in un'espressione cupa, che smentisce il suo aspetto da surfista. "Questo aumenta le probabilità che gli idioti si spoglino. Inoltre, fa sì che la gente stia più spesso fuori, in pubblico, il che porta a un maggior numero di crimini. Scommetto che, negli altri stati, quando fa freddo (cioè per la maggior parte del tempo), le persone si scopano le piante di casa anziché un albero all'esterno."

Che Cthulhu lo maledica! Riesce a sembrare sexy durante un dibattito. Ho voglia di lisciare quel solco tra le sue sopracciglia con un dito e poi leccarmi il suddetto dito. "Non credo che il clima giustifichi il gran numero di questi articoli."

Lui sospira. "Quello ha più che altro a che vedere con la Sunshine Law."

Mi rianimo. "Richiede che le persone mettano la crema solare? Io sarei totalmente a favore."

"Non farla cominciare a parlare di protezione solare" dice la nonna a Oliver con un forte sussurro cospirativo. "Non se vuoi tornare a casa… o mettere di nuovo piede al sole."

Il nonno ridacchia. "La Sunshine Law è per la trasparenza. Permette ai normali cittadini un facile accesso ai documenti pubblici."

Oh, no. Se lasciamo che il nonno cominci a parlare della politica locale (o di qualsiasi politica), saremo ancora qui, quando Cthulhu si risveglierà.

"Esatto" conferma Oliver. "Quella legge implica che i giornalisti pigri abbiano accesso immediato ai rapporti di arresto e alle foto segnaletiche."

Lo desidero di più quando è arrogante o quando è scontroso?

Do un'occhiata al mio cellulare. "Ho menzionato la storia in cui un uomo della Florida armato di coltello ha cercato di salvare la propria fidanzata immaginaria da un camion della spazzatura?"

Oliver guarda tutti tranne me. "Il nostro è anche il terzo stato più grande, e più persone significa più crimini."

"Dipende dalle persone" ribatto. "Ho citato quella in cui un uomo della Florida ha sparato alla sorella nel sedere con una pistola a pallini, perché lei gli aveva regalato una torta di compleanno a forma di pene?"

La nonna si dà un ceffone sulla fronte. "Mi ero completamente dimenticata della torta."

Balza in piedi e si precipita verso il frigorifero. Tira fuori una cheesecake e la porta cerimoniosamente al tavolo.

Io me ne servo una grossa fetta, mentre Oliver ignora la prelibatezza e si serve invece una grande porzione di insalata.

"L'ho presa in pasticceria" afferma il nonno. "Che te ne pare?"

Assaggio la torta. "Gnam! Non è buona come quelle che si trovano a New York, ma…"

Oliver geme, facendoci voltare tutti a guardarlo (un altro errore da parte mia, perché i miei ormoni potrebbero non riuscire a sopportare oltre). "È una tipica affermazione da newyorkesi."

Lo fulmino, più per nascondere la mia voglia di strusciare la faccia contro la sua barba, che non perché sia arrabbiata. "Ah sì?"

"Noi abbiamo la pizza migliore" dichiara con il più falso accento newyorkese che io abbia mai sentito. "E anche i bagel migliori. E gli hot dog. Per non parlare dei musei. Oh, e la pizza. Ho già menzionato la miglior pizza?"

"Beh…" Mi taglio un'altra fetta di torta con la forchetta. "È forse colpa nostra, se queste cose sono *davvero* superiori a New York?"

Mentre mi ficco la cheesecake in bocca, non posso evitare di chiedermi come sarebbe questa torta, se avesse la forma dell'Aqua-manico di Oliver. Qualcosa mi dice che non mi farebbe venir voglia di sparare nel sedere a nessuno con una pistola a pallini.

Oliver tracanna il proprio bicchiere d'acqua, riuscendo a sembrare frustrato nel gesto. "Sai in quale stato i newyorkesi si trasferiscono in massa?" mi chiede. "Cinquantamila solo l'anno scorso."

Disegno un cerchio con la forchetta. "Immagino che sia la Florida?"

Lui annuisce. "E tornano mai a New York? Purtroppo, no."

"Noi non torneremmo indietro" dichiara la nonna.

"Assolutamente no" conferma il nonno.

"Traditori" dico, facendolo sembrare un colpo di tosse.

Oliver si ficca in bocca una forchettata di lattuga romana e la sgranocchia con il gusto che la gente, di solito, riserva ai dolci. "Dove avete preso una lattuga così succulenta?" domanda. "Vorrei comprarne un po' per Betsy." Un sorriso caloroso gli incurva le labbra carnose e deliziose, mentre pronuncia il nome. "È un'intenditrice di lattuga."

Grr. Mi serve tutta la mia forza di volontà per non chiedergli: "Chi diavolo è Betsy?" L'ondata di gelosia che provo è irrazionale quanto la lussuria che mi sta annebbiando il cervello. Eppure, una parte di me spera che la nonna ponga la domanda al posto mio.

Date le poche informazioni che ho ricevuto, Betsy l'intenditrice di lattuga, dal nome, sembrerebbe più magra di me e vagamente francese. È sbagliato che io detesti già le sue budella correttamente nutrite con fibre?

"Non puoi comprare questa lattuga. L'ho coltivata io" afferma la nonna, sorridendo con lo stesso orgoglio di quando gli ha parlato delle mie sorelle. "Il segreto è il terreno. Devi mescolare parti uguali di muschio di torba e concime, poi aggiungere un po' di perlite, humus di lombrico e micorrize."

Sul serio, nonna? Dovevi solo domandargli di Betsy.

Il caldo sorriso sul volto di Oliver ritorna. "Non sono sicuro di poterlo coltivare nelle quantità che piacciono a Betsy, ma grazie per il consiglio. Sto sprecando il concime sul mio prato. Forse è il momento di iniziare un orto."

Lui concima? Perché non lo fa Betsy? È sessista presupporre che ciò significhi che non vivono insieme?

A pensarci bene, se vivessero insieme, lui non l'avrebbe portata con sé a questa cena?

Il nonno si acciglia. "Se inizi un orto, assicurati che sia dietro casa tua, altrimenti il comitato di quartiere ti starà addosso."

"Davvero?" Oliver posa la forchetta. "Per un orto?"

Beh, questo è stato un grosso errore. Per quella che mi sembra un'eternità, i miei nonni fanno a turno a criticare la loro malefica associazione del vicinato.

A un certo punto, Oliver approfitta di una pausa nella filippica contro il comitato di quartiere e si alza in piedi, dispiegando la sua statura alta e muscolosa (e facendomi sbavare di nuovo). "È stato un piacere cenare con voi." Guarda significativamente i miei nonni.

Simpatico. Tanto valeva dicesse che non è stato un piacere cenare con *me*, il che va benissimo. Il sentimento è reciproco, soprattutto se si ignora l'umidità nelle mie mutandine.

"Olive, per favore, accompagna fuori Oliver" mi dice la nonna, con gli occhi che brillano maliziosamente.

Aspettate un attimo. Sta cercando di farci mettere insieme?

Ebbene, sì. A giudicare dallo sguardo compiaciuto che rivolge al nonno, tutto questo fa parte di un piano machiavellico per ottenere dei pronipoti. Scommetto che si estende in profondità. Forse, persino il porno con i tentacoli ne faceva parte (un modo per assicurarsi che sarei stata ben arrapata per questa cena).

Ma no. Sono stata io a parlarle di questo ragazzo. Il porno era antecedente.

Balzo in piedi, prima che Oliver dica qualcosa di scortese, del tipo: "Posso uscire da solo." Il problema è che, nella fretta, inciampo sulla gamba della sedia e comincio a cadere, agitando le braccia come un pupazzo gonfiabile.

Prima che possa spaccarmi la testa, delle mani forti mi afferrano.

Sento l'odore delle fresche onde dell'oceano.

Wow! Piacevole.

"Fa' attenzione" dice Oliver da pochi centimetri dietro di me, confermando di essere stato proprio lui a sorreggermi.

La rabbia mi attraversa, mentre elaboro le sue parole. Con uno scatto, mi divincolo dalla sua presa. "Non dirmi cosa fare." Ho il respiro affannoso e sto stringendo i denti.

Per Cthulhu! Sembra che io non mi scateni solo

quando qualcuno mi dice cosa indossare. Anche cosa fare è sulla lista.

Uff! Forse ho davvero bisogno di andare in terapia per i miei ex, dopotutto.

"Benissimo." Oliver mi volta le spalle. "La prossima volta, cadi pure."

Che gentiluomo!

Procedo con la farsa di accompagnarlo fuori, arrivando al punto di aprire significativamente la porta d'ingresso e tenerla bella ampia, come un portiere d'albergo.

"Grazie" afferma lui, uscendo e fermandosi proprio accanto a me. Sembra dire sul serio.

Così da vicino, l'odore dell'oceano è più forte e deve contenere qualche sorta di feromoni (o così, o qualcuno mi ha infilato una medusa nelle mutandine).

La mia rabbia svanisce. Anche se il mio nome non fosse quello che è, non ignorerei un ramo d'ulivo offerto.

Chiudo la porta e gli rivolgo un sorriso quasi sincero. "Mi dispiace, se tutta questa faccenda è stata trasparente per te quanto lo è stata per me."

Lui corruga gli angoli degli occhi. "Ti riferisci al tentativo di tua nonna di farci mettere insieme?"

"Sì. Quello."

Lui si appoggia una mano sul petto. "Non l'avevo notato affatto."

Mi inumidisco le labbra improvvisamente secche, ma non è d'aiuto. Credo di essere in preda a una disidratazione correlata alla mia *wunderpussy*. "La nonna ha buone intenzioni, ma ovviamente noi siamo la peggiore accoppiata di sempre."

Lui mi fissa voracemente le labbra. "Ovviamente?"

"Beh, certo." Controllo la parte in vetro della porta, per assicurarmi che la nonna non stia curiosando. "Siamo come due pesci combattenti che condividono una minuscola vasca."

Lui fa un passo avanti, avvolgendomi in altri feromoni dal profumo di mare. "È di nuovo permesso parlare di piccole vasche?"

"Vedi? La peggior accoppiata di sempre." Resisto all'impulso di scostargli una ciocca di capelli dietro l'orecchio.

Lui china la testa. "Chi stai cercando di convincere?"

Mi sento attirare verso di lui, come la marea verso la riva.

No, assolutamente no.

Con sforzo, faccio un passo indietro.

Lui sembra deluso per un momento; poi, guarda alle mie spalle e sogghigna.

Girandomi, sorprendo la nonna con il naso schiacciato contro il vetro della porta d'ingresso.

Uff, sapevo che avrebbe curiosato.

"Dovrei andare." Lo sguardo affamato di Oliver è di nuovo fisso sulle mie labbra.

Resistendo all'impulso di leccarmi le suddette labbra, gli tendo la mano. "Buonanotte."

Con un sorrisino sexy, lui allunga la propria per stringermela.

Per la dopamina di Cthulhu! Quando la mia pelle

tocca il suo palmo calloso, una scossa di elettricità mi attraversa tutto il corpo. Mi ricorda quella volta in cui ho toccato un'anguilla elettrica, solo che stavolta è il piacere a scorrere nelle mie terminazioni nervose, anziché il dolore.

Proprio com'era successo con l'anguilla, però, il mio cuore rischia di fermarsi. Ma a differenza di quanto era successo con l'anguilla, anche le mie ovaie sono in difficoltà.

A un certo punto, lui ritira delicatamente la mano.

Giusto. È sua, quindi è legittimo.

In un annebbiamento stupefatto, lo guardo camminare a grandi passi verso la sua Tesla, entrare e partire.

Impiega solo tre secondi per parcheggiare nel vialetto adiacente, davanti alla casa con i pannelli solari.

Mi volto verso la porta, come per chiedere a mia nonna cosa sia appena successo.

Lei sta sorridendo come una svitata; chiaramente, non è d'aiuto.

"Oh, ragazzi" commenta, quando torno dentro. "È stato un saluto patetico."

CAPITOLO
Cinque

SE LA NONNA assomiglia minimamente alle mie sorelle, la mia strategia migliore è quella di non lasciarmi coinvolgere.

"Che strano" commento. "Come mai Oliver ha guidato per una distanza così breve?"

Lei si posa le mani sui fianchi. "Perché è venuto qui direttamente dal lavoro. Bel tentativo di cambiare argomento."

Nonna astuta, ad infilare il commento sul lavoro. Da conversazioni precedenti, so che è fortemente contraria al fatto che le donne frequentino uomini senza lavoro, a meno che "non siano in pensione, come tuo nonno."

Fingo uno sbadiglio. "Che ore sono? Mi sento esausta."

La nonna posiziona il proprio corpicino minuto sulla mia strada. "No no. Parleremo di quel disastro di appuntamento."

D'accordo. Sfodererò la mia seconda miglior strategia per trattare con una sorella: l'attacco come difesa. "Appuntamento?" Faccio sembrare la domanda il più indignata possibile. "Chi ha mai detto che potevi svendermi in quel modo?"

La nonna rotea gli occhi (ed è inquietante quanto assomigli alle mie sorelle in questo momento). "Per carità. Ho soltanto invitato un vicino a cena. La signora (e sto usando questo termine in modo generoso) protesta troppo."

Gemo teatralmente, poi ricordo a me stessa di rispettare gli anziani.

Sì. Bisogna rispettare gli anziani, soprattutto quando è difficile.

"Nonna. Lui mi detesta" affermo, quando ho sotto controllo le mie reazioni impulsive. "L'hai visto."

Lei si accarezza le ciocche bianche. "Quello che ho visto era che lui ti guardava come tuo nonno guarda me: cioè, come se volesse ricoprirti di panna montata e leccarti tutta la notte."

Come può la stessa immagine essere contemporaneamente adorabile e vomitevole?

"Ti sei fumata qualcosa come antipasto, oggi?" le chiedo. "So che hanno legalizzato la marijuana a scopo medico qui, in Florida, ma non sapevo che tu ne facessi uso."

"Non mi sono fumata un bel niente" replica la nonna. "Ho mangiato delle arachidi allo sciroppo d'acero e peperoncino infuse di cannabis, prima, ma questo non cambia i fatti."

Wow. Io stavo solo scherzando. I miei nonni si sballano? Ho la sensazione che i miei genitori ne sarebbero contenti.

"Io e Oliver ci detestiamo" ribadisco con fermezza.

"Ne dubito." Finalmente, si sposta dalla mia strada. "Ma se anche fosse, puoi comunque detestarlo e andarci a letto insieme, no?"

Me la svigno senza degnare l'ultima domanda di una risposta.

———

Eppure, mentre svolgo la mia routine serale, l'idea della nonna si agita nel mio cervello, come il verme di un pesce.

Potrei scoparmi Oliver, pur detestandolo? Dovrei? Questo placherebbe la mia lussuria?

Dopo una lunga riflessione, decido che: a) è una cattiva idea e, soprattutto, b) lui non vorrebbe comunque partecipare, a prescindere da cosa la nonna creda di aver visto. Oh, e c) c'è Betsy. Se lui è il suo uomo e io me lo scopo, pur detestandolo, lei mi odierà legittimamente, e questa è una strana spirale di odio di cui non voglio far parte.

Purtroppo, non ho il benché minimo sonno, il che mi induce a temere una ripetizione della notte scorsa.

Beh, forse oggi posso anticipare la soluzione. Tiro fuori dal comodino il vibratore a forma di tentacolo. È considerato scopare con odio, se mi detesto per il fatto di immaginare Oliver mentre mi masturbo?

Con la coda dell'occhio, vedo Beaky agitare le braccia.

Gli sorrido. "Ehi, amico, vuoi un po' di coccole?"

Beaky diventa bianco.

La Vasca non è forse il centro dell'universo? L'universo non gira forse intorno alla Vasca? Gli anemoni di mare non fanno forse la cacca dalla bocca?

Oh, questo mi fa venire in mente che ieri sera non gli ho più fatto le coccole. Non c'è da stupirsi che sia così ansioso di riceverne.

Con attenzione, tolgo il sigillo alla vasca.

Beaky sa cosa sta succedendo e nuota verso la superficie.

Allungo la mano.

Lui la avvolge con due delle sue braccia. Sembra un bacio solleticante, quando mi sfiora la pelle con le sue ventose.

Con le duecentottanta ventose su ciascuna delle loro braccia, i polpi hanno il senso del tatto, del gusto e dell'olfatto. Le ventose, inoltre, sono piuttosto sensibili; è per questo che cerco di coccolare Beaky solo prima di andare a dormire, quando sono pulita e non introduco sostanze chimiche sgradevoli nell'equazione. Il mio ultimo ex ha definito questa routine serale oscena, ma io non vedo la differenza tra questo e farsi leccare la mano da un cane.

Gli occhi intelligenti di Beaky sono ipnotizzanti.

Sogghigno, ricordando quanto poco gli piacesse il suddetto ex. Almeno, presumo sia questo il motivo per cui spruzzava acqua fredda a quel bastardo ogni volta che poteva.

Usando altre due braccia, Beaky inizia a tirarmi dentro l'acqua fredda della vasca.

"Scusa, amico" gli dico, ritraendomi. "Per quanto mi piacerebbe, non posso vivere sott'acqua."

Rendendosi conto che sono seria sulla faccenda del non voler annegare, mi lascia andare con una delle braccia, poi la estende rapidamente verso il comodino.

"No, fermo!" grido, ma è troppo tardi.

Beaky è già sul fondo della vasca, con il vibratore a tentacolo nella sua presa.

"Ridammelo!" Metto la mano nell'acqua.

Beaky diventa tutto nero e si fa grande: una dimostrazione di aggressività, che lo fa sembrare il mantello di un vampiro.

Ritiro la mano di scatto. Quelle stesse ventose che "baciano" delicatamente le mie braccia durante le coccole hanno il potenziale per afferrare abbastanza forte, da lasciare un livido nel migliore dei casi (o cavare un occhio nel peggiore).

Inoltre, anche se dubito che Beaky mi farebbe mai una cosa del genere, ha un becco che può mordere e rilasciare saliva velenosa.

"D'accordo. Tienilo" gli dico.

Questa impertinenza è il motivo per cui facciamo sorgere il sole ogni giorno, per quanto tu lo detesti.

Scuoto la testa, mentre Beaky capisce come attivare la vibrazione del sex toy; poi, diventa di un caleidoscopio di colori, mentre indaga su questo nuovo sviluppo.

"Non abituartici troppo" gli dico. "La batteria si scaricherà, prima o poi."

Ripensandoci, forse posso creare qualcosa per caricare la batteria? Essendo impermeabile, il vibratore si carica tramite un cavo con un magnete in cima, quindi tutto ciò che mi servirebbe è...

Mi fermo e sorrido. Sembra che io e Beaky abbiamo appena inventato una nuova forma di intrattenimento per polpi, anche se potrebbe destare perplessità. Posso solo immaginare cosa ne penserebbero quelli di Octoworld, o quelli di Sealand, se è per questo.

D'altra parte, riadattare i giocattoli per altri scopi non è un concetto nuovo per me. Moltissimi giocattoli per bambini e per cani fungono da basi per le mie invenzioni. Tuttavia, non mi sono mai avventurata così fuori dagli schemi, da pensare a sex toy per umani... ma potrei farlo ora.

In effetti, adesso che ci penso, le vagine finte hanno un grande potenziale. La loro consistenza potrebbe piacere a tutti i cefalopodi, non solo ai polpi.

Richiudo la vasca con molta attenzione. Questo coperchio è la creazione di cui vado più orgogliosa. I polpi non hanno ossa, quindi anche un esemplare di duecentosettanta chili può infilarsi in un'apertura grande come uno scellino. In pratica, se ci passa il becco, ci passa anche il resto del polpo.

Guardo Beaky divertirsi con il vibratore e una parte di me si chiede se potrebbe usarlo come farebbe un umano: per masturbarsi.

È possibile, ma improbabile, e non perché Beaky è un maschio.

La riproduzione dei polpi è tanto affascinante quanto strana. Innanzitutto, c'è il loro strano apparato sessuale. Invece di un pene, un polpo maschio ha un braccio specializzato chiamato 'ectocoltile'. Durante l'accoppiamento, questo braccio entra in uno dei due sifoni sul mantello della femmina (l'orifizio che è anche responsabile della respirazione, dell'espulsione dei rifiuti e del getto d'acqua quando il polpo vuole nuotare o infastidire il mio ex-ragazzo).

In secondo luogo, c'è il cannibalismo sessuale, comunemente praticato dalle femmine di dimensioni più grandi. A volte, i maschi vengono strangolati durante l'atto sessuale; a volte, subito dopo. Alcuni maschi scelgono addirittura di sacrificare alla femmina il loro intero braccio di accoppiamento, pur di scappare.

Ehi, se fossi stata un polpo e più grande del mio ex, anch'io l'avrei strangolato per avermi svilita e avermi detto cosa indossare, anche se non lo avrei mangiato. Ma, del resto, io non nuoto in giro affamata per tutto il tempo.

Con le braccia avvolte intorno al sex toy, Beaky spegne la vibrazione e, poi, la riaccende.

Quindi, trova la modalità a impulsi e la tiene accesa.

"Divertiti" gli auguro. "Io vado a dormire."

Sappi che quest'ultima offerta ci fa molto piacere, sacerdotessa-suddita. Questo è ciò che si proverebbe ad abbracciare il possente ectocotile di Cthulhu, siano benedette le sue ali!

Per prima cosa, controllo se posso bloccare il sole del mattino dalla finestra. No. Le tende sono più decorative che funzionali. E sia. Mi metto la crema solare sul viso e sul collo; poi, spengo le luci e mi infilo sotto la coperta.

Mmm. Senza il vibratore, mi rimane un'unica scelta: masturbazione alla vecchia maniera.

Con uno sforzo di volontà, bandisco Oliver dalla mia mente e faccio scivolare la mano sotto la coperta.

Accidenti!

Mentre mi tocco, immagini delle dita di Oliver (e del suo Aqua-manico) si insinuano a intervalli regolari, rendendo l'intero processo più sexy. Suppongo che mi piaccia comportarmi da ragazzaccia sconcia e birichina, che fa ciò che non dovrebbe.

Solo dopo essere finalmente venuta, maledico la mia infida immaginazione.

La parte peggiore è che, nonostante l'orgasmo, non riesco ad addormentarmi. L'incombente conversazione con Davy Jones (volevo dire il dottor Jones) è di nuovo in primo piano nella mia mente.

Grr. Avrei dovuto fare un po' di esercizio fisico per stancarmi, prima di andare a letto. A quanto pare, masturbarmi con odio non è sufficiente.

Disperata, comincio a contare i polpi nella mia testa e, a un certo punto dopo milletrecento, mi addormento.

———

Il giorno dopo, quando arrivo al lavoro, sono intontita.

Per svegliarmi, rifletto sulla più grande sfida della mia carriera: l'intrattenimento per le stelle marine.

Mi gratto la testa.

Che cosa può esserci di divertente per una creatura che non ha sangue, si muove usando piccoli piedini a tubo e mangia spingendo il proprio stomaco attraverso la bocca?

Per cominciare, potrei rendere una metà della vasca delle stelle marine buia, lasciando l'altra metà esposta alla luce. Queste creature hanno occhi alle estremità delle braccia e immagino che, se hai gli occhi, puoi trovare divertenti degli stimoli visivi.

Sono a metà del mio piccolo progetto, quando qualcuno si schiarisce la voce.

"Ciao" saluto Aruba, quando alzo lo sguardo. "Stavo pensando all'arricchimento per le stelle marine."

Aruba storce il naso. "Il termine corretto è 'stelle di mare'."

Sospiro. Non comprendo il bisogno di essere così pignoli per la terminologia.

"I delfini sembrano annoiati oggi?" le chiedo.

Lei scuote la testa con veemenza. "La signora Aberdeen mi ha chiesto di trovarti. Ha un incarico urgente per te da parte del dottor Jones in persona."

Il modo riverente in cui pronuncia "dottor Jones" mi fa rabbrividire.

"Grazie" replico. "Arrivo tra un secondo."

Con un cenno soddisfatto, lei gira sui tacchi e se ne va.

"Tornerò presto" dico alle stelle marine, per poi dirigermi verso l'ufficio di Rose.

———

"I lamantini devono essere la tua massima priorità" mi dice Rose al posto di un saluto, non appena entro nel suo ufficio.

"Eh?"

"Il dottor Jones pensa che siano sull'orlo della depressione e il nostro solito arricchimento non sembra funzionare."

Mi immagino ancora una volta il volubile dottor Jones con le sembianze di Davy Jones, intento ad accarezzarsi la barba da polpo con espressione severa, quando scopre la condizione attuale dei lamantini.

Mi liscio le mani sui pantaloncini color kaki. "Che cosa fate attualmente per loro?"

Lei mi porge un foglio stampato. "È tutto lì. Il mio intrattenimento preferito è stato quando abbiamo infilato dei cavoli dentro una zucca intagliata e l'abbiamo attaccata a un tubo di metallo. L'hanno adorato, così come un tubo da cui spuntavano fuori dei broccoli."

"Incoraggiare il foraggiamento è ottimo." Scorro la lista. "Fammi vedere se riesco a portare le cose a un altro livello."

"Eccellente" esclama. "Questo ti sarà d'aiuto, quando parlerai con il dottor Jones domani. È un grande fan dei lamantini."

Ridacchio. "Quindi, dovrei adularlo con discorsi sui lamantini?"

Lei mi guarda con espressione seria. "Avrai bisogno di tutto l'aiuto possibile. Aruba ha appena inviato un'email proponendo di realizzare un memoriale per Flipper, il che ha indubbiamente ricordato al dottor Jones quell'orribile evento."

Merda! E sono stata io a ricordare ad Aruba quell'incidente, chiedendole dei polpi.

Balzo in piedi. "Ok, sarò dai lamantini, se hai bisogno di me."

Lei mi saluta e io mi dirigo verso l'area espositiva, riapplicandomi la crema solare lungo il tragitto.

Il mio cellulare suona.

Ah. Un messaggio di Lemon… e posso indovinare cosa mi dirà.

Ciao scodella, come ti vanno le cosce?

Sogghignando, le rispondo:

Le mie cosce stanno bene, grazie, ma non mi piace essere paragonata a una scodella o ad altri oggetti tondeggianti.

La sua risposta è immediata:

Forzuto corruttore autoerotico!

Sbuffo. Anche il mio correttore automatico si sta comportando in modo strano, ma il suo sembra davvero perfido.

Intendevi 'fottuto correttore automatico'?

Lei mi risponde con un pollice insù e aggiunge: *volevo dirti che io e Fabio veniamo stasera.*

Di bene in meglio.

Con 'veniamo', intendevi che arriverete in Florida?

Fabio è gay, quindi è improbabile che voglia venire vicino a lei o a qualsiasi donna.

Lemon mi risponde con una serie indecifrabile di imprecazioni dirette al suo correttore automatico, alcune delle quali vengono auto-corrette in un linguaggio incomprensibile.

Ci vediamo quando sarai qui.

Metto via il telefono e mi guardo intorno.

La vasca dei lamantini è enorme, com'è giusto che sia. Questi giganti gentili pesano più di una tonnellata e hanno bisogno di spazio.

Trovando un posto all'ombra, li osservo, sempre più affascinata. Anche se non sono una strizzacervelli come Rose, questi animali non mi sembrano depressi, ma solo annoiati. Si divertono a rotolarsi e a scivolare sull'acqua (lo spettacolo più adorabile, dopo il mio polpo che cambia colore).

Tiro fuori il cellulare e integro quello che già so su queste creature con qualche ricerca online, concentrandomi in particolare su questo ramo della famiglia: il lamantino della Florida, o *Trichechus manatus latirostris*. Si tratta di un mammifero marino, naturalmente. In effetti, è un lontano cugino dell'elefante, il che è fantastico.

Forse, potrei provare qualche arricchimento per elefanti sui lamantini? Agli elefanti piace giocare con pneumatici e palle giganti, per esempio.

Che altro? Ah, ecco. Mangiano insalata di mare in quantità equivalente al dieci per cento del loro enorme peso corporeo. Fico! Questo fornisce tonnellate di opportunità per rendere il loro pasto più divertente, cosa che i ragazzi qui hanno già scoperto. Alcuni articoli si riferiscono ai lamantini come a "mucche di mare", il che suona un po' denigratorio, anche se, forse, è più che altro un riferimento a tutto il loro pascolare e alla loro indole mite.

Un'informazione utile è che amano l'acqua calda.

Magari, potrei montare un dispositivo che li spruzza con un getto d'acqua calda, quando premono un pulsante? Meglio ancora, potremmo costruire una Jacuzzi per loro? Sembra costoso, ma se al dottor Jones piacciono così tanto, forse spenderà di più?

Un'altra curiosità utile: nonostante gli occhi e le orecchie relativamente piccoli, hanno vista e udito eccellenti. Gli piacerebbe guardare la TV? Scommetto di sì, soprattutto se proponessi loro dei contenuti interessanti, come un documentario sulla natura marina, un programma di cucina incentrato sull'insalata, o quel video di "Gangnam Style" a ripetizione. Di nuovo, il prezzo potrebbe essere un problema. Un piccolo tablet non sarebbe sufficiente per creature di queste dimensioni. Probabilmente, dovremmo impermeabilizzare un televisore da ottantacinque pollici e calarlo nella vasca.

Alcune informazioni sui lamantini sono affascinanti, ma inutilizzabili. La mia preferita è il fatto che, a volte, vengono scambiati per sirene. Dato che io stessa sono un'aspirante sirena, questo mi rende quasi invidiosa.

Cristoforo Colombo è stato il colpevole di questa confusione (il che non stupisce, da parte di uno che è riuscito a scambiare l'America settentrionale per l'India). Quando avvistò tre lamantini vicino alla Repubblica Dominicana, pensò di vedere delle sirene e scrisse che "non erano belle nemmeno la metà di come vengono dipinte." Ehi, amico, i poveri lamantini non dovrebbero essere giudicati secondo gli standard di bellezza irraggiungibili dell'arte trecentesca. Voglio dire, le donne dell'epoca si strappavano i capelli per ottenere quelle fronti altissime super-desiderabili che, oggigiorno, le manderebbero alla disperata ricerca del Rogaine.

Grazie al cielo, le donne moderne non sono così pazze, da radersi l'attaccatura dei capelli. Ci depiliamo solo dove la natura ha voluto: ascelle, gambe, zona bikini, dita delle mani e dei piedi.

Ma torniamo ai lamantini. Hanno le unghie sulle

pinne. Forse, potremmo fare loro la pedicure? No, di nuovo con gli standard di bellezza.

Le femmine, inoltre, sono famose per essere mamme estremamente dedite. Mmm. Forse questo significa che gradirebbero giocare con un cucciolo di lamantino giocattolo? È possibile, supponendo che io possa trovare un giocattolo impermeabile e sommergibile della misura giusta.

Prendo nota di queste idee e, per il resto della giornata, me ne vengono in mente altre.

———

La sera, tornata a casa, controllo innanzitutto la cucina per assicurarmi che Oliver non sia di nuovo lì.

No. Siamo solo noi tre a cena, stavolta (e non so dire se mi sento sollevata o delusa).

Mentre finiamo di mangiare, comincio a preoccuparmi preventivamente di un'altra notte insonne, finché non ricordo la mia idea di fare esercizio per stancarmi.

Sì. Sono in Florida da diversi giorni, ma non ho ancora avuto occasione di andare a farmi una nuotata. Cosa ancora più importante, non ho ancora usato il mio costume da sirena (uno sfizio che ho ancora più voglia di togliermi, dopo aver lavorato con i lamantini simili a sirene).

Più ci penso e più quest'idea mi piace. Il sole è tramontato, quindi mi basterà un leggero strato di crema solare. Inoltre, non dovrebbe esserci nessuno in spiaggia a quest'ora, quindi non sarò costretta a spiegare il costume da sirena.

Non appena la cena è finita, indosso il mio bikini, ci metto sopra uno scialle e, poi, infilo la coda da sirena in un particolare contenitore: una custodia per chitarra riadattata. Camminare con la coda indosso è troppo difficile, persino per una sirena professionista come me.

"Cappero" mi chiama severamente il nonno, quando apro la porta del garage.

"Dove stai andando?"

Abbasso lo sguardo sul mio bikini a malapena coperto. "In spiaggia."

"Capisco" dice lui. "Vengo con te."

"No." Sottolineo il mio punto di vista scuotendo la testa con veemenza. Non sono ancora pronta a dichiararmi una sirena davanti alla mia famiglia.

Lui tira fuori un fucile da chissà dove. "In tal caso, porta questo con te."

Sbatto le palpebre un paio di volte. "Nonno, sto andando in una spiaggia privata di un quartiere privato."

Lui stringe gli occhi. "Prendilo, o ti proibisco di andare."

"Non puoi proibirmelo. Sono un'adulta."

Le sue sopracciglia folte si aggrottano. "Non ti stai comportando come tale."

"Perché mi rifiuto di uccidere la gente con un fucile?"

Lui sospira. "E se lo caricassi con proiettili di gomma?"

Inclino la testa. "Cosa?"

Lui rimuove le cartucce dall'arma e, con un rapido movimento, le sostituisce con un set diverso. "Le pallottole di gomma sono speciali munizioni non letali. Sono quelle che la polizia usa durante le rivolte. Mettono al tappeto il tuo aggressore, ma lo tengono in vita. Di solito."

Adocchio lo stupido fucile. "È legale che me lo porti dietro?"

Lui mi spinge l'aggeggio tra le mani. "Chi se ne frega? Non ci sarà nessuno in quella spiaggia a metterti nei guai."

"A che cosa mi serve un'arma, se non c'è nessuno?" mormoro, ma lui se n'è già andato.

Con un sospiro, ripongo il fucile nel mio contenitore per coda da sirena ed esco. Dopo una breve camminata, arrivo alla spiaggia, che è vuota come speravo. L'acqua è mossa stasera, ma io sono una brava nuotatrice e qui non ci sono quasi mai correnti di risacca.

Nuotata da sirena, sto arrivando!

CAPITOLO
Sei

COME SPESSO ACCADE quando mi accingo a fare questo, sento uno svolazzare eccitato nello stomaco, che mi ricorda il comportamento dei piranha affamati, quando gli si lancia un succulento pezzo di carne cruda.

Adoro nuotare come una sirena, ma ci sono due motivi per cui non lo faccio più spesso. Quello ovvio è che non tutti capiscono la faccenda del mettersi la coda, mentre quello meno ovvio è che, per qualche ragione, fare questo mi eccita. E intendo che mi eccita *molto* (quasi quanto vedere Oliver ieri). Non ho idea del perché sia così e non sono disposta ad andare da uno psicologo per scoprirlo.

Mi tolgo le infradito e le porto a mano, mentre la sabbia ancora calda si schiaccia piacevolmente tra le mie dita dei piedi. Fermandomi abbastanza lontano dalle onde, per assicurarmi che le mie cose non galleggino via, mi tolgo lo scialle e tiro fuori la coda.

Dannazione! Potrei essere più strana? Il semplice fatto di infilare le gambe nel tessuto impermeabile della coda è un'esperienza estremamente sensuale, mille volte di più che indossare lingerie sexy.

Ignorando la mia libido, mi sistemo la coda e rifletto sul modo migliore per entrare in acqua. Le mie opzioni sono saltare, strisciare o camminare a piccolissimi passi (come una che sta per farsela addosso). Quando ho seguito un corso di nuoto da sirena, è stato in piscina, quindi siamo entrati in acqua strisciando per motivi di sicurezza. In questo caso, dato che la sabbia morbida attutirebbe la mia caduta, se perdessi l'equilibrio, decido di saltellare, perché mi porterà a destinazione più velocemente.

Salto una volta, due, tre. Al quarto salto, percepisco la fresca umidità dell'Oceano Atlantico attraverso la coda, ed è allora che un'onda mi fa inciampare e cadere in acqua.

Ridacchiando, riprendo l'equilibrio e comincio a nuotare, usando l'addome come mi è stato insegnato, mentre la coda e le braccia spingono contro l'acqua.

Ci siamo. Mi sento libera e senza peso, ed è come un assaggio dell'infanzia... almeno, se ignoro la mia folle eccitazione.

Quando avrò fatto abbastanza esercizio, magari, potrei abbassarmi leggermente la coda e passare un po' di tempo di qualità con la mia *wunderpussy*. Nessuno se ne accorgerebbe.

Aspettate. Che cos'è questo rumore?

Guardo verso la riva.

Sembra che non ci sia nessuno. Eppure, credo che rimanderò la lucidatura della mia perla a quando sarò a letto. Per ora, nuoto e nuoto, fino a quando i muscoli dell'addome mi fanno male.

D'accordo. Basta così. Torno verso la riva, con la luce della luna a illuminare il tragitto. Quando l'acqua è abbastanza bassa, mi alzo in piedi sulla coda e saltello, ma un'onda mi fa cadere.

Pazienza.

Comincio per metà a nuotare e per metà a strisciare, finché sono parzialmente fuori dall'acqua, quando arriva un'altra onda, che trasporta *qualcosa*.

Strizzo gli occhi, catalogando mentalmente tutte le specie di squalo native della Florida.

Fiù!

Non è uno squalo. Mentre l'acqua si ritira, scorgo una tavola da surf con un uomo sopra.

E non un uomo qualsiasi.

Oliver.

Con indosso soltanto il costume da bagno.

CAPITOLO
Sette

IL TEMPO RALLENTA, mentre ammiro ogni deliziosa scanalatura dei muscoli di Oliver, che brillano alla luce della luna. Immagino che Poseidone abbia questo aspetto, quando emerge dal mare, con i lunghi capelli bagnati che gli scendono sulle spalle possenti. Oppure Aquaman. Sì, decisamente Aquaman. La somiglianza è così forte, che mi aspetto quasi che la tavola da surf sotto di lui si trasformi in Karathen.

Anche lui si accorge di me e uno sguardo sorpreso attraversa i suoi lineamenti.

Il mio battito cardiaco raddoppia di velocità. Non ho idea di cosa fare, perciò resto ferma, mantenendo la coda nascosta sott'acqua.

"Ciao" mi saluta, planando verso di me sulla tavola da surf, o per sentire cosa dirò o per vedere se le mie ovaie esploderanno nelle sue vicinanze (cosa che potrebbe succedere).

"Continua a nuotare."

Eh già, ho appena blaterato proprio questo. In mia

difesa, ero già eccitata per la coda da sirena. Con l'introduzione della sua bellezza seminuda nell'equazione, è un miracolo che il mio cervello funzioni abbastanza, da farmi muovere la laringe.

Lui si ferma a distanza di leccata, con la luce della luna che gli danza negli occhi. La sua voce è bassa e profonda. "Vuoi che me ne vada?"

Scuoto la testa, costringendo il mio cervello a funzionare. "No. Scusami. Penso di aver guardato *Alla ricerca di Dory* una volta di troppo."

Un sorrisino gli incurva le labbra sexy. "Capisco... *kelpcake*."

Accidenti, questo è un riferimento a Dory! Ora *devo* scoparlo. E non semplicemente scoparlo con odio (non quando è un collega appassionato di *Alla ricerca di Dory*).

"Dunque." Fa scorrere la tavola da surf di lato, avvicinandosi. Il divertimento gli brilla negli occhi, insieme a qualcos'altro. Qualcosa che mi ricorda la coda che indosso e il modo in cui mi fa sentire. "Com'è questo posto in confronto alle spiagge di New York?"

Sono talmente distratta dalle sensazioni che scorrono nel mio corpo, che mi serve un momento per elaborare le sue parole. Quando lo faccio, la mia spina dorsale si irrigidisce.

Se è tornato sul discorso di New York contro la Florida, potrebbe essere una scopata d'odio, in fin dei conti.

"Le spiagge di Far Rockaway sono fantastiche, soprattutto per il surf." Cerco di far apparire le parole pungenti, ma sono senza fiato. Mi passo la lingua sulle labbra, assaporando il sale dell'oceano.

Lui mi fissa la bocca, dilatando le narici. "Non sono ricoperte di neve per la maggior parte del tempo?"

Il mio battito cardiaco accelera e sento quell'attrazione verso di lui, proprio come sul portico dei miei nonni. La mia voce è ancora più affannosa. "Neve o meno, lì troverai dei surfisti, con la muta, se occorre. In confronto a loro, i surfisti della Florida sono dei rammolliti."

A proposito, è un miracolo che la coda da sirena non mi sia scivolata spontaneamente via dal corpo.

Lui si sporge in avanti e la sua voce si fa più profonda. "Proprio una newyorkese."

Ci siamo. Non posso più resistere.

Lo afferro per la nuca e lo tiro verso di me.

Le nostre bocche si scontrano come due onde anomale. Affogo nelle sensazioni, come una barca in un uragano. Le sue labbra sono morbide, deliziose, e la sua barba è leggermente ruvida. Il suo profumo è inseparabile da quello dell'oceano e altrettanto inebriante. Le sue mani grandi e calde vagano sulla mia schiena, mentre io faccio scorrere il palmo lungo i suoi addominali, gli stringo i capelli bagnati e affondo le unghie nel suo cuoio capelluto. Gemendo, lui approfondisce il bacio; la sua lingua duella con la mia, esplorando avidamente ogni centimetro della mia bocca.

Non sono mai stata baciata così. È come essere divorata. Consumata. E io lo consumo a mia volta, mentre il calore dentro di me si intensifica, fino a farmi sentire come se l'oceano intorno a noi potesse ribollire.

Con un ringhio gutturale, lui stacca le labbra. Il suo respiro è affannoso, la sua voce roca. "Che cosa stiamo facendo?"

Senza fiato, ebbra di desiderio, faccio quello che ho sognato di fare fin dalla prima volta in cui l'ho visto. Infilo la mano dentro i pantaloncini del suo costume e avvolgo le dita intorno a un Aqua-manico duro come la roccia, nonché incredibilmente grosso. La mia voce è roca come la sua. "Sfoghiamo la frustrazione?"

La sua asta pulsa nella mia stretta, irrigidendosi all'inverosimile, e la sua voce scende di un'altra ottava. "Hai protezioni?" Si spinge giù i pantaloncini, rivelando un'erezione di cui persino il potente Cthulhu sarebbe orgoglioso.

Un fucile con munizioni non letali conta come protezione?

Stordita, scuoto la testa. "Sono sana e prendo la pillola."

Ho la sensazione che la coda stia soffocando la mia *wunderpussy*, tenendomi le gambe strette tra loro, quando invece vorrei divaricarle. Senza riflettere, comincio a sgusciare fuori dalla coda.

Una parte di me teme che questo sia una specie di complotto machiavellico che Oliver ha architettato. Invece di convincermi a vendergli Beaky, forse ha deciso di prendere solo *me*. In fin dei conti, le persone sposate condividono tutto, persino i polpi.

Aspettate. Sposate? Che cosa sto...

"Anch'io sono sano" dice con voce roca. Poi, sposta

lo sguardo sulla parte inferiore del mio corpo, rivelata da un'onda che si ritira, e resta a bocca aperta. "Che diamine…?"

Oh, merda! Non avevo alcuna intenzione di mostrarmi come sirena a *lui*. Solo che, ormai, è troppo tardi. Alzo il mento. "Cosa? Non hai mai visto una coda da sirena?" Riuscendo finalmente a sfilarmela, uso tutta la forza delle braccia per gettarla sulla riva, appena fuori dalla portata delle onde.

Lui fa altrettanto con i suoi pantaloncini e spinge la tavola da surf nella stessa direzione, facendola uscire dall'acqua. "Perché?"

"Lunga" faccio scorrere la mano su e giù per la sua asta, "storia. Sei sicuro di voler parlare?"

La sua risposta è un altro bacio divorante, che mi mozza il fiato e mi dà la sensazione che la sabbia fresca e umida sotto il mio sedere sia un magma.

Uomo saggio.

Mi dà baci caldi e morsi sul collo e sulla clavicola.

Ho detto saggio? Volevo dire geniale.

Mi solleva il top del bikini e le sue labbra scendono sui miei seni; la sua lingua calda e umida guizza sui miei capezzoli, uno e poi l'altro. Sento che sto per perdere la ragione. Respirando affannosamente, rotolo sopra di lui. Le sue parti dure premono sulle mie parti tenere e io non ho mai desiderato così tanto qualcosa dentro di me. I miei capezzoli potrebbero perforare l'acciaio, mentre nel mio clitoride affluisce abbastanza sangue, da renderlo duro come una perla (il mio eufemismo preferito).

"Pronto?" ansimo, mentre mi sollevo per infilarmelo dove ne ho bisogno.

"Cazzo, sì!" grugnisce lui, ma poi s'irrigidisce e sgrana gli occhi.

Merda! Non gli avrò mica graffiato il pene? Preoccupata, scendo da sopra di lui, mentre comincia a imprecare.

"Che cosa c'è?"

Rotola a pancia in giù e si indica il culo sodo. "Brucia."

Gli *brucia* il culo? Potrebbe aver bisogno di un proctologo.

Poi, la noto:

una grossa medusa.

"È un'ortica di mare" esclamo con urgenza. "Velenosa."

"Cazzo!" Lui si guarda alle spalle. "Hai ragione."

Balzando in piedi, mi precipito verso il mio contenitore per la coda da sirena e ci rovisto dentro, alla ricerca di qualcosa da poter usare per aiutarlo.

Niente.

Beh, quasi niente. C'è sempre il fucile. Lo prendo e torno indietro di corsa.

La sua espressione sofferente diventa confusa. "Hai intenzione di spararmi?"

Roteo gli occhi. "Certo. Ho pensato di porre fine alle tue sofferenze." Mi avvicino di più. "Voglio usare la canna per spingere via la medusa, prima che ti punga ancora, e per rimuovere i tentacoli, se sono attaccati. Va bene?"

Lui annuisce con una smorfia e io entro in azione.

83

"Potresti avere delle nematocisti sulla pelle, quindi non toccarti" gli intimo, dopo essermi assicurata che la medusa non gli farà più del male.

"Allora, che cosa devo fare?"

"Perché non ti tiriamo fuori dall'acqua, nel caso arrivasse un'altra medusa?" Lo aiuto a strisciare verso la riva. "Lasciami dare un'occhiata."

Mi accovaccio sopra il suo sedere e strizzo gli occhi. Oh, cavoli! La sua natica sinistra non ha affatto un bell'aspetto.

Non sapendo cosa fare, ci soffio sopra premurosamente. "Così va meglio?"

Lui stringe i denti. "No, ma se hai una sigaretta, suppongo che potresti provare a soffiarmi il fumo nel culo."

Mi guardo intorno alla ricerca della sua borsa, ma non la vedo. "Hai con te un cellulare?"

"No." Con un grugnito, si solleva sui gomiti. "Tu hai dell'aceto?"

Mi assicuro che il mio fucile sia puntato lontano da lui, per evitare la tentazione di usarlo. "Sarebbe una frecciatina al mio nome?"

"Di che diavolo stai parlando?"

Stringo gli occhi. "Lo sai. L'olio d'oliva e l'aceto vanno in coppia."

Mi guarda di traverso. "Non m'interessa scherzare né fare un'insalata, in questo momento. Ho sentito dire che l'aceto può essere utile per questo tipo di punture."

"Ah. Scusa. Non ho aceto. Tu ne hai?"

"Ho solo la mia tavola da surf." Fa un'altra smorfia. "Ho sentito dire anche che l'ammoniaca nell'urina può servire. Potrebbe essere una leggenda metropolitana, però."

Indietreggio. "Sono abbastanza sicura che sia una leggenda metropolitana, ma se vuoi provarci, io non ti guardo."

Si schiarisce la gola. "Non posso esattamente pisciarmi sul culo."

Aspettate, che cosa?

Lo fisso con aria incredula. "Vuoi che *io* ti faccia la pipì addosso?"

CAPITOLO
Otto

"V<small>OLERE È UNA PAROLA GROSSA</small>" ringhia Oliver. "Ho solo bisogno che il dolore passi."

Merda di carpa su un cracker! Mi sento la faccia rossa come un pomodoro. Da un lato, lui sta chiaramente soffrendo. Dall'altro, non siamo ancora alla fase della pioggia dorata.

Nella metafora sessuale del baseball, passeremmo dall'essere quasi arrivati alla quarta base, al fiondarci direttamente alla decima...

"D'accordo" mi sorprendo a dire. "Ma non eccitarti."

Mi fulmina con lo sguardo. "Non c'è niente per cui eccitarsi."

Mi avvicino a lui. "Bene. Non guardarmi mentre la faccio e, dopo, non parleremo mai più di questo argomento."

"Affare fatto." Si sdraia, nascondendo il viso tra le braccia piegate.

Mi avvicino con cautela. "Tappati anche le orecchie. Non voglio che tu senta il tintinnio."

Lui geme. "Vuoi che mi metta a cantare ad alta voce, per coprire il rumore?"

"Sì." Mi tolgo gli slip del bikini e mi accovaccio sopra il suo sedere. "Potrebbe servire."

Oliver comincia a cantare con un baritono basso e morbido, e io riconosco il testo della canzone dei Led Zeppelin preferita da mio padre: "When the Levee Breaks."

Fantastico. Sono abbastanza sicura che questa fosse l'esatta canzone che i miei genitori ci cantavano, quando ci hanno insegnato a usare il vasino.

Oh, pazienza. Che la guarigione abbia inizio!

C'è soltanto un problema: non riesco a farla a comando.

Mi sforzo, ma non esce niente. Continuo a domandarmi cosa diremmo, se qualcuno arrivasse in spiaggia in questo momento. Inoltre, non sono sicura di quanto bene saprei direzionare il flusso. È già abbastanza brutto che gli pisci sul sedere, ma se qualche schizzo gli arrivasse…

No. Non devo pensare a niente di stressante, altrimenti non la farò mai.

Respiro profondamente e ascolto lo scrosciare delle onde, ma questo non aiuta.

Immagino cascate, rubinetti aperti, fiumi che scorrono…

Continua a nuotare. Continua a nuotare.

Finalmente! La pipì ha inizio e, per fortuna, atterra più o meno dove dovrebbe.

Improvvisamente, mi ricordo di Betsy, l'amante della lattuga. Non posso credere che mi fosse passata di mente, nella foga del momento. Betsy urinerebbe per lui in questo modo? La sua pipì ricca di vitamine funzionerebbe meglio della mia?

Il canto di Oliver aumenta di volume e potrebbe contenere una punta di isterismo.

Da parte mia, ringrazio Cthulhu di non aver mangiato asparagi oggi. E di essermi ben idratata. A meno che... la mia urina non sia troppo diluita, per funzionare correttamente?

Suppongo che lo scopriremo.

Dopo aver terminato, mi rendo conto di non avere carta igienica. Con una smorfia, vado verso l'oceano e mi lavo con l'acqua di mare. Mi sento vagamente violata, anche se è Oliver quello che si è fatto pisciare addosso.

A proposito di Oliver, sta ancora cantando.

Non si è accorto che ho finito?

Mi affretto a tornare indietro e mi rimetto gli slip del bikini. "Ehi... Ti senti meglio?"

Lui continua a cantare.

Lo tocco delicatamente con un dito del piede.

Smette di cantare. "Hai fatto?"

"Sì. Ne deduco che tu non ti senta diversamente?"

Solleva la testa. "Brucia ancora come un acido."

Che le carpe mi mordano! "Forse la mia urina è troppo diluita? Oppure tutta questa storia è una leggenda metropolitana, dopotutto."

Stringendo i denti, lui si solleva a carponi e io lo aiuto ad alzarsi in piedi.

Persino ferito e bagnato di pipì, ha un aspetto glorioso nella sua nudità e, pur non essendo più eretto, l'Aqua-manico è ancora piuttosto grande.

"Andrò a casa e userò dell'aceto" mormora.

"Saggio." Prendo i pantaloncini del suo costume e glieli porgo.

Lui fa una smorfia, guardandoli. "Non posso."

Sbatto le palpebre. "Non puoi cosa?"

"Il contatto con il tessuto mi farebbe troppo male."

Per poco non mi schiaffeggio la fronte con i suoi pantaloncini. "Certo... ma qual è l'alternativa?"

"Tornerò a casa così."

"Nudo?" strillo. Abbassando la voce, gli chiedo: "Non ti arresteranno?"

Lui si stringe nelle spalle. "È buio e camminerò da una spiaggia privata a un quartiere privato."

Sospiro. "I problemi legali sono l'ultima cosa di cui hai bisogno in questo momento. Che ne pensi di quest'idea: tu ti tieni il costume davanti e io ti copro il didietro con la tavola da surf."

Lui prende i pantaloncini. "Va bene. Andiamo."

Raccolgo la mia coda bagnata e la infilo nella custodia per chitarra insieme al fucile. Con la custodia sulla spalla, prendo la tavola da surf e la tengo davanti a me. Torniamo a casa così, con me che lo copro da dietro, facendo del mio meglio per non fissargli i glutei sodi e muscolosi mentre cammina (il che si rivela difficile).

Quando siamo vicini a destinazione, prego Cthulhu e tutti i Grandi Antichi che i miei nonni non mi becchino ad accompagnare a casa un ragazzo nudo. Non la finirebbero più di parlarne.

Finalmente, arriviamo alla porta del suo garage.

Lui si gira, nascondendomi la vista del suo culo, e tiene i pantaloncini sollevati per coprirsi. Il suo tono è burbero. "Grazie per l'aiuto."

Poso la tavola da surf a terra. "Ti serve una mano per applicare l'aceto?"

"Da qui in poi, posso farcela da solo." Come se si rendesse conto che le parole gli sono uscite troppo duramente, si sforza di sorridermi. "Sei troppo gentile."

Sogghigno. "Per una newyorkese, intendi?"

Il suo sorriso diventa ironico. "Mi dispiace per tutto questo. Ora scappo, se non ti scoccia."

Ah, giusto. Lo sto trattenendo dall'alleviare il dolore.

Dovrei semplicemente voltarmi e andarmene, ma le parole mi escono da sole. "Potresti mandarmi un messaggio, quando ti sentirai meglio?"

Altrimenti, mi preoccuperò per lui tutta la notte.

"Certo" mi risponde. "Qual è il tuo numero?"

Glielo dico e lui lo ripete un paio di volte, imparandolo a memoria. Voltatosi, digita un codice di accesso in un quadrante vicino alla porta del garage e, quando questa si apre, mi rivolge un cenno di saluto e scompare all'interno.

Scombussolata, ma stranamente euforica, mi dirigo anch'io verso casa.

CAPITOLO
Nove

MENTRE FACCIO la doccia e svolgo la mia routine serale, ripenso a tutto quello che è successo.

Ho quasi fatto sesso con Oliver: un evento che rischia di farmi esplodere la testa.

Gli ho fatto la pipì addosso: un evento che mi fa venire i brividi.

Risultato netto: sono più arrapata di un branco di adolescenti maschi a un raduno porno.

Beh, la masturbazione sta rapidamente diventando il mio aiuto per addormentarmi, quindi ecco cosa farò. Un orgasmo abbastanza forte potrebbe mettere a tacere la mia ansia per l'incontro di domani con il dottor Jones, nonché mettere a riposo domande come: "Che cosa succederà la prossima volta che vedrò Oliver?"

A proposito di Oliver, come starà?

Trovo il mio cellulare e vedo un messaggio da un numero sconosciuto.

Ciao, sono Oliver. L'aceto ha funzionato. Grazie per il tuo aiuto di oggi.

Salvo il suo numero e gli rispondo con:

Non c'è di che. Buonanotte.

Mi sento fluttuare, quando mi rendo conto che potrò mandargli un altro messaggio domani (solo per sapere come si sente, naturalmente, ma se questo portasse a qualcosa...).

Ok, ho decisamente bisogno di smaltire un po' di questa energia sessuale, altrimenti potrei fargli una telefonata erotica *stanotte*. Dopotutto, ci sono parecchie posizioni in cui il suo sedere non sarebbe a rischio.

Mmm. Mi è uscita un po' male.

Prima di occuparmi di me stessa, vado a coccolare Beaky.

Uhm. È avvolto intorno al sex toy, ma quell'aggeggio non vibra più.

"Se me lo ridai, te lo ricarico" gli dico, aprendo la vasca. "Non ho ancora scoperto come caricarlo sott'acqua."

Non sono sicura se lui capisca o se, ormai, si sia stufato del giocattolo, ma lo getta fuori dalla vasca, non appena il coperchio è aperto.

Riporta in vita lo Scettro, sacerdotessa-suddita, o subirai la piena potenza della nostra terribile ira.

"Lo farò dopo le coccole" gli comunico, allungando la mano verso di lui.

Beaky mi "bacia" con le sue ventose, come al solito, e stavolta non ruba niente. Almeno, non che io sappia.

"Domani, saprò se otterrai una vasca più grande" gli dico, mentre richiudo l'acquario.

Mi accorgo che sta fissando il vibratore sul pavimento, perciò tiro fuori il caricatore, attacco i magneti al giocattolo e lo posiziono vicino alla vasca, affinché lui sappia che è quasi alla sua portata.

Sul vibratore comincia a lampeggiare una luce LED blu, indicando che si sta caricando. Beaky lo osserva come ipnotizzato e, poi, fa diventare blu una delle sue braccia.

D'accordo. Ora, un po' di tempo per me stessa. Spengo le luci, ma prima che possa togliermi il pigiama, suona il campanello.

Il mio battito accelera.

Oliver si è ripreso abbastanza, per venire a concludere quello che abbiamo iniziato?

Poi, mi viene in mente.

Lemon aveva detto che lei e Fabio sarebbero arrivati oggi. Merda di carpa! Come ho potuto dimenticarlo?

Riaccendo la luce, indosso una vestaglia sopra il pigiama ed esco dalla stanza.

Ebbene, sì. La nonna sta baciando Fabio sulla guancia, mentre il nonno abbraccia Lemon.

"Avresti dovuto permettermi di venire a prendervi" dice il nonno, lasciando andare la mia gemella identica per stringere la mano a Fabio.

"Sono felice di non averlo fatto." replica Lemon, abbracciando la nonna. "Il nostro volo era in ritardo."

Avvistandomi, Fabio sbuffa. "Un'altra? Tu quale sei?"

Roteo gli occhi. "Olive. Sai, quella che ti ha detto di aver accettato un lavoro in Florida?"

La nonna rivolge una smorfia a Fabio. "Pensavo che tu fossi il migliore amico di tutte le mie nipoti."

Fabio si passa teatralmente una mano tra i folti

capelli. "Lo sono, ma questo non significa che debba saper distinguere un'oliva dall'altra."

Gemo. Quando non racconta barzellette più vecchie dei miei nonni, Fabio ama prenderci in giro per i nostri nomi. La faccenda era talmente grave al liceo, che usavo la cipria in polvere per opacizzarmi la fronte nella speranza di evitare le battute sulla pelle 'oleosa'. E, almeno inconsciamente, credo di aver perso la verginità per arrestare le variazioni sul tema "extravergine."

"Avete fame?" domanda la nonna.

"Abbiamo mangiato in aereo" risponde Fabio.

La nonna guarda il nonno. "Non è rimasto un po' di quella cheesecake? Sai che la piccola Lemon adora i dolci."

Il nonno sorride a Fabio per qualche motivo. "Spiacente. È finita. Garantito al limone."

Ignorando i nostri gemiti, i due uomini si danno il cinque.

Lemon mette il broncio. "Mi piacciono i dolci come a qualunque ragazza."

"Certo. Proprio come alla fidanzata di Braccio di Ferro" Fabio mi indica, "piacciono i polpi come a qualunque ragazza."

Incrocio le braccia sul petto. "Ah ah ah. La fidanzata di Braccio di Ferro, Olivia. Spiritoso."

"Scusa." Fabio disegna un cuore nell'aria. "Olive you" (variante sarcastica di "I love you").

Ora basta. Gli pizzico il bicipite, facendolo strillare.

La nonna scuote la testa. "Smettetela di comportarvi come bambini e decidete chi dormirà dove."

"Io prendo il letto nella camera degli ospiti!" gridano all'unisono Lemon e Fabio.

Sogghigno come il Grinch. "Perciò… non vi dispiace condividere la stanza con il mio polpo?"

"Allora io prendo il divano!" grida Fabio.

Lemon accascia le spalle. "Suppongo che io prenderò il letto pieghevole."

"Spiacente" interviene il nonno. "Quel genio di tuo padre in qualche modo è riuscito a romperlo, mentre mi faceva un massaggio non richiesto, l'ultima volta che lui e tua madre sono stati qui."

D'accordo. C'è molto da digerire in questa affermazione. Sono solo contenta che il nonno non abbia sparato a papà per quel massaggio.

"Ne deduco che le sorelle Hyman faranno un pigiama party" commenta Fabio, allontanandosi significativamente dalla distanza di pizzicotto. "Quando la vita ti dà limoni, eccetera."

Lemon cerca di colpirlo, ma lo manca.

"Ti senti più matura?" le chiede Fabio.

Lei geme. "Sul serio?"

Ignorandola, Fabio mi guarda. "Hai ancora l'ossessione per la crema solare?"

Inclino la testa. "Non prenderla come una minaccia, ma il nonno mi ha dato un fucile oggi."

Fabio fa una faccia innocente. "Volevo solo dire che dovresti darne un po' a Lemon. Senza di quella, si spella sempre."

Lemon si lancia contro di lui, che scappa via urlando.

"Sarò nella camera degli ospiti" grido (a nessuno in particolare).

La nonna e il nonno mi augurano la buonanotte; poi, torno in camera e mi metto a letto.

Lemon mi raggiunge entro breve. Si avvicina a me sul lato destro del letto, tenendosi il più distante possibile dalla vasca di Beaky.

"Buonanotte" le dico, spegnendo la luce.

"Notte, sorella."

Sospiro e stringo il mio cuscino.

Addio orgasmo!

CAPITOLO
Dieci

Mi SVEGLIO di nuovo con il sole in faccia.

Maledetto Stato del Sole! Mi ero completamente dimenticata di mettermi la crema solare, prima di andare a dormire.

Inoltre, dov'è Lemon?

Balzando in piedi, mi dirigo verso il bagno per applicare un triplo strato di protezione solare, prima di vestirmi per andare al lavoro.

Oggi incontrerò il dottor Jones.

Uscendo dalla camera degli ospiti, sento una musica familiare provenire dal soggiorno, perciò mi dirigo lì.

La nonna e Lemon sono sedute davanti alla TV a guardare un balletto. A giudicare dalla musica, si tratta de *Il lago dei cigni*. La riconosco da quel film con Natalie Portman.

Mia sorella Blue è fortunata a non essere qui ad assistere. Il fatto che delle persone fingano di essere uccelli le farebbe sicuramente uscire il cervello dalle orecchie.

Le due stanno facendo colazione. La nonna sta sgranocchiando un bagel, mentre Lemon sta divorando dei cereali che assomigliano sospettosamente a biscotti al cioccolato affogati nel latte al cioccolato... il tutto cosparso di zucchero a velo.

"È lui?" La nonna indica un ballerino sullo schermo.

"Sì!" risponde Lemon con aria sognante, ingoiando la bava alla bocca. "Io lo chiamo *il russo*."

Un riferimento a *Sex and the City*, ovviamente. Quella serie le piace addirittura più di quanto le piacciano i dolci (il che è tutto dire, visto che è sul punto di farsi venire il diabete, oppure di trasformarsi in uno degli elfi di Babbo Natale).

La nonna grugnisce con approvazione. "Capisco il fascino."

Lo capisco anch'io. Il ragazzo ha lineamenti marcati e il più bel paio di gambe nella storia. Ma quel rigonfiamento nei suoi collant è ancora meglio. Mi viene quasi da domandarmi se questa non sia una forma di porno.

Ehi, preferisco beccare la nonna a guardare questo, piuttosto che i tentacoli viola.

Mi schiarisco la gola. "Buongiorno."

Lemon si gira verso di me. "Ehi, dormigliona. Ti ho scossa, quando mi sono svegliata, ma eri KO."

La nonna sorride maliziosamente. "Stava indubbiamente sognando il vicino."

Lemon mette in pausa il balletto. "Quello che se ne andava in giro nudo ieri sera?"

Oh, merda! "Come fai a saperlo?"

Il sorriso della nonna si allarga. "I pensionati sono

ficcanaso. Sei stata vista da una signora che stava portando a spasso il cane; lei l'ha detto a un'amica, che a sua volta l'ha detto a me."

"Inseguire un ragazzo nudo." Lemon gesticola con il cucchiaio. "Sei proprio come Samantha."

"Non lo stavo inseguendo e non è come pensate." Sottovoce, mormoro: "Purtroppo."

"Che cosa pensiamo?" domanda la nonna.

"Sto morendo di fame" dico. "E non posso fare tardi al lavoro."

"Giusto. Lascia che ti prepari la colazione." La nonna si precipita in cucina, dove io e Lemon la seguiamo.

Quando mi viene piazzata davanti una omelette, racconto una versione degli eventi di ieri sera che non coinvolge la coda da sirena.

Lemon mi fissa con occhi sgranati. "Gli hai fatto una pioggia dorata?" Poi, la sua espressione si inasprisce. "Come quando Carrie usciva con quel politico."

La nonna le lancia uno sguardo severo. "Non si giudicano le perversioni in questa casa."

Le fulmino entrambe. "Non era una perversione. Lui stava soffrendo."

Lemon sogghigna. "Certo. Certo. È quello che dicono sempre. 'Oh, no, ho le palle blu. Oh, no, mi ha punto una medusa'."

Per evitare di dire qualcosa di poco gentile, mi riempio la bocca di uova e mi prendo un lungo minuto per masticare e deglutire, mentre la nonna descrive Oliver a Lemon, usando aggettivi come "appetitoso" e "sexy da far bagnare le mutandine."

"Come mai ti sei svegliata così presto?" chiedo a Lemon, nella speranza di cambiare argomento.

"Andiamo in spiaggia" dicono Lemon e la nonna all'unisono.

"Ah. Di prima mattina, quando l'indice UV è ancora basso. Saggio." Tiro fuori la mia crema solare e la piazzo sul tavolo. "Assicuratevi di usarla. Tutte e due."

Lemon apre il flacone e dà un'annusata. "Che schifo! Puzza troppo."

Io e la nonna ci scambiamo sguardi divertiti. Il senso dell'olfatto di Lemon è leggendario nella nostra famiglia: potrebbe surclassare quello di cani e maiali. Parlando di animali acquatici, invece, la creatura che non riceve abbastanza credito per il suo incredibile senso dell'olfatto è lo squalo. Lo squalo limone, in particolare, è in grado di rilevare persino la più piccola traccia di sangue nell'acqua (un'informazione che userò per prendere in giro la mia dolce sorella al momento opportuno).

"Dov'è Fabio?" chiedo. "E il nonno?"

Lemon rotea gli occhi. "Sono andati al poligono di tiro."

"Ma Fabio non detesta le armi?" Mi ficco in bocca l'ultimo boccone di omelette.

Lei sospira. "Non quand'è con il nonno."

Il nonno? Che cosa diavolo c'entra?

La nonna ridacchia. "Il ragazzo ha una piccola cotta. D'altronde, si può biasimarlo?"

Bleah! Le fisso a bocca aperta. "Diamine, sì che posso biasimarlo. Si tratta di nostro nonno!"

"Oltretutto, è davvero disgustoso" sussurra Lemon.

"Potrei giurare di aver sentito termini come 'orso polare' e 'paparino' in riferimento al nonno."

Mi alzo in piedi. "Per l'amor di Cthulhu, ti prego di non spiegarmi cosa significa tutto questo."

———

È un miracolo che io non prenda una multa per eccesso di velocità, mentre vado al lavoro. Il lato positivo è che non farò tardi all'incontro con il dottor Jones. Tuttavia, sono così sudata per il caldo e l'ansia, che avrei bisogno di un cambio d'abiti.

Ho qualche minuto prima dell'incontro, quindi corro nell'ufficio di Rose e le chiedo una nuova uniforme.

"Tieni." Me ne porge una pila. "Queste sono altre cinque."

Sono talmente sudata, da farle pensare che me ne servano così tante?

"Grazie" replico.

"Buona fortuna" mi augura, ma in un modo tale, da farmi preoccupare ancora di più per l'incontro col grande capo.

Con un ringraziamento frettoloso, mi precipito nel bagno delle donne e mi cambio. Poi, con appena un minuto di anticipo, busso alla porta dell'ufficio del dottor Jones.

"La signorina Hyman?" chiede una voce ovattata dall'altra parte della porta.

"Presente!"

Merda, perché ho risposto così? Lui non è un professore che fa l'appello in classe.

"Prego, entri pure."

Entro nell'ufficio, con le ginocchia leggermente traballanti.

"Tu?" esclama una voce maschile familiare. "Che cosa ci fai qui?"

La luce che si riflette sui lineamenti del dottor Jones penetra nella mia retina e viene assorbita dalle cellule fotorecettrici. Poi, un segnale elettrochimico si fa un bel giretto, finché il centro visivo del mio cervello registra ciò che non dovrebbe essere vero.

Mi si secca la bocca, mentre il mio battito cardiaco balza nella stratosfera.

Il dottor Jones è l'uomo con cui sono quasi andata a letto ieri sera.

Il dottor Jones è Oliver.

CAPITOLO
Undici

LUI MI GUARDA con un'espressione altrettanto scioccata.

A differenza delle altre volte in cui l'ho visto, i suoi lunghi capelli sono raccolti in uno chignon, ma non ci si può sbagliare. È lui.

Quando hai pisciato sul culo di qualcuno, non dimentichi più la sua faccia. Né il suo culo.

Inoltre, indossa gli stessi vestiti che aveva alla cena con i miei nonni: una polo bianca e pantaloni color kaki. Questo abbigliamento, a pensarci bene, è quasi identico alla mia uniforme, solo con i pantaloni lunghi al posto degli shorts. Devono essere una caratteristica da capo: più dignitosi, anche se meno pratici col caldo della Florida. Il lato positivo è che dovrebbero contribuire a proteggere le sue gambe dal sole. Così, non dovrà riapplicare la crema solare tante volte lì.

Aspettate, perché sto pensando ai suoi pantaloni?

Questo è un disastro!

Sono quasi andata a letto con il grande capo.

E l'ho definito ripetutamente 'uomo della Florida'.

E gli ho pisciato addosso!

Perché era ferito.

Merda! Questo dev'essere il motivo per cui sta in piedi alla sua scrivania, anziché seduto (oppure è solo una di quelle persone che cercano di non stare troppo sedute per godere di una salute ottimale). La sua scrivania è effettivamente del tipo sit-stand, il che supporta la seconda teoria.

Prima di pensarci meglio, gli chiedo di getto: "Come ti senti?"

Lui si stringe il ponte del naso tra le dita, inspira a fondo ed espira lentamente. Abbassando la mano, mi fissa con occhi ciani dall'espressione fredda. "Temo che la situazione con i lamantini stia diventando terribile e vorrei sentire le tue idee. Ho un'altra riunione tra un'ora, quindi è meglio che ci mettiamo al lavoro."

Uhm, ok. Ho capito come stanno le cose. Ha deciso di evitare l'elefante nella stanza, concentrandosi sul lavoro e parlando del cugino dell'elefante, il lamantino. O è così, oppure ama così tanto i lamantini, che tutti gli altri argomenti sono banali in confronto. E, ehi, posso capire. Tra le mille preoccupazioni che ho attualmente (ad esempio, se mi sarà permesso o meno mantenere questo posto di lavoro), la prima della lista è cosa comporterà questa rivelazione per la grande vasca di Beaky.

Aspettate un attimo. Beaky! Ecco perché lui voleva comprarlo: per portarlo qui, dove avrebbe avuto una vita migliore. Mi sento improvvisamente stupida per essere stata sgarbata...

"Signorina Hyman." Lui mi guarda aggrottando la fronte. "Riuscirai a svolgere i tuoi incarichi o…"

"Scusa." Scuoto la testa per liberarla dallo shock residuo (e dai subdoli ormoni, che mi fanno venire voglia di lisciare con la lingua quel solco tra le sue sopracciglia). "Stavo raccogliendo i pensieri. Ho così tante idee per l'intrattenimento dei lamantini, che non so da dove cominciare."

Inarca un sopracciglio. "Così tante?"

Scuoto la testa su e giù. "Vuoi che cominci con la più economica o la più efficace?"

"Efficace."

Facendo appello ad ogni briciolo della mia professionalità, mi lancio nel discorso, iniziando con l'idea del televisore all'interno della vasca. Lui ascolta con la massima attenzione e pone domande estremamente intelligenti, al che io mi sento ancora più stupida, per non aver capito che fosse un collega biologo marino.

In mia difesa, avevamo concordato di non parlare di fauna marina alla cena con i miei nonni e, sulla spiaggia, non abbiamo avuto la possibilità di parlare granché.

"Grazie" mi dice, quando ho concluso il mio elenco. "Vorrei che iniziassi a mettere in pratica le tue idee in ordine di efficacia, a partire dal televisore. La situazione è terribile. Betsy non ha mangiato stamattina."

Sopprimo una risatina isterica. "Betsy è un lamantino?"

"Beh, certo." Il suo cipiglio ritorna. "Non hai lavorato con loro tutto il giorno, ieri?"

Mi stringo nelle spalle. "Non ho imparato i loro nomi. Ero troppo occupata a…"

Con un sospiro, mi porge una carta di credito. "Usa questa per comprare il televisore."

Quando prendo la carta, le nostre dita si sfiorano e una scarica di energia sessuale scombussola di nuovo le mie sinapsi. Senza mostrare alcun segno di esserne influenzato, Oliver fissa lo sguardo sul proprio monitor.

Dannazione! "In realtà, c'è un'altra cosa di cui vorrei discutere."

Lui distoglie lo sguardo dal monitor. I suoi occhi ciani sono ridotti a due fessure. "Se si tratta di ieri sera…"

"Il mio polpo" sbotto. "Lo voglio qui."

Ho capito che non vuole toccare il discorso della sera scorsa (e non posso biasimarlo). Anche a me piacerebbe cancellarla del tutto, ma purtroppo non ho una macchina del tempo.

Lui controlla il suo orologio. "La mia prossima riunione è…"

"Hai visto la sua vasca attuale" continuo con maggiore urgenza. "Ne hai accennato tu stesso. Gliene serve una molto più grande."

Lui sospira. "La questione non è così semplice."

"Perché no?"

Tamburella con le dita sulla scrivania. "Per cominciare, l'hai appena definito il *tuo* polpo. Qui non sono ammessi animali domestici."

Ho capito dove vuole arrivare. Mi sento sprofondare, ma mi costringo a pronunciare le parole.

"Se è l'unico modo per fargli avere una vasca più grande, può essere tuo."

"Sarebbe di Sealand, non mio."

"Non è la stessa cosa?"

Lui scuote la testa. "Sealand è una società, un'entità legale e fiscale che non coincide con me. E questo è un bene. Se mi succedesse qualcosa, Sealand andrebbe avanti e il tuo polpo continuerebbe ad avere una casa."

Mi si stringe il cuore all'idea che possa succedere qualcosa a Oliver. E che sarò separata da Beaky. Ma questo è ciò che è meglio per lui.

"D'accordo" concedo. "Sarebbe di proprietà di Sealand."

"Questo significa anche che vivrebbe qui permanentemente, a prescindere dal tuo status occupazionale."

Mi accorgo che sono stata in piedi per tutto questo tempo e ho le gambe stanche. Mi avvicino alla sedia di fronte alla sua scrivania e mi siedo. "Grazie per il chiarimento" dico con una buona dose di amarezza nella voce. "Ho capito. Beaky non sarà più mio."

C'è un luccichio di gentilezza nei suoi occhi? "Ci prenderemo cura di lui, te lo prometto."

Immagino che questo non sia un buon momento per ricordargli cos'è successo all'ultimo polpo sotto la cura di Sealand, quindi dico: "Progetterò il coperchio per la sua vasca. L'ultima cosa che voglio è che scappi e si faccia male."

"Ottima idea. Falla diventare la tua priorità, dopo aver aiutato i lamantini."

Mi alzo in piedi. "Grazie."

Il suo sguardo si scalda leggermente. "Grazie a *te* per aver preso la situazione dei lamantini così seriamente."

L'ho fatto? Stavo solo svolgendo il mio lavoro. Mi piace quell'espressione nei suoi occhi, però. È molto meglio della maschera da gran capo freddo e distante che ha indossato durante la maggior parte di questo incontro.

Qualcuno bussa alla porta.

Deve trattarsi della sua prossima riunione.

"Ciao" lo saluto.

"Ciao" risponde, con espressione di nuovo illeggibile.

Distogliendo a forza lo sguardo dal suo viso delizioso, esco dall'ufficio.

CAPITOLO
Dodici

Un uomo sconosciuto sta aspettando fuori; gli dico che il dottor Jones è pronto a riceverlo.

Prima che io possa elaborare ciò che è appena successo, mi imbatto in Rose.

"Com'è andato l'incontro?" mi chiede.

Le racconto di Beaky e della carta di credito.

"Ti conviene farti accompagnare da Dex, quando vai al negozio di elettronica" mi consiglia. "Un maxi televisore è troppo pesante per te da trasportare."

Quello che sembra comunicare, senza dirlo esplicitamente, è: "Se sua maestà il dottor Jones vuole che sia fatto, fallo *subito*."

D'accordo. Un piccolo viaggio potrebbe impedirmi di preoccuparmi per l'imminente separazione da Beaky (e di impazzire per il fatto che Oliver sia il dottor Jones).

La ringrazio e m'incammino verso Otteraction, dove spiego al mio collega incaricato delle lontre la necessità di andare a fare acquisti.

Dex ridacchia. "Una TV per le mucche di mare? Ora sì, che le ho sentite tutte."

Decido di non correggere il suo uso della terminologia. "Mi aiuterai?"

"Certo. Possiamo prendere il furgone aziendale. C'è un centro commerciale qui vicino."

———

Un membro del reparto tecnologia ci aiuta a scegliere il televisore.

"È progettato per l'esterno e ha un'impermeabilità IP66" ci spiega a proposito di un modello dall'aspetto robusto.

"È un buon inizio" dico. "Quanto costa?"

Il prezzo che cita è più alto di quello che costerebbe un normale televisore delle stesse dimensioni, ma l'impermeabilità vale la pena. Inoltre, quelli che sto spendendo non sono i miei soldi.

"Aggiungici degli altoparlanti impermeabili, che funzionino dentro una piscina, e lo prendiamo" affermo.

Lui deve parlarne con il suo manager, ma alla fine ci propongono un buon affare, considerando che avrei comprato gli altoparlanti in ogni caso.

"Potete caricarlo sul nostro furgone?" chiedo, quando la transazione è conclusa.

Non c'è bisogno che io e Dex ci sforziamo troppo inutilmente.

I ragazzi del reparto tecnologia ci aiutano e, poi, io e Dex ci dirigiamo verso il negozio di ferramenta, dove acquisto sigillante, vetroresina, tubi per incapsulare i fili e un mucchio di altri componenti, che mi permetteranno di impermeabilizzare ulteriormente il televisore e gli altoparlanti. Prendo anche tutto ciò di cui avrò bisogno per montare la TV all'interno della vasca e per regolare l'angolo di visione secondo necessità, oltre ad alcune cose economiche per aiutarmi ad attuare alcune delle mie altre idee più semplici, tra cui un mucchio di grandi spazzole per realizzare un palo su cui grattarsi.

Mentre Dex guida per riportarci al lavoro, mi preparo psicologicamente a chiedergli una cosa, che mi frulla in testa fin da quando ho scoperto che Oliver è il grande capo.

"Dex" dico con la maggior disinvoltura possibile, "quanto è severa la politica delle Risorse Umane sulle relazioni tra colleghi?"

"Follemente severa." Lui distoglie gli occhi dalla strada e mi rimira in modo equivoco. "Per quanto sarebbe allettante, non oserei rischiare."

Roteo gli occhi. "Amico. Non ci stavo provando con te. Me lo stavo solo chiedendo, in generale."

Lui ha l'aria di una lontra a cui è appena sfuggito il gambero. "Preferisci l'altra sponda? Aruba è effettivamente attraente… A meno che non ti piacciano più mature, nel qual caso Ros…"

"Basta così" lo interrompo. "Ho la sensazione che tu stia infrangendo la politica delle Risorse Umane proprio adesso."

Parlando di politiche delle Risorse Umane, quante ne avrò infrante, quando ho pisciato sul grande capo?

"Scusa" dice Dex, riportando la completa attenzione sulla strada. "Mi piace il mio lavoro, quindi non penso nemmeno a queste cose. La politica è venuta dall'alto."

Inarco un sopracciglio. "Dal dottor Jones in persona?"

Dex annuisce solennemente. "Si mormora che avesse fondato Sealand con la sua ragazza. Quando si sono lasciati, l'attività ha rischiato il fallimento... e da allora, lui è sempre stato suscettibile in fatto di relazioni sul lavoro."

"Ah" è la cosa più intelligente che mi viene da dire.

Questo spiega la stranezza del suo comportamento, quando ha capito che lavoro per lui?

Ripensandoci, si è *davvero* comportato in modo poi così strano?

Prima che Dex riesca a fiutare il motivo per cui gli sto facendo tutte queste domande, riporto la conversazione sulle mie idee per l'arricchimento delle lontre. Alla fine, esauriamo gli argomenti relativi alle lontre di cui discutere, perciò rivolgo la mia attenzione all'oceano in lontananza e lascio che la delusione mi inondi.

Non può succedere niente tra me e Oliver.

Le ragioni sono innumerevoli (e molte non hanno nulla a che vedere con la rivelazione di oggi). Per esempio, il semplice fatto che io sia attratta da lui è la prova che, probabilmente, è uno stronzo di prima categoria.

Della serie: forse in futuro mi aspetta un ordine restrittivo.

No, grazie. Ci sono già passata. Forse è un bene che

Oliver si sia rivelato il mio capo. Tra la politica delle Risorse Umane e il suo passato, qualsiasi scappatella mi farebbe perdere questo lavoro e, di conseguenza, l'accesso a Beaky.

Svoltiamo all'ingresso di Sealand, dove Dex parcheggia il furgone e, poi, solleviamo insieme il televisore.

Caspita! Questo aggeggio è pesante. Rose aveva ragione a insistere sul fatto che mi portassi dietro un aiutante.

Oltre al peso, c'è un altro problema. Il modo in cui siamo attualmente posizionati ci porta ad avere le facce troppo vicine tra loro, tanto che la cosa mi mette a disagio (soprattutto dopo la nostra chiacchierata sulla politica delle Risorse Umane).

Oh, pazienza. Faccio del mio meglio per non sforzare la schiena e tenere lo sguardo lontano dai suoi occhi da lontra.

"Mettetelo giù!" ringhia una voce familiare e profonda alle mie spalle.

Posiamo il televisore a terra, rischiando quasi di farlo cadere.

Mi giro.

Sì.

È Oliver. Per qualche motivo, sta guardando Dex come se il poveretto fosse una lontra dell'Alaska e lui un'orca assassina, l'unico predatore di cui quella specie protetta deve preoccuparsi.

Una delle creature di Dex si è forse messa nei guai, mentre noi eravamo via?

La voce di Oliver rimane ringhiosa. "Che cosa sta succedendo qui?"

"La stavo s-solamente aiutando con il televisore" risponde Dex con un leggero balbettio.

Oliver lo fulmina. "Allora dovresti portarlo da solo."

"Ehi!" stringo gli occhi in direzione di Oliver. "Non sono una debole donzella."

È il mio turno di ricevere il suo sguardo truce. "Avresti dovuto richiedere al negozio di effettuare la consegna."

Raddrizzo la spina dorsale. "Avevi detto che la situazione di Betsy era terribile, perciò ho pensato che avresti apprezzato la rapidità."

Le sue narici si dilatano, prima che si rivolga di nuovo a Dex. "Tu torna alla tua postazione."

Dex non ha bisogno di farselo ripetere due volte. In un batter d'occhio, se n'è andato.

Senza aggiungere un'altra parola, Oliver si avvicina al televisore e lo solleva da solo, facendola sembrare un'azione che non richiede alcuno sforzo.

So che dovrei essere stizzita, ma non posso negare l'accelerazione del mio battito cardiaco, mentre guardo i muscoli della sua schiena flettersi sotto la maglietta. Grr. Chiaramente, si tratta di un qualche istinto ancestrale da cavernicola che apprezza la sua forza (un istinto che, nel mondo moderno, è utile quanto avere un debole per i cibi grassi e i dolci).

Inghiottendo la bava, lo seguo finché non raggiungiamo i lamantini. Poi, Oliver posa con cura il televisore e si gira verso di me. "Quando sei pronta a calarlo nella vasca, chiamami."

Detto questo, se ne va.

Lo seguo con lo sguardo, sentendomi stranamente inquieta. Che cosa gli sarà preso? Non gelosia, vero? Il mio ex era uno stronzo geloso, quindi conosco bene quel difetto del carattere. Ma Oliver (cioè, il dottor Jones) non ha motivo di comportarsi così. Non significhiamo niente l'uno per l'altra. E anche se così fosse, non stava succedendo nulla con Dex.

Forse lui pensava che mi sarei fatta male alla schiena e avrei denunciato Sealand?

Ho bisogno di un momento per raccogliere le idee, perciò mi riapplico la crema solare. È passata un'ora intera, quindi è un'emergenza.

Una volta al sicuro dai raggi letali, esamino le targhe con i nomi dei lamantini per capire di quale ero gelosa.

Non ci metto molto a localizzare Betsy, un esemplare piccolo e relativamente magro della sua specie grassottella.

Leggo la targhetta. Betsy è nata in un acquario marino a Miami (un evento piuttosto raro), il che significa che non è una candidata per il rilascio in natura. Scommetto che questa è una delle ragioni per cui Oliver è così legato a lei. Ha abitato qui per la maggior parte della sua vita e continuerà a farlo per molti anni a venire. Questi animali possono vivere fino a sessantacinque anni e lei è appena adolescente.

"Farò in modo che non ti annoi qui" le dico.

Lei mi lancia un'occhiata scontrosa. *Ottimo, grazie, ma sarei molto più felice se tenessi le tue luride pinne lontane dal mio umano. Sono più sirena io di quanto tu possa mai sperare di diventare (e nessuna patetica coda finta potrà mai cambiare questo fatto). Oh, e persino con la mia dieta attuale, ho delle curve che tu ti puoi solo sognare.*

Con uno sbuffo, mi metto all'opera. Impermeabilizzo ulteriormente il televisore e gli altoparlanti, il che richiede così tanto tempo, che devo fare una pausa pranzo a metà del lavoro. Quando ho finito, mando un messaggio a Oliver per comunicargli che mi serve una mano per calare la TV nella vasca. Mentre aspetto, installo gli altoparlanti. Sono leggeri, quindi spero che Oliver non si arrabbi, se li ho sollevati con i miei gracili muscoli femminili.

Quando l'ultimo altoparlante è immerso, lui non si vede ancora.

D'accordo. Collego una parte della montatura al televisore, così ci sarà meno lavoro da fare, quando il grande capo si degnerà di arrivare. Quando non posso più fare ulteriori progressi nel montaggio, gli mando un altro messaggio:

Senti, se sei occupato, chiederò aiuto a Dex.

Forse questo gli metterà un po' di fretta? Per ora, imposto la TV con alcuni contenuti iniziali: un documentario naturalistico sul Mar dei Sargassi. A differenza di altri mari, questo non ha confini terrestri, trovandosi all'interno di un sistema di correnti oceaniche. La mia speranza è che i lamantini si divertano a guardare le grandi quantità di *Sargassum*, un tipo di alga, per cui il mare omonimo è noto. Dopotutto, è come un buffet di alghe a volontà, il che dovrebbe essere piacevole per Betsy e gli altri (quanto *Charlie e la fabbrica di cioccolato* lo è per Lemon).

Un rumore mi fa trasalire, perciò mi giro, per trovarmi di fronte il delizioso viso di Oliver.

No. Lui è il capo. Il suo viso e le altre parti sono off limits.

"Grazie per aver trovato il tempo" gli dico. Forse il sarcasmo con il capo è una cattiva idea, ma è difficile resistere.

Lui solleva il televisore. "Dove lo vuoi?"

Uhm. Niente sarcasmo in risposta.

Gli spiego come collegare tutto, prima che lui immerga la TV nella vasca.

"Ci stanno guardando affascinati" sussurra Oliver.

Controllo e, effettivamente, gli occhi dei lamantini sono puntati su di noi. "Se gli piace guardare gli umani fare questo genere di cose, potremmo impostare il canale di HGTV per loro."

Lui ridacchia, poi si ricompone e assume di nuovo l'espressione severa. "E adesso?"

Per tutta risposta, accendo la TV e faccio partire il documentario sul Mar dei Sargassi.

Betsy è la prima ad avvicinarsi per controllare la novità, mentre gli altri lamantini la seguono con espressioni incuriosite sui volti baffuti.

Aspettiamo qualche minuto per essere sicuri e, poi, dichiaro: "Lo stanno decisamente guardando."

"Sì" conferma Oliver con riverenza. "Ottimo lavoro, Olive."

Wow! I piranha nel mio stomaco stanno facendo un banchetto carnivoro e io non posso evitare di sorridere. "Ringraziami se escono dalla depressione."

Lui annuisce. "Il pasto è tra qualche ora. Vedremo come va."

"D'accordo" dico. "Nel frattempo, ho acquistato l'hardware per realizzare altre chicche per loro, quindi tanto vale che mi metta all'opera."

Lui guarda l'orologio. "Io ho un'altra riunione."

"Grazie per l'aiuto" gli dico; poi, temo possa pensare che sono di nuovo sarcastica, anche se stavolta sto dicendo sul serio.

Con un cenno di saluto, lui se ne va.

Grr. Non riesco a credere che mi piacesse di più quand'era conflittuale.

Pazienza!

Prendo le spazzole che ho comprato prima e le attacco ad alcune assi di alluminio, per creare un grattatoio per i lamantini. Poi, assemblo altri oggetti e, intanto, perdendo la cognizione del tempo. Quando alzo lo sguardo, Aruba, Dex, Rose, Oliver e alcune persone di cui non ho memorizzato i nomi sono lì, tutti intenti a lanciare lattuga ai lamantini.

All'inizio, Betsy e gli altri non notano nemmeno il cibo, grazie alla TV. Poi, distolgono gli sguardi dallo schermo e cominciano a sgranocchiare con grande entusiasmo.

Il documentario naturalistico ha stimolato il loro appetito, o si tratta semplicemente del fatto che sono di umore migliore?

"Wow" commenta Aruba con riluttanza. "Risultati sorprendenti. E così presto."

Rose si gonfia di orgoglio. "Le mie capacità di assunzione non falliscono mai."

Dex si gira verso di me. "Puoi farlo anche per le lontre?"

"Prima i delfini" interviene Aruba.

Oliver volta le spalle ai lamantini. "Ognuno avrà il suo turno, ma, per adesso, Olive si concentrerà sui lamantini e sul polpo che si unirà a noi."

Si riferisce al trasferimento di Beaky come se fosse un affare già concluso. So che dovrei esserne grata, ma tutto ciò che provo è ansia da separazione.

"Un polpo?" La voce di Aruba assomiglia al suono dei fischi e degli schiocchi di un delfino eccitato. "Perché?"

L'espressione di Rose diventa severa. "Perché spetta al dottor Jones decidere. Non a te."

Oliver lancia uno sguardo freddo ad Aruba. "C'è qualche problema?"

Lei impallidisce. "Non se questo qui rimarrà nella sua vasca."

"Me ne assicurerò io" dichiaro. "Anzi, se va bene, vorrei iniziare a lavorare a quel progetto."

Oliver mi rivolge un cenno d'assenso imperioso. "Rose, puoi mostrare a Olive la vasca?"

"Vieni." Rose mi afferra per il gomito e mi trascina in un edificio vicino.

"È questa." Indica una vasca enorme, che occupa quasi tutto lo spazio dell'ampia stanza. "Che cosa ne pensi?"

Fischio. "Scommetto che persino io potrei essere felice di vivere lì."

Rose sogghigna. "È dotata di un sistema di regolazione della temperatura e di tutti gli accessori."

"Wow." Sorrido, ma mi fa male il cuore. Separarmi da Beaky sarà difficile.

Rose mi posa una mano sulla spalla. È evidente che non sia solo una strizzacervelli per pesci; sa anche un paio di cosette su come tirare su di morale un essere umano. "Il tuo polpo sarà felice qui; ne sono sicura."

"Lo so." Inspiro. "È per questo che lo sto facendo. Ora, devo solo rendere questa vasca a prova di polpo, così non scapperà per diventare il pasto dei delfini."

"Ti lascio fare" mi dice Rose.

La saluto ed esamino la vasca.

È un miracolo che il polpo precedente ci abbia messo così tanto a scappare. Ci sono lacune nella sicurezza (letteralmente dei buchi!) su tutto il coperchio.

Raddrizzo le spalle.

Non tornerò a casa, finché non avrò reso questa vasca a prova di Beaky.

CAPITOLO
Tredici

MI CI VOGLIONO ORE. Devo noleggiare attrezzi per la saldatura e fare tre viaggi al negozio di ferramenta, ma, alla fine, ritengo la vasca a prova di polpo.

Dopo essermi lavata via lo sporco dalle mani, controllo l'orario sul mio cellulare.

Merda! È passata l'ora di andare a dormire e Lemon, Fabio e i miei nonni mi hanno mandato vari messaggi perché non mi sono presentata a cena.

Avviso tutti che sto tornando a casa e salgo in macchina.

Quando entro nel vialetto d'ingresso dei miei nonni, le luci sono spente, il che probabilmente significa che tutti stanno dormendo. Avrei dovuto prendere un panino lungo la strada. Ho fame.

Si scopre che non tutti stanno dormendo. Il nonno mi sta aspettando in garage, con l'immancabile fucile tra le mani forti.

"Non sparare" gli dico con un sorriso.

Le sue sopracciglia folte si aggrottano in mezzo alla fronte. "Cappero, sai che ore sono?"

Gli spiego che ho dovuto lavorare fino a tardi: nuovo impiego e così via.

"Questa non è New York" afferma il nonno. "La gente che lavora oltre il turno dalle nove alle cinque, qui, mette in cattiva luce tutti gli altri."

Sbadiglio. "Lo terrò in considerazione."

Lui mi apre la porta di casa e io entro in punta di piedi in cucina, per razziare il frigo alla ricerca di avanzi.

Quando mi intrufolo in camera da letto, Lemon sta russando. Usando il cellulare come torcia, accarezzo Beaky, gli restituisco il vibratore ormai carico e gli getto del cibo.

"Presto, avrai una vasca che farà invidia a tutti gli altri polpi" sussurro.

Rallegrati, fedele sacerdotessa-suddita, perché hai evitato la nostra ira. Ora che ci siamo riuniti con lo Scettro, permetteremo al mondo di continuare a ruotare intorno alla Vasca. Continua così e ricorda: quando Cthulhu si risveglierà, i devoti saranno divorati per primi.

"Olive?" mi chiama Lemon con voce assonnata. "Sei tu?"

"Scusa se ti ho svegliata" sussurro di rimando. "Ora facciamo silenzio. Mi metto a dormire."

Lei non risponde, perciò mi ricopro la faccia di crema solare e mi infilo sotto le coperte.

Un altro giorno passato e un'altra sessione di masturbazione saltata.

Se continua così, le mie ovaie potrebbero diventare blu, la prossima volta che vedrò Oliver.

————

Quando mi sveglio, Lemon non è a letto.

Mi preparo ed esco dalla camera degli ospiti. Trovo Lemon e la nonna in salotto, intente a guardare di nuovo il balletto, solo che stavolta ci sono anche il nonno e Fabio.

Non sono sicura di quale balletto sia questo. *La Bella Addormentata*, forse? Il motivo per cui lo stanno guardando è palese, però. L'innamorato di Lemon, il russo, appare sul palcoscenico, afferra una ballerina e la lancia in aria con la stessa disinvoltura che la gente normale usa con i bambini.

"Per quanto ciò sia tragico, quel ragazzo *non* è gay" afferma Fabio, fissando l'ossessione di Lemon con apprezzamento spudorato.

Lemon sembra sul punto di soffocare dall'eccitazione. "Ne sei sicuro?"

Fabio si esamina le unghie. "Mia aspra dolcezza, il mio radar per i gay è preciso come un micrometro."

"Quello è un uomo fortunato" mormora il nonno, guardando il russo fare praticamente il giocoliere con le ballerine. "Ad essere circondato da così tante belle donne."

Lemon si acciglia e la nonna si gira a guardare il marito, aggrottando la fronte.

"Non sto dicendo che non sono felice della

meravigliosa donna che ho" si affretta a precisare il nonno. "Stavo solo…"

"Olive!" esclama Lemon, notandomi. "A che ora sei tornata a casa ieri sera?"

"Perché non chiacchieriamo mentre facciamo colazione?" propone la nonna.

Sorrido a tutti. "La colazione mi sembra un'ottima idea."

"Datemi un minuto" dice la nonna, precipitandosi via.

Mi siedo al suo posto e guardo prima Fabio, poi Lemon. "Che cosa avete in programma di fare oggi?"

"Io e Ziggy andiamo a pescare" dichiara Fabio, guardando il nonno con aria adorante.

Mi acciglio, in parte perché non mi piace che i pesci vengano uccisi per sport e, in parte, per la faccenda di "orso polare" e "paparino."

"Non preoccuparti" mi rassicura il nonno. "Rilasceremo i pesci, dopo averli presi."

"Questo non mi fa sentire meglio" mormora Lemon.

Nemmeno me. Il nonno si sta chiaramente godendo il nipote che non ha mai avuto, ma non voglio pensare a cosa guadagnerà Fabio da questo accordo.

Il campanello suona.

"Vado io." Il nonno si dirige verso la porta d'ingresso.

Ritorna dopo pochi secondi, ma non è solo.

Oliver entra nella stanza, con indosso la sua uniforme da Sealand: polo bianca e pantaloni kaki. Almeno, credo che questo sia ciò che sta succedendo. È possibile che la mia astinenza da masturbazione mi stia facendo fare sogni erotici (e che questo sia l'inizio di uno molto strano, considerando la presenza di amici e parenti).

Fabio e Lemon fissano il mio capo come se non avessero mai visto un uomo attraente prima d'ora, mentre il mio corpo va in tilt, la mia pelle arrossisce e i miei polmoni si restringono, fino a quando riesco solo a bocccheggiare a stento. Ci vuole tutta la mia forza di volontà per non sbavare (anche se il liquido che riesco a sopprimere nella bocca sembra uscirmi nelle mutandine).

"Ciao, Oliver" esclama la nonna dalla cucina, guardandosi alle spalle. "Sei giusto in tempo per la colazione."

Oliver scuote la testa. "Grazie, ma sono venuto solo per aiutare Olive a trasportare Beaky nella sua nuova casa. Non volevo intromettermi in un evento di famiglia."

Questo spiega molte cose... e non sono sicura di come dovrei sentirmi al riguardo. Non so se lui voglia essere gentile, o se si stia assicurando che io non mi ritiri dal nostro accordo.

"Sciocchezze" dice il nonno. "Unisciti a noi, o ci offenderemo."

Un sorriso afflitto torce le labbra di Oliver. "L'ultima cosa che voglio è offendere i miei vicini."

"Allora è deciso" esclama la nonna. "Preferisci fiocchi d'avena, omelette o pancake?"

"I fiocchi d'avena sarebbero perfetti" risponde Oliver. "Grazie."

La nonna pone la stessa domanda a tutti gli altri e io

rispondo per ultima, optando per i pancake, con un decimo dello sciroppo che Lemon chiede sui propri.

"Allora" esordisce Fabio stizzosamente. "*Qualcuno* ha intenzione di presentarci?"

Il nonno si dà una manata sulla fronte. "Dove sono finite le mie buone maniere? Questo è Oliver, il ragazzo di Olive."

"No, non lo è" preciso, spiazzata, proprio mentre Oliver dice: "Non lo sono."

Ehi, non è necessario che lo neghi con così tanta veemenza.

Fingendo di non aver sentito, il nonno continua: "Oliver, questo è Fabio, l'amico d'infanzia di Olive. E come puoi vedere, Lemon" indica mia sorella, "è una delle tante gemelle identiche di Olive."

Fabio tende la mano e Oliver gliela stringe.

"Sapevi qual era Olive e qual era Lemon?" Fabio gli sussurra in modo cospiratorio.

Oliver mi guarda. "Le distinguo."

Gli stupidi piranha nel mio stomaco dovrebbero calmarsi.

"Accomodatevi, gente" dice la nonna.

Noi obbediamo e lei porta fuori il cibo per tutti, prima di unirsi a noi con una ciotola di fiocchi d'avena per sé.

Presto attenzione a Oliver, mentre si siede, per vedere se la puntura della medusa lo fa trasalire.

No. Dev'essere completamente guarito.

"Allora, Oliver" esordisce il nonno, quando cominciamo a mangiare, "avevi menzionato i tuoi due fratelli, l'altra volta. Che lavoro fanno?"

"E uno di loro è gay?" Fabio chiede ad alta voce.

Oliver si avvicina il cucchiaio alle labbra. "Sono entrambi etero, mi dispiace. Uno è un pilota della NASCAR, mentre l'altro fa l'istruttore di surf... per cani."

Sbuffo. "Molto floridiano."

Oliver non mostra di avermi udita. "E la vostra famiglia? Che lavoro fanno le sorelle Hyman?"

"Nostra sorella Blue è una specie di spia" risponde Lemon con tono eccitato; poi, procede a raccontargli delle altre, senza dubbio saltando se stessa di proposito. Alla fine, conclude: "E, probabilmente, saprai che la tua non-ragazza è una biologa marina. Ha appena iniziato un nuovo lavoro in un acquario qui vicino."

Oliver mi lancia un'occhiata confusa. Probabilmente, si starà domando come mai non ho detto a nessuno che lavoro per lui. La verità è che non ne ho avuto l'occasione. Forse, se l'avessi fatto, i miei nonni non l'avrebbero invitato a fermarsi per colazione.

"A proposito di lavoro" mi dice Fabio. "Hai avuto fortuna con Octoworld?"

Oliver inarca un sopracciglio. "Octoworld?"

Mimo il gesto di tagliarmi la gola, ma Lemon non lo nota.

"Sì, lei non parla d'altro" afferma. "Ha accettato il suo attuale impiego come trampolino di lancio, ma quello che vuole davvero è lavorare con tutti quei polpi."

No, sta' zitta! Lui ha già innumerevoli motivi per licenziarmi. Perché dargliene altri?

"Sono perfettamente felice del mio nuovo impiego"

dichiaro, un po' troppo in fretta e un tantino sulla difensiva.

"Ah sì?" Lemon versa un'altra tazza di sciroppo sopra i propri pancake. "Hanno dei polpi?"

Sul serio, perché non riesce a capire quanto voglio che stia zitta? Non pretendo un'inquietante "telepatia tra gemelle"... soltanto che legga l'orrore sulla mia faccia.

"Sealand *avrà* un polpo" dichiara Oliver, con espressione indecifrabile. "Perciò, forse questo renderà felice Olive?"

"Lo farà" confermo con decisione.

"Soltanto uno?" Lemon scuote la testa. "Pensavo ne servissero mille." Si rivolge a me. "E la tua infatuazione per Ezra Shelby? È ancora lei la proprietaria di Octoworld, giusto?"

"Ezra Shelby" ripete lentamente Oliver.

"Credo che si chiami così" dice Lemon. "È quella..."

"Oh, la conosco" afferma Oliver. "È solo che..."

"Oliver è il proprietario di Sealand" sbotto. "Probabilmente, si frequentano nei fine settimana."

Lemon impallidisce e smette finalmente di parlare.

"Aspetta" interviene Fabio. "Il tuo ragazzo è il tuo capo?"

Lancio un'occhiataccia al nonno. "Oliver non è il mio ragazzo."

"Siamo colleghi" precisa Oliver.

Per ora. Se questa conversazione continuerà ancora per molto, sarò sicuramente disoccupata.

"Che piccolo il mondo!" commenta la nonna. "Una

sera, lo accompagni a casa nudo e, il giorno dopo, lavori per lui."

Sul serio, perché? Perché? Manca soltanto che Lemon dica qualcosa del tipo: "Aspetta, quindi è lui quello a cui hai fatto la pioggia dorata?"

In un disperato tentativo di cambiare argomento una volta per tutte, blatero: "Sapete, ragazzi, Oliver è nativo della Florida, quindi potrebbe avere qualche idea divertente per le vostre vacanze."

"È vero" conferma lui. "Nato e cresciuto qui."

Immagino che sia ansioso quanto me di smettere di parlare di quell'imbarazzante passeggiata da nudo.

Lemon storce il naso come se ci fosse un cattivo odore (e, con i suoi inquietanti poteri olfattivi, potrebbe aver appena sentito Tofu scoreggiare in casa di Oliver). "Credevo che la parola 'spiaggia' racchiudesse tutto il divertimento che c'è qui."

Ah, giusto. Lemon è una newyorkese molto più snob di quanto io potrei mai sperare di diventare. Penso che potrebbe essere un effetto collaterale del guardare troppo *Sex and The City*.

"Le spiagge qui sono fantastiche" conferma Oliver. "Ma c'è una tonnellata di altre cose da fare, specialmente se si è disposti a guidare per qualche ora."

Lemon rotea gli occhi in modo discreto, ma io me ne accorgo, grazie ad anni di esperienza con volti identici al suo. "Non m'interessa pescare o andare al poligono di tiro" afferma.

Oliver stringe la mascella. La gente che manca di rispetto alla Florida gli dà molto fastidio, evidentemente. Ma, ehi, almeno non è più arrabbiato con me. Si spera! Ripensandoci, essere adirato con Lemon potrebbe condizionarlo a provare rabbia verso qualcuno che ha la mia faccia; quindi, forse, dovrei spingere Fabio a irritare Oliver, piuttosto?

"E Disney World?" chiede Oliver. "La gente arriva con la famiglia da tutto il mondo per vederlo."

Lemon si gratta il mento. "Non ci avevo pensato."

"Potreste visitare il parco nazionale delle Everglades" prosegue Oliver. "E gli Universal Studios, il Kennedy Space Center, il parco nazionale di Dry Tortugas, il Salvador Dali Museum, il distretto storico di St. Augustine, Legoland… potrei andare avanti per tutto il giorno."

"Mmm." Il naso di Lemon ritorna alla normalità. "Quali sono i più vicini?"

Con aria trionfante, Oliver dà a lei e Fabio un itinerario di cui un agente di viaggio sarebbe orgoglioso.

Il mio cellulare suona e tutti mi guardano.

"Scusate" dico. "Avevo impostato una sveglia per andare al lavoro."

Oliver posa il cucchiaio. "Giusto. È meglio che partiamo tutti e due."

Mi alzo in piedi. "Andiamo a prendere Beaky."

Oliver mi segue e, mentre ci dirigiamo nella camera degli ospiti, sento sghignazzi e allusioni da parte del mio "amico" e della mia "famiglia incoraggiante."

Quando entriamo nella stanza, mi rendo conto che avevano una buona ragione per prenderci in giro. All'improvviso, mi sento estremamente consapevole del letto di fronte a noi... (cioè, prima di iniziare a maledirmi per non averlo rifatto stamattina).

Ehi, almeno non ci sono cose innominabili in giro... se non si considera il vibratore a forma di tentacolo che Beaky stringe tra le braccia: esattamente quello che Oliver sta fissando con espressione perplessa.

"Ingegnoso" commenta.

"Non fare il coglione viscido" sbotto.

Merda! Anche se "slippery dick" (letteralmente 'coglione viscido') è solo il nome inglese di un pesce, potrebbe comunque essere percepito come un insulto e, decisamente, non è una cosa da dire al proprio capo.

Con mio sollievo, gli angoli degli occhi di Oliver si arricciano. "Perché mai farti dei complimenti mi renderebbe un membro della specie *Halichoeres bivittatus*?"

Sogghigno. "Soltanto un collega biologo marino risponderebbe così."

I suoi occhi brillano. "Sono semplicemente contento che tu non mi abbia definito un ermafrodita protogino."

Scuotendo la testa, divento nuovamente iperconsapevole del letto vicino. Oliver sta parlando di riproduzione, ora. I pesci ermafroditi protogini iniziano la loro vita come femmine, ma diventano maschi in seguito, quando c'è un'esigenza riproduttiva. Se l'arrapamento potesse provocare quel cambio di sesso, a me starebbe spuntando un pene in questo preciso momento.

"Quando i miei fratelli mi infastidiscono, io li chiamo 'teste di melma'" afferma Oliver.

Annuisco con approvazione. "*Hoplostethus atlanticus*.

Anche noto come pesce specchio, ma questo non è un appellativo altrettanto divertente con cui chiamare un fratello (a meno che non sia molto vanitoso)."

Oliver aggrotta la fronte. "Pesce specchio è solo un nome più commerciale, così dà l'idea di essere più appetitoso, quando viene servito nei ristoranti. Questa tendenza a dare nomi commerciali è il motivo per cui il coregone è diventato lavarello, il maccarello si è trasformato in sgombro, l'austromerluzzo è diventato improvvisamente branzino cileno, il gambero di fiume si è tramutato in aragosta, la rana pescatrice è diventata coda di rospo e, peggiore di tutti, la lampuga è diventata mahi-mahi."

Inclino la testa. "Tu non mangi creature marine, vero?"

Lui sospira. "Che cosa mi ha tradito?"

"Non ti sto prendendo in giro; non le mangio neanch'io. 'I pesci sono amici, non cibo'."

Lui entra nel mio spazio personale e mi guarda negli occhi. "Non potrei essere più d'accordo... *kelpcake*."

Per le tube di Falloppio di Cthulhu! Vengo di nuovo attirata nell'orbita di Oliver, proprio come l'altro giorno sul portico e, poi, sulla spiaggia.

La stessa magia scellerata sembra prendere il sopravvento anche su di lui. Comincia ad abbassare la testa, con gli occhi socchiusi.

Santo merluzzo!

Se la storia serve a prevedere il futuro, stiamo per baciarci.

CAPITOLO
Quattordici

DEGLUTISCO UDIBILMENTE.

Con quel letto vicino, se ci baciamo, potrà esserci un unico risultato... e significherebbe la fine della mia carriera (oltre che delle mie speranze per la nuova casa di Beaky).

Come se fosse un sensitivo (e, ehi, non si sa mai!), Beaky accende il vibratore.

Il rumore ci fa sobbalzare entrambi.

Oliver si ritrae e si schiarisce la gola. "Hai intenzione di lasciargli quel giocattolo, quando sarà nella nuova vasca?"

Anch'io indietreggio. "Ti dispiacerebbe?"

"No" risponde. "La maggior parte della gente non si renderà nemmeno conto di cosa sia. Probabilmente."

Torniamo al lavoro in questione. D'accordo. Prendo il telecomando e metto in moto la vasca.

Beaky assume una tonalità di rosso emozionato.

Sì. Sì! L'onnipotente Cthulhu vuole che Leonardo (la

tartaruga su cui poggia la Vasca) entri di nuovo nel moto celeste.

Mentre l'acquario su ruote si muove, Oliver ci cammina accanto in silenzio (senza dubbio, pensando alla maniera più diplomatica per licenziarmi).

Raggiungiamo la cucina e, quando il nonno sbircia nella vasca, Beaky si è già trasformato in una roccia.

Provo una fitta al petto. Questo è l'ultimo scherzo che Beaky farà al nonno... a meno che lui non vada a trovarlo a Sealand.

Sentendomi scontrosa, ignoro accuratamente gli ammiccamenti di sopracciglia libidinosi di Lemon e della nonna.

"Se ne va per davvero?" chiede Fabio, osservando la vasca apparentemente vuota.

Annuisco.

"Forse, ora potrò finalmente raccontare qualche barzelletta sui polpi, senza temere per la mia vita" afferma.

Stringo gli occhi in direzione di Fabio, ma lui è già all'opera. "Come si fa a far ridere un polpo?"

Roteo gli occhi. Questa l'ho sentita in prima elementare.

"Come?" Lemon chiede teatralmente.

"Gli fai il solletico ai tentacoli."

Oliver ha appena grugnito?

"Non hanno i tentacoli" precisa la nonna. "Sono braccia."

Wow, stava prestando attenzione.

Il nonno ridacchia. "Allora, i polpi potrebbero fare i braccianti."

Ecco cosa succede, quando il nonno passa troppo tempo con Fabio.

"Come si chiama un gruppo di polpi?" chiede Fabio, poi.

"Sono antisociali, quindi non esiste un nome per questo" interviene Oliver. "Anche se ho sentito usare il termine 'banco'."

"Sbagliato" ribatte Fabio. "La risposta giusta è: octo-posse."

Ah ah ah. Assomiglia al soprannome con cui mi chiamano alle mie spalle: Octopussy.

"Faremo tardi al lavoro" dico.

"Chi era Edipo?" domanda Fabio.

"Chi?" domanda la nonna, chiaramente incuriosita.

"Un polpo che è andato a letto con la propria madre."

"Questo è impossibile" affermo, per nascondere una risatina riluttante. In qualche modo, questa non l'avevo mai sentita. "Procreare è una delle ultime cose che un polpo femmina fa nella vita. Suo figlio non raggiungerebbe la maturità in tempo."

Fabio scuote la testa. "Ecco che Olive trasforma un incesto perfettamente innocente in necrofilia."

La nonna gli impartirà una lezione sul non giudicare le perversioni?

No.

Il nonno ride sproporzionatamente forte e, poi, aggiunge: "Questo ragazzo mi fa sempre sbellicare."

Con questa, si danno il cinque e io gemo.

"Pronto?" chiedo a Oliver, prima che la situazione possa degenerare ulteriormente.

Lui annuisce con grande entusiasmo; perciò, guido la vasca nel garage, mentre Oliver saluta, mentendo spudoratamente, con l'affermare che "è stato bello conoscere tutti."

Nel vialetto, c'è il furgone di Sealand che Dex ha guidato ieri.

È stato premuroso o machiavellico, da parte di Oliver, portarlo qui?

"Un secondo" mi dice, preparando la rampa sul retro del furgone.

"Grazie." Guido la vasca su per la rampa ed entro per legarla.

Oliver sale. "È tutto pronto?"

Annuisco. "Guida piano, per favore."

"Certo. Vieni."

Scendo dal retro del furgone e Oliver mi apre la portiera dal lato del passeggero.

"Grazie" gli dico, entrando.

Lui mi raggiunge e comincia a guidare lentamente, come gli ho chiesto.

Viaggiamo in silenzio per alcuni secondi, il che aumenta notevolmente il mio disagio, a causa della consapevolezza travolgente del suo profumo di mare, delle sue mani forti che stringono il volante, del suo...

"Dunque" esordisco, cercando disperatamente di distrarmi, prima di saltargli addosso. "Perché i lamantini?"

Lui stringe le labbra, il che mi fa venire voglia di mordicchiarle. "Siamo in Florida, quindi o quelli o gli alligatori." Sorride, mostrando i denti bianchi. "I lamantini sono una specie in via di estinzione e io sono sempre stato interessato alla conservazione, perciò era destino." Mi lancia un'occhiata. "Perché i polpi?"

"Onestamente, non lo so. Li ho adorati fin da quando riesco a ricordare. I miei genitori sostengono che ne abbia visto uno disegnato in un libro da colorare e me ne sia innamorata. Dicono anche che è stata la mia prima parola, ma sono scettica al riguardo."

Lui si ferma a un semaforo rosso. "Non lo trovo così difficile da credere."

"E Sealand?" gli chiedo.

Stringe più forte il volante. "Cosa?"

Ah, giusto. Dex aveva accennato al fatto che ci fosse una situazione complicata con la sua ex ragazza, quindi devo andarci piano.

"Che cosa ti ha spinto a dare una dimora alle creature marine?" gli chiedo. "È a causa del tuo interesse per i lamantini?"

Lui scuote la testa. "I lamantini sono venuti dopo. Credo che tutto sia iniziato quand'ero bambino. Mamma portò a casa un'aragosta viva, ma io non le permisi di cucinarla. All'inizio, tenni l'aragosta nella vasca da bagno; poi, le procurai un acquario."

Sorrido. "Non lo trovo così difficile da credere."

"Claudia è ancora viva" aggiunge. "Puoi salutarla nell'area espositiva dei crostacei."

Ha senso. Quando non viene molestata, un'aragosta americana può vivere fino a centoquarant'anni.

A proposito di molestie, è il momento di controllare se ho ancora il mio posto di lavoro, dopo aver quasi molestato il mio capo. "Com'è la situazione dell'arricchimento nell'area espositiva dei crostacei?" gli chiedo. "C'è bisogno di aiuto?"

Lui svolta sulla strada che conduce al parcheggio di Sealand. "Non sono una priorità, ma, quando ne avrai l'occasione, ti prego di darci un'occhiata. Attualmente, stiamo imitando quello che fanno gli altri acquari, ma non sono sicuro che tutti apprezzino quanto siano intelligenti queste creature." Mi lancia un'occhiata furtiva. "Ho il presentimento che beneficeranno del tuo approccio unico. Questo vale per tutti i miei animali."

Un massacro di Piranha è in pieno svolgimento nel mio stomaco, non soltanto perché sembra che non sarò licenziata.

Beh, non ancora, comunque. Se darò seguito al forte impulso di leccare il mio capo, la situazione potrebbe cambiare.

Lui parcheggia e io tiro fuori la vasca di Beaky.

Mi aspetto quasi che Oliver se ne vada; invece, insiste per venire con noi ad "assicurarsi che Beaky sia sistemato."

"Mi è venuta un'idea che volevo sottoporti" gli dico, mentre ci incamminiamo.

Lui si raccoglie i capelli sciolti nello chignon, con un gesto che non dovrebbe essere eccitante, ma lo è. I muscoli delle sue braccia si flettono, mentre lega la crocchia con un sottile elastico nero. "Di che si tratta?"

"Pensavo di lasciare qui questa vasca mobile, in modo che Beaky possa fare delle passeggiate, come ha fatto mentre viveva con me."

Lui annuisce. "Se gli piace, non vedo perché no."

Fiù! Forse, tenere qui Beaky non sarà poi così terribile per me. È ovviamente un enorme miglioramento per lui.

Eppure (e so di essere egoista), mi mancherà vederlo, quando mi sveglierò la mattina.

"Non ci sono problemi, se vuoi passare più tempo con lui" mi rassicura Oliver dolcemente, come se mi leggesse nel pensiero.

Mi giro a guardarlo. "Durante l'orario di lavoro?"

Sorride. "Mantenere Beaky felice e divertito è il tuo compito, tanto quanto intrattenere le aragoste e i lamantini. Dato che sta per essere trasferito in un posto nuovo, sarà stressato; quindi, avrà bisogno di attenzioni extra."

Lancio un'occhiata a Beaky e al suo colore rosso eccitato. In qualche modo, ho il presentimento che, una volta entrato nella sua nuova casa enorme, i suoi tre cuori troveranno un modo per affrontare la separazione di gran lunga migliore del mio cuore singolo.

"Grazie" dico a Oliver, mentre entriamo nell'edificio che ospita i nuovi alloggi di Beaky.

"La vedi?" chiedo, rivolta all'acquario mobile. "È tutta tua."

Beaky diventa bianco.

Siamo impressionati, sacerdotessa-suddita. La Vasca *è il mondo, ma questa Nuova Vasca è un intero universo. Cthulhu sia lodato! La teoria del multiverso potrebbe essere stata vera per tutto il tempo, il che significa che Leonardo potrebbe non essere l'unica tartaruga a reggere una Vasca sulla schiena. Potrebbero essercene altre, come Raffaello, Donatello e Michelangelo. I nostri nove cervelli sono in tilt. Non ruota tutto intorno a un'unica Vasca, ma a due o tre, o quattro. Data la gravità di questa scoperta, per il potere conferitoci da Cthulhu in persona, promuoviamo la sacerdotessa-suddita a Gran Sacerdotessa... e noi saremo il Dio Imperatore delle Vasche. Al plurale.*

Oliver osserva con aria affascinata, mentre gli mostro le caratteristiche di sicurezza che ho implementato ieri sera. Poi, apro il coperchio dell'acquario mobile e sposto Hulk e le altre creaturine nella nuova dimora, prima di trasferire il VIP in persona.

Non appena lo metto al sicuro nell'enorme vasca, Beaky inizia ad esplorare avidamente il nuovo habitat. Se è stressato, non lo noto.

"Riguardo al tuo lavoro di ieri sera" mi dice Oliver, distraendomi dalla mia osservazione del polpo. "Capisco perché sei rimasta fino a tardi; però, d'ora in poi, per favore, lavora in orari ragionevoli."

Sembra quasi che si preoccupi del mio benessere. O è così, o il trasloco di Beaky mi ha scombussolato troppo il cervello, per pensare lucidamente.

"Non è meglio per te, se faccio gli straordinari gratis?" gli chiedo.

I suoi occhi ciani brillano dolcemente, mozzandomi il respiro e facendomi formicolare le parti intime. "Non voglio che ti stanchi troppo. Hai ancora tanti incarichi importanti da svolgere."

"Intesi" riesco a dire. "Non lavorerò fino a tardi. Che

altro? Vuoi che sbrighi meno faccende domestiche a casa dei miei nonni?"

Questo mi ricorda che dovrei almeno portare fuori la spazzatura per loro o qualcosa del genere.

Il suo cellulare squilla. Distoglie lo sguardo da me e controlla lo schermo. "Ho una riunione. Devo andare."

Detto questo, mi lascia sola con Beaky.

————

Passo metà della giornata con Beaky, dato che il mio capo ha detto che va bene, e mi viene in mente una dozzina di idee per dei rompicapi che posso inserire nella sua nuova vasca, alcune delle quali sono realizzabili solo grazie allo spazio più grande.

In seguito, torno a trovare i lamantini e metto in pratica altre delle mie idee, prima di testare alcuni contenuti televisivi, per vedere se gradiranno qualcosa di diverso dai documentari sulle alghe.

Rose arriva proprio nel momento in cui *Aquaman* appare sullo schermo all'interno della vasca.

"Il loro appetito è notevolmente migliorato" afferma, dopo che ci siamo salutate. "Mostrargli Jason Momoa potrebbe essere eccessivo, a questo punto."

Sorrido. Rose non sta indossando il suo cappello da Risorse Umane, questo è sicuro. "C'è parecchia acqua in quel film, quindi…"

"Oh, mi fido di te." Rose mi porge una pila di vestiti, beige e blu stavolta. "Dovrai indossare questi, domani."

Il mio buonumore svanisce. Il mio ex mi ha davvero

scombussolata, quando si tratta di persone che mi impongono cosa indossare.

"So come ti senti" mi dice Rose. "Io detesto fare i tour, ma tutti dobbiamo contribuire."

Aggrotto la fronte. "Tour?"

Mi guarda con espressione confusa. "Non ti abbiamo parlato dei tour?"

Scuoto la testa.

"Beh" continua lei. "È esattamente come sembra. Un gruppo di persone arriva in visita a Sealand e tu lo porti in giro, mostrando ogni cosa. Domani sarà la tua prima volta."

"Che cosa devo dire?"

Indica verso nord. "Aruba sta per fare il suo tour, perché non la segui?"

Fantastico. Quel povero gruppo sta per ricevere una marea di informazioni spropositate sui delfini.

"Vado" dico.

"Buona fortuna" mi augura Rose.

Quando mi avvicino alla folla radunata intorno ad Aruba, fisso a bocca aperta quattro individui, senza comprendere: Fabio, Lemon, la nonna e il nonno.

"Sorpresa!" esclama Lemon, quando mi notano. "Abbiamo deciso di venire a vedere dove lavori."

"Miss Hyman" esclama Aruba, rivolgendosi a me, prima di guardare Fabio con aria adorante. "Conosci queste persone?"

Che diamine! Un volto identico al mio non era un indizio sufficiente? Inoltre, dovrei avvertirla che Fabio è ancora meno interessato sessualmente a lei di quanto lo sarebbe uno dei suoi delfini? Nah! Non sarebbe una conversazione di lavoro appropriata, giusto?

Mentre presento Aruba al quartetto della mia famiglia, diventa più evidente che, in realtà, le interessasse solo scoprire il nome di Fabio. Lo ripete con piacere e gli chiede se è imparentato con *quel* Fabio.

"Fabio è il mio nome, non il cognome" spiega lui. "E anche il suo. Quindi, perché dovremmo essere parenti?"

Non è per difendere Aruba, ma c'è una certa somiglianza, considerando che il mio amico ha i tratti somatici spigolosi e i capelli lunghi, anche se non tanto quanto quelli di Oliver. Né quanto quelli del Fabio originale. Per non parlare del fatto che il nostro Fabio non bacerebbe mai una donna sulla copertina di un romanzo rosa.

Aruba ridacchia in modo civettuolo. "Sei così divertente."

Oh, no. Spero che lui non lo prenda come un pretesto per fare battutine.

Con mio sollievo, non lo fa. Deve aver captato l'attrazione di Aruba per lui e vuole che questo tour finisca il prima possibile. Una vagina eccitata (o semplicemente una qualunque vagina) è il peggior incubo di Fabio. Gli piace vantarsi di essere nato con il taglio cesareo e, quindi, di essere riuscito ad evitare la vagina persino alla nascita.

Il tour inizia.

Come sospettavo, tra dieci informazioni sulle creature marine, nove riguardano i delfini.

"Adorabile" commenta Fabio, quando raggiungiamo Otteraction.

143

Aruba si avvicina così tanto a lui, che mi aspetto quasi che lo annusi.

"Aspetta di vedere i delfini" gli dice con tono seducente.

Non si accorge che il commento di Fabio riguardava Dex e non le lontre?

Il tour continua e noto che Aruba non si cura di mostrare Beaky a nessuno (anche se, in sua difesa, è arrivato solo oggi, quindi lei potrebbe non sapere che è qui).

"E adesso, la parte migliore" afferma Aruba, quando raggiungiamo i delfini. Parlando più velocemente di quanto nuoti un pesce vela, ci riempie di fatti come "la Marina addestra i delfini a rimuovere le mine sottomarine", "i delfini del Rio delle Amazzoni sono rosa", "i delfini non bevono mai acqua, perché l'acqua di mare li farebbe ammalare, come accadrebbe a noi" e, per ultimo, ma non meno importante, "possono soffiare aria dai loro sfiatatoi a centosessanta chilometri all'ora."

Buono a sapersi.

"Avete orche?" chiede Fabio.

A che cosa starà pensando? Sembra che Aruba possa strusciarsi contro di lui da un momento all'altro.

"No." Lei si lecca le labbra in modo inquietante. "Ma lo sapevi che, in realtà, sono delfini?"

È vero. Le orche sono i membri più grandi della famiglia dei delfini, ma (a differenza dei loro fratelli minori della serie "guardate quanto siamo carini") non fingono di essere qualcosa di diverso dalle macchine assassine che sono.

Il tour continua, ma anche quando raggiungiamo i

lamantini, Aruba spiega tutto in termini di delfini, compreso che "i lamantini sono mammiferi acquatici, come i delfini" e "dormono con metà cervello alla volta, come i delfini, e per lo stesso motivo: hanno bisogno di respirare e, se fossero privi di sensi, mentre dormono, annegherebbero." Conclude il tutto con: "A differenza dei delfini, i lamantini non usano l'ecolocalizzazione e sono erbivori."

I lamantini non uccidono nemmeno i propri neonati, come fanno i suoi preziosi delfini. Inoltre, non praticano il "corteggiamento aggressivo", che avviene quando i maschi circondano le femmine e non le lasciano andare via, finché non si accoppiano. Quest'attività suona piuttosto violenta alle mie orecchie umane; inoltre, tutte le affermazioni degli umani che sostengono di essere stati attaccati sessualmente dai delfini non aiutano. #MeTuna.

Tengo i miei pensieri per me, comunque, e preparo mentalmente il copione che userò domani. Ci saranno molte meno curiosità sui delfini, questo è certo.

Dopo il tour, pranzo con la mia famiglia, schivando le domande su Oliver per la maggior parte del pasto. Verso la fine, Fabio e Lemon mi informano che stasera non torneranno a dormire a casa. Faranno un viaggio a Orlando e si fermeranno a dormire lì in un hotel.

Quando il pranzo è terminato, riprendo i miei doveri a Sealand fino alla chiusura; poi, torno a casa con un Uber e ceno con i miei nonni. Loro mi confermano che domani sarà il giorno della raccolta dei rifiuti; quindi, decido di rendermi utile e portare fuori la spazzatura, prima di andare a letto.

Aperta la porta del garage, spingo il pesante bidone lungo il vialetto, assicurandomi di fissare il coperchio con una speciale chiusura a prova di procioni. Sto per girarmi e tornare verso casa, quando un latrato mi fa sobbalzare.

Sorpresa, mi volto e vedo nientemeno che il mio capo… e il suo salsicciotto.

CAPITOLO
Quindici

"EHI" blatero, per quanto poco professionale possa essere. Rimiro il suo aspetto con aria famelica: la stessa canotta della prima volta che l'ho visto, pantaloni cargo, capelli lunghi sciolti e arruffati, in un modo che mi fa pensare al sesso. Naturalmente, tutto ciò che riguarda Oliver mi fa pensare al sesso.

"Buonasera" mi saluta lui, in modo più formale. Il cane se ne frega del tono del suo padrone, però. La coda di Tofu sembra un salsicciotto e lui la scuote così velocemente, che è un miracolo che il suo sedere non prenda il volo.

Un sorriso riluttante incurva le labbra di Oliver. "Gli piaci."

Mi accovaccio e accarezzo la testa di Tofu, che cerca freneticamente di leccarmi. "Per avere il nome di un cibo insapore, ha un ottimo gusto."

Oliver mi schernisce. "Insapore? È evidente che tu non abbia mai provato il mio tofu in agrodolce."

Lo fisso sbattendo le palpebre. "Mangi il tofu?" Ma,

soprattutto, perché la mia bocca si sta riempiendo di saliva all'improvviso?

Il suo sorriso si allarga. "Il nome del mio cane non ti ha dato alcun indizio?"

Rendendomi conto che la mia posizione accovacciata mi pone con la faccia proprio all'altezza del suo Aqua-manico, fisso lo sguardo sul cane. "Il mio polpo si chiama Beaky, ma io non mangio i becchi."

"Buono a sapersi" commenta. "Io invece mangio il tofu, continuamente."

Tenere una conversazione con il suo cazzo davanti agli occhi mi distrae troppo, perciò mi alzo in piedi, il che induce Tofu a guaire con disappunto. "Sei vegetariano?" gli chiedo, abbassando la mano per lasciare che Tofu la lecchi.

Pensavo che Oliver evitasse semplicemente i prodotti ittici, come me (una dieta che, in realtà, non ha un termine specifico... a meno che non sia il pescetarianismo inverso?).

"Sono vegano" precisa. "Non mangio latticini, uova, né carne."

Wow. Com'è riuscito a non menzionarlo prima? Stando a quanto recita una delle battute di Fabio: "Come fai a sapere se qualcuno è vegano? Te lo dice non appena lo incontri."

Mordendomi il labbro, faccio scorrere lo sguardo sui muscoli ben definiti di Oliver. "Non sembri vegano."

Lui solleva le sopracciglia. "Perché no?"

Merda! "È solo che hai l'aspetto di uno che mangia parecchia carne" blatero penosamente.

Ottimo lavoro. Alla prossima, lo definirò un bel manzo.

Oliver sospira. "Ogni volta che qualcuno incontra un vegano, si trasforma in un nutrizionista. Se avessi un dollaro per tutte le volte in cui qualcuno mi ha chiesto da dove prendo le proteine, sarei milionario."

"Ma… da dove le prendi, *effettivamente*?" Sto scherzando solo per metà.

Lui rotea gli occhi. "I gorilla da dove le prendono?"

"I gorilla?" Guardo Tofu, nel caso lui abbia la risposta. Non ce l'ha.

"I gorilla sono erbivori muscolosi con un DNA molto simile a quello degli esseri umani."

Sorrido. "Ti stai definendo un gorilla?"

"Sto dicendo che gli alimenti vegetali contengono molte più proteine di quanto la maggior parte della gente si renda conto."

"Mi sembra legittimo. Sei sempre stato vegano o lo sei diventato recentemente?"

"Lo sono diventato qualche anno fa."

"Come mai?" gli chiedo. "Stai cercando di ottenere poteri psichici, come quel tizio di *Scott Pilgrim vs. The World*?"

Lui inclina la testa. "Sei sicura di volerlo sapere? Non vorrei sembrare moralista."

"Dimmi."

Mi fissa. "Le industrie della carne e dei latticini sono nocive per l'ambiente."

Oh. Pensavo che avrebbe avuto una storia da raccontare, come quella sull'aragosta. "Il tuo sì, che è un autentico impegno ecologico. I pannelli solari e, ora, questo."

Lui si stringe nelle spalle. "Il mio impatto sarà anche minuscolo, ma ogni piccola cosa aiuta."

Abbasso lo sguardo verso Tofu. "I vegani possono andare a spasso con gli hot dog?"

"Solo se si tratta di hot dog di tofu." Sorride al suo piccolo amico.

Perché mi sento sull'orlo dello svenimento?

Pericolo. Pericolo! Questo è il mio capo.

Mi schiarisco la gola. "È meglio che vi lasci tornare alla vostra passeggiata."

Mi giro per andarmene, ma Oliver dice: "Aspetta!" Come se le sue parole non fossero sufficienti, mi prende per il gomito e tutto il mio corpo sussulta per l'effetto del suo tocco. Mi manca il respiro e il calore mi scorre nelle vene, mentre mi volto verso di lui, con il cuore che mi batte all'impazzata nel petto.

"Che c'è?" riesco a chiedergli con voce semi-stabile.

I suoi occhi brillano nel crepuscolo, che si sta rapidamente oscurando. "Posso chiederti un favore?"

"Di che si tratta?"

È sbagliato sperare che lui voglia un favore sessuale? Ed è un favore, se lo voglio anch'io? Dobbiamo solo assicurarci di non farlo proprio qui per strada, altrimenti i nostri vicini ficcanaso ci staranno addosso. La buona notizia è che Lemon non dorme nella camera degli ospiti stasera e, in alternativa, c'è sempre casa sua. È solo che…

"Tofu conta la gente" afferma Oliver, gettando acqua fredda sulla mia libido iperattiva.

Cercando di nascondere la mia delusione, scruto il tenero salsicciotto. "Lui cosa?"

"È così che lo definisco. Prende nota mentalmente di quante persone lo portano a spasso e, se il numero diminuisce, si arrabbia molto." Dinnanzi alla mia espressione ancora confusa, Oliver spiega: "La settimana scorsa, i miei fratelli erano qui e siamo usciti tutti e tre insieme a fare una passeggiata con Tofu. Uno di loro, poi, se n'è andato, al che Tofu ha notato che il numero dei suoi umani era cambiato. Ha iniziato a guaire e, alla fine, si è rifiutato di camminare. Ho dovuto riportarlo a casa in braccio."

"Pensi che Tofu mi consideri una dei suoi umani?" La domanda migliore è: Oliver si sta inventando questa storia improbabile per passare più tempo con me?

"Sì" risponde lui. "Il giorno in cui ci siamo incontrati per la prima volta, dopo che ci siamo separati, lui si è arrabbiato perché ti aveva contata."

Mmm. Quel giorno, Tofu mi aveva effettivamente lanciato un'occhiata triste.

"Quindi… vuoi che vi accompagni?"

Oliver annuisce. "Lo apprezzerei molto."

"D'accordo" dico con disinvoltura, come se il mio battito non stesse andando in tilt per l'eccitazione. "Subirò la tua compagnia ancora per un po', per il bene di Tofu."

Oliver mi sorride. "Tofu apprezza il tuo sacrificio."

Cominciamo a camminare e noto che Tofu si guarda periodicamente indietro, evidentemente per assicurarsi che il suo numero di umani sia aggiornato.

"Dunque, i tuoi genitori vivono in questo quartiere?" gli chiedo.

Oliver scuote la testa. "Quando sono andati in pensione, si sono trasferiti alle isole Keys."

Ridacchio. "Immagino che, quando un floridiano desidera un posto più caldo, la soluzione sia quella, o la Valle della Morte in California."

Tofu cerca di annusare quella che sembra cacca di cervo, perciò Oliver gli tira il guinzaglio. "Penso che i miei si siano trasferiti alle Keys per le spiagge nudisti, che non sono così abbondanti nella Valle della Morte."

Sbuffo. "Non parlare mai ai *miei* di quelle spiagge nudisti, altrimenti si trasferiranno alle Keys anche loro."

Che cosa sto dicendo? Lui non conoscerà mai (e intendo proprio mai!) i miei genitori.

Oliver sorride. "Dove vivono i tuoi adesso?"

"Hanno una fattoria a nord di New York."

Mi chiede della fattoria e io gli racconto di tutti gli animali esotici che i miei genitori hanno salvato nel corso degli anni, tra cui un clamidoforo rosa e dei dik-dik.

Lui solleva le sopracciglia. "Dik-dik?"

"Piccole antilopi. Vuoi vedere una foto di dik-dik?"

Ridendo, lui acconsente; perciò, tiro fuori il cellulare e gli mostro una foto. "Quelli sono Bean e Buzz."

"Molto carini" commenta lui. "Qual è quale?"

"Buzz è quello cornuto, in tutti i sensi della parola."

I suoi occhi si stropicciano agli angoli. "Devi aver ereditato l'amore per gli animali dai tuoi genitori."

"Non ci ho mai pensato, ma potresti avere ragione."

Mentre parlo, guardando il suo viso, sento che

veniamo di nuovo attirati l'uno verso l'altra. Il mio respiro accelera, la mia pelle formicola di calore e il massimo che riesco a fare è non sporgermi verso di lui.

Oliver sembra combattere una battaglia simile tra sé e sé, ma poi Tofu salva la situazione, scoreggiando. Sonoramente. Poi, nel caso non fosse abbastanza, prosegue defecando.

Ehi, funziona meglio di una doccia fredda.

Oliver si china e raccoglie le deiezioni con un sacchetto, facendomi tornare in mente le sagge parole di Jerry Seinfeld: "I cani sono i leader del pianeta. Se vedi due forme di vita, una delle quali fa la cacca, mentre l'altra la raccoglie, chi presumeresti sia al comando?"

"Questo è il motivo per cui i polpi dovrebbero sostituire i cani come migliori amici dell'uomo" affermo, quando Oliver riprende a camminare, con la cacca al seguito.

Lui si stringe nelle spalle. "Serve a mantenermi umile."

"Ottima osservazione. Forse il mondo sarebbe un posto migliore, se ci fossero più uomini resi umili dai propri salsicciotti."

Lui ride. "Bene, ora che Tofu ha svolto il compito che ci eravamo prefissati, è meglio tornare a casa."

Concordo, perciò torniamo indietro.

"Ho sentito che domani guiderai un tour" mi dice.

Annuisco. "Sono un po' intimorita, a dire il vero. Ti dispiacerebbe darmi la tua opinione sul discorso che ho preparato?"

"Niente affatto. Comincia pure."

Mentre gli spiego cosa ho intenzione di dire e in

quale ordine mostrerò le aree espositive, raggiungiamo la casa dei miei nonni.

"È perfetto" commenta Oliver. "Ottimo lavoro."

Il mio petto diventa fluttuante e i piranha nel mio stomaco ci danno dentro di nuovo.

"Immagino che sia giunto il momento di salutarci" dico, deglutendo, mentre guardo le sue labbra carnose e morbide, piegate in quel caloroso sorriso di approvazione. Ho voglia di toccarle con un dito, poi leccarmi il suddetto dito, poi usare le mie labbra per…

No. Devo combattere l'attrazione.

"Già." Il suo sguardo è analogamente fisso sulla mia bocca. "Buona fortuna per domani."

Il raggio accecante di una torcia elettrica mi colpisce gli occhi.

"Cappero, qualcuno ti sta dando fastidio?" grida il nonno dalla porta d'ingresso.

"No!" grido di rimando. "Sto solo parlando con Oliver."

Il nonno si avvicina e mi rendo conto che imbraccia un fucile.

"Questo è il mio segnale per defilarmi" dice Oliver, adocchiando l'arma con diffidenza.

Gli rivolgo un sorriso malinconico. "Buonanotte."

"A presto, *kelpcake*." Oliver prende in braccio Tofu e si dirige a grandi passi verso casa propria.

Io mi affretto verso il nonno, che ha l'aria dispiaciuta.

"Non intendevo spaventare il tuo ragazzo" mi dice. "Abbiamo appena ricevuto un messaggio da Blue e…"

Mi blocco sul posto. "Quale messaggio?"

"Sarà meglio che le parli tu stessa."

"D'accordo." Corro dentro e individuo il mio cellulare.

Ci sono due videochiamate perse e un messaggio di Blue:

Brett ha comprato un biglietto per la Florida. Il suo volo è domani e l'aeroporto è troppo vicino a Palm Pilot per i miei gusti.

Cazzo! Brett è il mio orribile ex ragazzo, mentre Palm Pilot è il soprannome con cui Blue chiama Palm Islet, la città in cui mi trovo.

Nella vana speranza di aver frainteso qualcosa, richiamo mia sorella.

"Ehi" esordisce. "Hai ricevuto il mio messaggio?"

"Sì. Come fai a sapere che lui sta venendo qui?"

Lei evita di guardare la fotocamera. "Lo sto tenendo d'occhio, da quando ho presentato quell'ordine restrittivo per conto tuo."

Se pensa che io sia arrabbiata per l'intromissione, si sbaglia. Quello stronzo ha scambiato Blue per me, mentre era ubriaco, e l'ha aggredita fisicamente. Per fortuna, ha finito per essere preso a calci nel culo e si è messo nei guai con la legge. Che sia diventato violento non è stata una gran sorpresa per me. Quando stavamo insieme, gli abusi erano psicologici, ma dopo che l'ho lasciato, ho sospettato che fosse capace di cose ben peggiori.

"Lo verrai a sapere, se infrangerà l'ordine restrittivo?" sussurro.

Lei annuisce, con gli occhi che brillano. "Dimentica i

trenta metri. Se si avvicina anche a dieci chilometri da te, te lo farò sapere immediatamente."

"Grazie." Riaggancio, rassicuro il nonno del fatto che ho parlato con Blue e mi dirigo nella camera degli ospiti.

Non sono sicura se sia la notizia sul mio ex o la mancanza di Beaky nella stanza, ma ho di nuovo difficoltà ad addormentarmi.

CAPITOLO
Sedici

Dopo una notte agitata, mi sveglio tardi e devo sbrigarmi per non arrivare in ritardo al tour.

A metà strada verso Sealand, mi rendo conto di aver lasciato il cellulare a casa.

Per la cozza perlata dell'occhio di Higgins! Se tornassi indietro ora, deluderei sicuramente i visitatori e rischierei delle conseguenze sul lavoro. Anziché tornare indietro, premo sull'acceleratore.

Quando arrivo al luogo d'incontro, gli ospiti del tour mi stanno già aspettando con aria impaziente.

"Ciao a tutti" li saluto il più allegramente possibile. "Scusate per il leggero ritardo. Andiamo dal nostro polpo. È arrivato a Sealand soltanto ieri, quindi voi sarete il primo gruppo a vederlo."

La novità di Beaky fa ravvivare alcuni volti, come speravo.

"Da dove venite?" domando, mentre camminiamo. Tutti rispondono a turno e diventano ancora più calorosi nei miei confronti, dimostrando ancora una volta quanto la gente ami parlare di sé.

Quando entriamo nell'habitat di Beaky, lui sembra entusiasta di vedermi (almeno, così interpreto il suo colore rosso acceso e le sue braccia distese).

Questi seguaci sono qui per onorarci, Gran Sacerdotessa, o sono un intrattenimento?

"Che creatura raccapricciante!" commenta una signora, che tiene in braccio un piccolo Yorkshire terrier.

"Sì" borbotta il suo compagno. "Che brutto!"

Lei si fa aria teatralmente con le mani. "Vuole mangiare Nacho."

"No" mento. Se il piccolo Nacho facesse un tuffo nella vasca, finirebbe nel becco di Beaky entro tre secondi.

"Io so queste cose" afferma la signora. "Sono una sensitiva per animali."

Ah, giusto. Durante le presentazioni, aveva detto che lei e il suo compagno vengono da Cassadaga, in Florida, che è "la capitale mondiale del paranormale."

Beaky sposta lo sguardo dal cane alla proprietaria.

Pagana! Soltanto il potente Cthulhu ha poteri psichici, non un semplice involucro di carne come te. Se sapessi davvero leggerci nel pensiero, getteresti quel prelibato bocconcino nella Vasca e ti inchineresti a noi in segno di supplica.

Mi sforzo di sorridere alla coppia di Cassadaga e continuo il mio discorso con: "I suoi poteri devono essere molto forti. Un polpo ha nove menti da leggere."

Tutti ridacchiano (eccetto la sensitiva e il suo

compagno) e io parlo di polpi, finché non vedo alcuni occhi offuscarsi.

"Le lontre sono le prossime" annuncio; il cambiamento viene accolto con entusiasmo.

Quando arriviamo a Otteraction, Dex è lì, intento a mangiare dei tacos per pranzo. Mentre inizio il discorso del tour, lui rimane rispettosamente in silenzio, permettendomi di guidare la narrazione.

"Le lontre sono così carine" commenta la sensitiva, quando chiedo se qualcuno ha delle domande. Si porta un dito alla tempia, come il Professor X. "Mi stanno trasmettendo i loro pensieri." La sua voce risuona più acuta, quando annuncia: "'Vogliamo giocare con Nacho'."

"Temo che siano molto più propense a mangiare Nacho che a giocare con lui" affermo.

"Ma Nacho vuole giocare con *loro*" ribatte lei.

Dex si schiarisce la gola. "Per favore, tenga il suo cane lontano dalle lontre. Sono predatori e mangeranno qualsiasi cosa riescano a sopraffare, inclusi castori, procioni, tartarughe, serpenti e persino piccoli alligatori. Nacho, per loro, sarebbe come questo taco per me." Morde il proprio taco e la signora sensitiva impallidisce.

"Che ne dite di andare a vedere i delfini?" mi affretto a proporre.

Sono leggermente infastidita da quanto bene funzioni questo espediente. Alla parola "delfini", gli occhi di tutti si illuminano, eccitati (persino quelli di Nacho).

Quando arriviamo all'apposita piscina, Aruba non c'è (grazie a Cthulhu).

Inizio col presentare i delfini e, quando arrivo a Hopper (il preferito di Aruba), lui salta fuori dall'acqua per la gioia di tutti.

Detesto ammetterlo, ma i delfini rendono il mio lavoro di guida turistica molto facile. La mia lezione sta andando davvero bene... cioè, fino a quando non si sente un forte latrato, seguito da un tonfo.

"Aiuto!" grida la sensitiva. "Nacho è saltato nella piscina!"

CAPITOLO
Diciassette

PER TUTTI I dannati ciclidi nani! Il cane sta nuotando con i delfini e (se qualcuno non farà qualcosa), presto, potrebbe riposare con i pesci.

Prima che io possa muovermi, il compagno della sensitiva si tuffa in piscina.

Perché, Cthulhu, perché? Ora, il titolo di cronaca di domani sarà: *"Uomo della Florida apre lo stomaco di un delfino per recuperare cane morto"*... e sarà accaduto sotto la mia responsabilità.

Hopper emette un forte verso e nuota nella direzione del cane.

"Vuole mangiare Nacho!" grida istericamente la sensitiva.

"Sono ben nutriti" dico, sperando di avere ragione. "Dubito che..."

La mia osservazione è resa irrilevante dal fatto che il tizio afferra il cane e lo porge alla propria compagna.

Fiù! Tragedia evitata.

O forse no.

Mentre l'uomo nuota verso la scaletta che conduce fuori dalla piscina, Hopper si lancia in avanti e lo afferra per i pantaloni.

Sul serio, Cthulhu?

"Sente odore di pene nell'acqua!" grida la sensitiva. "Sta' alla larga dal mio uomo!"

Non erano gli squali con l'odore del sangue? In ogni caso, ho paura che la signora non sia troppo lontana dalla verità; il titolo di cronaca che temo diventa: "Delfino monta uomo della Florida durante tour a Sealand" (un evento addirittura peggiore, sotto la mia responsabilità).

"Va tutto bene! Hopper vuole solo la cintura" grida Aruba. Dev'essere appena tornata dal pranzo.

La cintura, slacciata dal delfino, affonda sul suolo, ma la creatura riprende a tirare i pantaloni. I calzoni e le mutande bianche che il poveretto indossa scivolano via, esponendo il suo culo pallido e brufoloso.

Oh, merda!

Il delfino sta per diventare sessualmente aggressivo?

Sembrerebbe di sì. Hopper non nuota verso la cintura. Chiaramente, vuole ancora qualcosa dall'umano.

"Ha il pene!" grida la sensitiva, indicando freneticamente Hopper.

Che Cthulhu ci aiuti! Quell'aggeggio enorme che lei sta indicando è decisamente il membro dell'animale. Le femmine dei delfini hanno un tratto riproduttivo veramente labirintico, quindi i maschi hanno quello che viene definito un "pene prensile." Quest'ultimo, agilissimo, può ruotare, afferrare e palpare come una mano umana. Analogamente, i delfini copulano per piacere (come gli umani) e possono eiaculare più volte all'ora (come solo pochi umani molto fortunati).

Che cosa devo fare?

Forse, Aruba può convincere una dei delfini femmina a farsi penetrare per il bene comune? Oppure un maschio? A volte, lo fanno.

Il mio sguardo frenetico cade su un dispositivo di galleggiamento, che afferro.

"Tieni!" Lo lancio all'uomo, che si sta dimenando in preda al panico accanto al delfino vivace. "Aggrappati e non lasciare che ti trascini sott'acqua."

"Hopper non lo farebbe mai" esclama Aruba, per poi soffiare con rabbia nel suo fischietto.

Due cose accadono simultaneamente. Il tizio afferra il dispositivo e scalcia freneticamente verso la scaletta, mentre il delfino nuota verso Aruba, distratto dalla promessa di uno spuntino.

Con una mossa da ninja, Aruba lancia un pesce a Hopper, mentre io aiuto l'uomo tremante a uscire dalla piscina.

Hopper, mangiandosi il pesce, sembra felicissimo. Ne deduco che avesse fame. Nacho è stato fortunato. Così come il povero compagno della sensitiva. Considerando quello che sarebbe potuto succedere, il delfino dovrebbe essere ribattezzato 'Humper' (ma non lo dico, altrimenti Aruba potrebbe lanciargli me al posto del prossimo pesce).

"Noi ce ne andiamo" afferma la sensitiva, indignata. "E non torneremo mai più."

Io e Aruba ci scambiamo uno sguardo di rara intesa. "Che liberazione!" mormora lei sottovoce.

Io riprendo il tour, che prosegue fortunatamente senza intoppi, finché arriviamo ai lamantini, dove Oliver si unisce a noi.

Merda! Sarà qui per licenziarmi per il disastro dai delfini? Non è stata colpa mia, ma…

"Non badate a me" Oliver dice alla folla. "Voglio solo sentire questa parte del tour."

Oh, vuole sentirmi parlare dei lamantini. Ha senso.

Mi lancio nel discorso. I suoi occhi si illuminano e rimangono accesi per tutto il tempo, anche se non si può dire altrettanto per il resto dei visitatori.

In loro difesa, nessuna informazione sui lamantini può superare ciò che hanno appena visto nell'area espositiva dei delfini.

"Ottimo lavoro" si complimenta Oliver, quando ho finito. Batte le mani lentamente.

Il resto del gruppo imita il suo applauso, ma probabilmente per pressione sociale.

Eseguo comunque un inchino. "Siamo giunti alla fine del tour. Grazie per aver visitato Sealand."

Tutti si disperdono, mentre Oliver si avvicina e mi sorride. "Parlavo sul serio. Hai fatto un lavoro incredibile."

Detto questo, se ne va, lasciandomi con un'ovaia perforata.

Guardo Betsy, la cui espressione è molto meno scontrosa dell'ultima volta che ho controllato.

D'accordo. Se lo vuoi così tanto, è tuo. La mia nuova cotta è Jason Momoa.

Il mio stomaco brontola, perciò vado a pranzo. Poi, lavoro vicino all'area espositiva dei lamantini nella speranza di incontrare di nuovo Oliver, ma lui non si fa vedere.

Oh, pazienza. Forse è meglio così.

È pur sempre il mio capo.

Alle cinque in punto, mi dirigo verso casa.

Dopo aver parcheggiato l'auto, percorro il vialetto per riportare dentro il bidone della spazzatura, ormai vuoto. Mentre lo trasporto verso il garage, mi rendo conto di aver commesso un errore strategico. Se avessi aspettato l'orario in cui ho incontrato Oliver ieri sera, avrei potuto "imbattermi casualmente in lui"; Tofu mi avrebbe "contata" e, così, avremmo fatto un'altra passeggiata insieme.

Di nuovo, pazienza. E, di nuovo, forse è meglio così.

Un fruscio tra i cespugli vicini attira la mia attenzione.

Siamo in Florida, quindi potrebbe trattarsi di un cinghiale, un serpente, un procione o un alligatore.

Quando la vera fonte del rumore si rivela, il mio battito si impenna e mi blocco sul posto.

Questo è molto peggio di qualsiasi animale selvatico.

È il mio ex ragazzo, Brett.

CAPITOLO
Diciotto

ALLA VISTA del suo volto temuto, un uragano di emozioni spiacevoli si abbatte su di me.

Siamo stati insieme per quattro mesi, tre dei quali sono stati abbastanza buoni, ma poi lui è diventato possessivo e controllante (il che, con mia vergogna, non è stato il motivo per cui ho rotto con lui). L'ultima goccia è stata quando l'ho sorpreso a tradirmi.

"Ciao, piccola" biascica, passandosi una mano tra i capelli corti e scuri.

Bleah! Non posso credere di averlo trovato attraente. Sapendo ciò che so ora, mi ricorda un pesce rospo ostrica malaticcio.

"'Ciao, piccola?'" Lo fulmino con lo sguardo. "Aggredisci mia sorella, infrangi l'ordine restrittivo e mi vieni a dire 'ciao, piccola'?"

Le sue narici si dilatano. "Voglio solo parlare."

"Non abbiamo niente di cui parlare."

Avanza verso di me e sento odore di alcol nel suo alito.

Non è un buon segno. Blue ha detto che era ubriaco, quando l'ha attaccata.

"Perché non possiamo semplicemente parlare?" mi chiede e, adesso che so a cosa prestare attenzione, la sua voce è biascicata.

Il mio battito cardiaco sale alle stelle e vorrei aver seguito il consiglio del nonno di portare con me una pistola. "Per favore, Brett. Voglio che tu te ne vada."

Si sporge in avanti. "Non vado da nessuna parte, finché non mi ascolti."

Indietreggio. "Se non te ne vai subito, avrai ancora più problemi."

Lui stringe gli occhi verso di me. "Mi stai minacciando?"

Arretro di un altro passo. "Non stai infrangendo la libertà vigilata, stando qui?"

Avanza di nuovo verso di me.

Ok, credo che me la darò a gambe.

Mi giro, giusto in tempo per vedere una Tesla fermarsi con uno stridore di gomme a qualche metro di distanza.

Sbatto le palpebre, quando Oliver salta fuori dal veicolo.

Prima che possa domandarmi come e perché sia qui, si è già piazzato tra me e Brett.

"Chi cazzo sei tu?" gli chiede Brett con cattiveria.

Oliver stringe le mani a pugno. "Hai tre secondi per andartene. Uno."

"Fottiti." Brett fa un passo minaccioso verso Oliver.

Non vede il luccichio assassino nei suoi occhi?

Se si ammazza qualcuno, si è pur sempre vegani?

Probabilmente sì, a patto di non cannibalizzare il corpo, in seguito. Inoltre, Oliver è vegano per motivi ambientali, quindi potrebbe uccidere Brett e giustificarsi, dicendo a se stesso che ha ridotto le sue emissioni di anidride carbonica.

"Due" ringhia Oliver.

Brett sogghigna.

Idiota! Non vede che Oliver è più muscoloso? Pensavo che Brett avesse un bel corpo, essendo alto e magro, ma Oliver lo fa sembrare un'anguilla strisciante.

Due cose accadono contemporaneamente.

Oliver dice "tre" e Brett fa partire un pugno.

Un picco di adrenalina mi fa sussultare.

Oliver schiva l'attacco di Brett e gli sferra un pugno sul naso.

Brett grugnisce, barcollando all'indietro. Il sangue gli sgorga dal naso, ma lui sembra ancora pronto a tornare alla carica. Che razza di idiota! Oppure diventa molto, molto stupido, quando è ubriaco.

Non so cosa fare, ma, poi, un suono in lontananza raggiunge il mio udito.

Una sirena della polizia?

Dev'essere così, il che mi fa temere che Oliver possa finire nei guai con la legge. Non sono un avvocato, ma, quand'ero al liceo, entrambe le parti coinvolte in una rissa venivano messe in punizione; quindi, suppongo che lo stesso possa valere per gli adulti.

Stringendosi il naso, Brett gira sui tacchi e si mette a correre.

Fiù! Deve aver sentito anche lui la sirena (o aver

finalmente capito che stava per essere preso a calci nel culo, di nuovo).

Mi precipito al fianco di Oliver e lo guardo da capo a piedi. "Stai bene?"

A parte l'aspetto fin troppo delizioso, non sembra esserci niente che non vada in lui.

Mi afferra per le spalle e i suoi occhi ciani scorrono sul mio corpo. "Ti ha fatto del male?"

"No, no. Che cosa ci fai qui? Come hai…"

Il cellulare di Oliver squilla. "Scusami" dice, mollandomi per rispondere.

Una telefonata in un momento come questo? Chi…?

"Ciao, Blue" saluta Oliver.

Blue? Mia sorella?

"Sì, sono arrivato appena in tempo, ma lo stronzo è scappato prima che arrivasse la polizia."

Fisso Oliver a bocca aperta, mentre riaggancia.

"Tua sorella ti cercava, ma non riusciva a contattarti" mi spiega, confermando il mio sospetto nascente.

"Ah, già" mormoro. "Ho dimenticato il cellulare a casa oggi."

"Se n'è resa conto in fretta" conferma lui. "Ha telefonato a Sealand per parlare con te. Visto che eri già partita, le ho chiesto se potevo essere d'aiuto, così lei mi ha spiegato che il tuo ex è uno stalker pericoloso e che lo aveva localizzato a casa dei tuoi nonni. Mi dispiace non essere riuscito ad arrivare prima."

Mi massaggio le tempie. "Sei arrivato in tempo. Non so come ringraziarti."

Prima che lui possa rispondere, un'auto a sirene

spiegate accosta accanto al vialetto, con la parola "Sceriffo" scritta sulla fiancata.

Gli sceriffi (o si chiamano agenti o ufficiali?) escono con le pistole estratte.

"È corso via da quella parte." Indico verso nord. "Non sono sicura che riuscirete a prenderlo."

Ripongono le pistole nelle fondine. "Abbiamo un'auto della polizia appostata vicino a ogni uscita del quartiere" mi informa uno degli agenti. "Lo prenderemo."

Lo guardo sbattendo le palpebre. "Non avevo capito che aveste così tanti uomini, date le dimensioni della città e il basso tasso di criminalità."

Il poliziotto fa spallucce. "Qualche pezzo grosso di New York ha telefonato per chiedere un favore allo sceriffo. A quanto pare, un pericoloso fuggitivo è stato avvistato qui." Mi mostra una foto di Brett. "È questo il tizio, giusto?"

"Sì, è lui che è scappato" rispondo, chiedendomi di quale pezzo grosso stia parlando. Blue si è rivolta a qualcuno o è *lei* il pezzo grosso?

Un'altra auto si ferma e i miei nonni saltano fuori; il nonno, come prevedibile, imbraccia un fucile.

"Signore, devo chiederle di metterlo via" gli intima il poliziotto.

Il nonno obbedisce e, poi, lui e la nonna riempiono tutti di un milione di domande.

"Torno subito" dico. "Devo controllare il mio telefono."

Lasciandoli parlare, entro in casa.

Quando individuo il mio cellulare, vedo una

miriade di messaggi. La maggior parte è di Blue, ma alcuni sono di Lemon (Blue ha cercato di contattarmi tramite lei) e della mamma (per lo stesso motivo).

Le chiamo e spiego loro che va tutto bene.

Quando torno fuori, la macchina della polizia non c'è più e i nonni stanno ringraziando Oliver per il suo aiuto.

"Mi dispiace tanto, Cappero" mi dice il nonno, quando mi vede. "Eravamo alla nostra lezione di ballo con i cellulari spenti, quindi non ci siamo accorti che Blue aveva chiamato per cercarti."

La nonna gli tira la manica. "Dovremmo andare."

"Andare?" Il nonno la guarda come se le fossero spuntati gli occhi in cima alla testa.

La nonna lancia un'occhiata significativa verso Oliver. "Abbiamo quel cartone animato che volevamo guardare, ricordi?"

Che stia per parlare del porno con i tentacoli davanti al mio capo?

Il nonno annuisce teatralmente. "Giusto. Giusto. L'hentai. Andiamo." Guarda me e Oliver. "Divertitevi, ragazzi."

Oliver corruga gli occhi, mentre li guarda allontanarsi, ma quando si volta di nuovo verso di me, la sua espressione è seria. "Come ti senti?" mi chiede a bassa voce.

Sospiro. "Un po' intorpidita, ad essere onesta."

Guarda nella direzione in cui è scappato Brett, prima di voltarsi di nuovo verso di me. "Ti va di parlarne?"

Evito il suo sguardo. "Quello era il mio ex."

Lui aspetta pazientemente e, per qualche strana

ragione, mi ritrovo a raccontargli tutta la spiacevole storia: come ho incontrato Brett nel mio ultimo posto di lavoro, come le cose sono iniziate bene, ma hanno rapidamente preso una brutta piega, culminando con il tradimento. Ciò che non menziono sono le parti in cui Brett mi diceva cosa fare e persino cosa indossare (e io lo ascoltavo, come una stupida). A volte, vorrei poter entrare in una macchina del tempo, tornare indietro e dare un calcio nelle palle a Brett, anziché permettergli di controllarmi.

"Quando l'ho mollato, non mi ha permesso di portare Beaky via con me e, prima ancora, lo odiava" concludo.

Oliver stringe le mani e, poi, le rilassa lungo i fianchi. "Avrei dovuto dare un pugno nelle palle a quello stronzo."

Uhm. Le grandi menti pensano in modo simile.

"Mi dispiace molto che tu abbia dovuto subire tutto questo" continua, con voce tesa.

"Ehi, non è colpa tua" affermo. Con cautela, gli chiedo: "E tu? Qual è stata la tua relazione peggiore?"

So qualcosina del suo passato sentimentale grazie ai pettegolezzi di Dex, ma voglio sentirlo dalla bella bocca della fonte.

Per un secondo, penso che si ricorderà di essere il mio datore di lavoro e che la sua vita sentimentale non mi riguarda; invece, con mia sorpresa, afferma: "Lei si chiamava, cioè si chiama, Brooke." Sospira. "Ci siamo frequentati per un anno, prima che io la convincessi a fondare Sealand insieme a me. C'è voluto moltissimo lavoro per far decollare l'attività e, col passare del tempo, lei ha cominciato a risentirsi per quanto mi dedicassi a quel posto e per il fatto che non avessi così tanto tempo per lei." I suoi lineamenti si irrigidiscono ulteriormente. "Per vendicarsi di me, è andata a letto con uno scienziato fondatore, facendo quasi crollare l'intera impresa."

Il dolore nei suoi occhi fa sentire il mio cuore come un polpo che cerca di scappare attraverso un minuscolo foro. "È terribile" dico sommessamente. "La tua ex sembra uno squalo tagliatore."

Lui mi stringe la mano; le sue dita sono calde intorno alle mie. I suoi occhi, fissi sul mio viso, sono sinceri. "E il tuo ex assomiglia a un pesce persico pirata."

Il calore si diffonde dentro di me, mentre stringo la sua mano. "Un'orata."

Un lieve accenno di sorriso gli sfiora gli occhi. "Un'aringa affumicata?"

"No. Il pesce di stato hawaiano, anche se non so pronunciarlo."

"Humuhumunukunukuāpua'a" dice lui senza sforzo.

"Wow." Lo guardo a bocca aperta. "Sei *davvero* bravo con la lingua."

Il suo sguardo si scalda e le sue dita si stringono ulteriormente intorno alle mie. "Non hai idea delle cose che so fare con la lingua."

Santa carpa! Sto immaginando la sua lingua sulla mia perla e le mie tube di Falloppio si sono trasformate in un polpo.

Il mio cuore batte all'impazzata e, prima di poterci pensare meglio, sparo: "Dimostramelo."

I suoi occhi fiammeggiano, il ciano si scurisce fino a diventare del colore di un oceano in tempesta e, senza ulteriori indugi, lui mi tira a sé, rivendicando la mia bocca in un bacio rovente come un vulcano sottomarino.

Premo contro di lui e le mie parti tenere si modellano contro le sue dure. Le sue labbra sono morbide e deliziose, come ricordavo; la sua lingua scorre voracemente su ogni superficie sensibile della mia bocca; le sue mani grandi vagano sulla mia schiena, sui miei fianchi, sul mio culo. Posso sentirmi dissolvere, sciogliermi in lui, e il mondo intorno a noi scompare.

Quasi.

Credo di udire una macchina accostare nelle vicinanze. O è così, o il calore febbrile dentro di me mi sta provocando delle allucinazioni.

Oliver stacca le labbra, respirando affannosamente, mentre guarda oltre la mia spalla con aria frustrata.

Merda!

La maledetta auto è reale e, da essa, emergono una Lemon dall'aria imbarazzata, seguita da un Fabio impenitente.

"Perché vi siete fermati?" ci chiede Fabio, mentre il taxi si allontana. "Continuate pure a limonar…"

Lemon gli dà un pugno sulla spalla e lui strilla di dolore.

"Contieniti!" lo ammonisce saggiamente.

Fabio stringe gli occhi verso di lei. "Se mi dai un altro pugno, io…"

"Devo andare" dice Oliver, indietreggiando.

Mi tocco le labbra gonfie con mano instabile. "Ci vediamo domani?"

Non risponde, perché se n'è già andato.

Grr.

Ho baciato il mio capo. Stavolta, sapendo che è il mio capo.

Che cosa stavo pensando?

Lui, però, ha ricambiato il bacio.

Che cosa stava pensando *lui*?

Do la colpa all'adrenalina e agli istinti ancestrali di quelle mie antenate cavernicole arrapate. Vedere Oliver lottare per me è stata un'enorme fonte di eccitazione, anche se non avrebbe dovuto esserlo.

"Scusa se vi abbiamo interrotti" dice Lemon con una smorfia.

Sospiro. "Probabilmente, avete salvato il mio lavoro."

Fabio rotea gli occhi. "Perché mai?"

"Lavoro ancora per lui, che ha una fissazione contro le relazioni tra colleghi."

Fabio sta per ribattere, ma il mio telefono squilla. "È Blue" li informo, mentre rispondo.

"I poliziotti non hanno preso il bastardo" mi comunica Blue, senza salutare.

"Non l'hanno preso?" Mi guardo intorno, nel caso in cui Brett stia per saltare di nuovo fuori dai cespugli.

"No, ma sono abbastanza sicura che non si trovi più nel vostro quartiere."

Aggrotto la fronte. "Abbastanza sicura?"

Blu sospira. "Ha abbandonato il cellulare a pochi

chilometri dalla vostra posizione. Deve aver capito che è così che lo localizzavo."

Stringo il telefono un po' troppo forte. "Non puoi più localizzarlo?"

Lei sbuffa. "Per ora. Non preoccuparti, troverò un modo."

Rilascio un respiro che non mi ero resa conto di trattenere. Se la NSA è riuscita a trovare Brett, può farlo anche Blue. Mia sorella è come il Grande Fratello: sempre in osservazione.

"Teniamoci in contatto" le dico. "Devo andare a occuparmi di Lemon e Fabio."

"A dopo" mi saluta Blue.

Riattacco, mentre Fabio inarca un sopracciglio. "Occuparti di noi?"

Con un verso di disapprovazione, trascino lui e Lemon dentro casa, nell'eventualità in cui Brett sia stato abbastanza furbo, da ingannare Blue (per quanto sia difficile da immaginare).

Durante la cena, li aggiorno su tutta la faccenda; loro, invece, mi raccontano i loro progetti per l'indomani: un viaggio a Miami, dove resteranno fino al giorno seguente.

Quando vado a letto, non faccio altro che pensare a Oliver e a quel bacio. Data la presenza di Lemon, non mi occupo della pressione sessuale in aumento, il che è un bene. Probabilmente.

Mentre mi addormento, un'unica domanda mi attraversa la mente.

Che cosa succederà domani, quando vedrò Oliver al lavoro?

CAPITOLO
Diciannove

LAVORO ALL'AREA ESPOSITIVA dei lamantini per la maggior parte del giorno successivo e, verso le quattro del pomeriggio, questo mi ripaga, quando mi imbatto "per caso" in Oliver.

"Ciao" mi saluta, quando mi vede.

Ha un aspetto appetitoso come sempre, ma c'è tensione nelle sue spalle e cautela nella sua espressione. Quel che è peggio è che non si sta precipitando a baciarmi, cosa che una parte di me sperava davvero che accadesse oggi.

"Ciao a te" rispondo con tutta la disinvoltura possibile. "Sei venuto a trovare Betsy?"

Lui annuisce e lancia un'occhiata alla mia formosa rivale. "Sta molto meglio, grazie a te."

Sorrido. "Forse, ora, puoi smettere di preoccuparti per lei e prestare attenzione a qualche altro animale?"

"Ottima idea" concorda. "Vado a controllare le lontre."

Si gira e si allontana a grandi passi. Lo seguo con lo

sguardo, incerta se essere arrabbiata o sollevata per il fatto che stia mantenendo le cose sul piano professionale.

———

Mentre guido verso casa, rifletto su come si comporterebbe, se ci incontrassimo fuori dal lavoro.

Mi bacerebbe?

Peccato che oggi non sia il giorno di raccolta della spazzatura, altrimenti potrei portare fuori i bidoni, mentre lui è a passeggio con Tofu... ammesso che riesca a beccare il momento giusto.

Per essere sicura di non perdermelo, quando sarà *davvero* il giorno della spazzatura, imposto una sveglia sul telefono.

Non sono assolutamente una stalker. Lo giuro.

Ho un'idea, però: forse potrei uscire a prendere la posta, invece?

Quando accosto nel vialetto dei miei nonni, c'è una macchina estranea parcheggiata lì, oltre a un'altra che mi fa accelerare il battito cardiaco.

Una Tesla.

La *sua* Tesla.

I miei nonni lo avranno invitato di nuovo a cena?

Parcheggio e mi precipito in salotto, solo per fermarmi bruscamente.

Avevo ragione sul fatto che Oliver fosse qui, ma ho dimenticato di chiedermi a chi appartenesse l'altra macchina e, ora che lo so, è un disastro di proporzioni da balenottera azzurra.

I miei genitori sono qui.

Esatto: i miei genitori.

Ma c'è di peggio.

Per qualche motivo, mio padre sta massaggiando il lobo dell'orecchio di Oliver.

Ma c'è di peggio.

Il sottile codino di papà si è in qualche modo avvolto intorno alla gola di Oliver, come un'anguilla argentata.

Ma c'è di peggio.

Mia madre sta fissando il mio capo con una lussuria non dissimulata e, se gli leccasse il lobo dell'orecchio libero, non ne sarei minimamente sorpresa.

"Mamma, papà, che cosa ci fate qui?" La mia domanda esce come uno strillo.

Il nonno lancia a papà un'occhiata scontrosa. "Qualcuno si è stufato degli Hyman ed è venuto qui. Succede ad ogni vacanza."

Ehi, almeno non sta puntando il fucile contro papà, come ha fatto nel giorno del Ringraziamento.

La mamma stringe gli occhi verso il proprio padre. "Siamo venuti a conoscere il ragazzo di Olive."

"Non è il mio ragazzo!" esclamo, incontrando timidamente lo sguardo di Oliver.

La sua espressione è illeggibile.

Merda! Sarà arrabbiato?

"Perché no?" domanda papà, senza lasciare il lobo dell'orecchio di Oliver. "L'amore è bello. Tutto ciò di cui hai bisogno è…"

"Oliver è il mio capo" dichiaro. "Ora, per favore, puoi smettere di toccarlo?"

Papà lascia con riluttanza il lobo dell'orecchio di Oliver. "L'orecchio è un microsistema che rappresenta tutto il corpo."

"Davvero?" Non oso chiedergli quale parte penzolante dell'anatomia di Oliver pensava di accarezzare, quando gli massaggiava il lobo.

"Sì" conferma papà. "Oliver aveva accennato al fatto di avere mal di testa, così mi sono offerto di scatenare il rilascio di alcune endorfine."

Immagino che sarebbe potuta andare peggio. Anche i pompini servono a rilasciare endorfine.

Sospirando, chiedo: "Oliver, vuoi un'Aspirina?"

"No, grazie" mi risponde lui. "Mi sento molto meglio ora."

Papà mi lancia uno sguardo trionfante. "Vedi? L'auricoloterapia funziona davvero."

Il nonno finge di starnutire le parole "olio di serpente."

Papà allontana il proprio codino dalla gola di Oliver. "Siamo venuti anche per assicurarci che la faccenda con Brett non abbia turbato l'equilibrio della nostra piccola."

La mamma distoglie lo sguardo lussurioso da Oliver e annuisce con entusiasmo. "Quel ragazzo subirà la giustizia karmica, uno di questi giorni; basta aspettare."

Grr. Blue non avrebbe dovuto chiamarli. Si preoccupano per me già a sufficienza.

"Olive, perché non ti siedi?" La nonna indica una sedia proprio accanto a Oliver. "Il cibo si sta raffreddando."

Mi accomodo, mentre tutti si servono qualcosa dal tavolo.

Ora che so che Oliver è vegano, le sue scelte hanno più senso. Opta per le arachidi tostate come antipasto, il purè di patate dolci con erbe e una pietanza che non riconosco, con parecchia salsa.

Imitandolo, assaggio il cibo sconosciuto e gemo accidentalmente di piacere. "Nonna, che cos'è questo?"

La nonna sorride a Oliver. "Vuoi dirle cos'hai portato?"

Lui annuisce. "Questo è tofu in agrodolce."

Mamma dà una gomitata a papà e sussurra udibilmente: "Sa anche cucinare. Aggiungici degli orgasmi regolari e sarebbe l'uomo perfetto."

È troppo sperare che Oliver non l'abbia sentito?

No. Deve averlo sentito... quel sorrisino è eloquente.

Assaggio le arachidi. Gnam! Un po' di sciroppo d'acero e un pizzico di peperoncino piccante.

Anche Oliver le assaggia, così come i miei genitori.

"Buone queste arachidi" commenta papà. "Mi ricordano i brownie che prepariamo a volte alla fattoria."

"Quali arachidi?" domanda la nonna. Quando nota la pietanza in questione, sgrana gli occhi e scambia un'occhiata significativa con il nonno. Muovendosi con una rapidità sorprendente per la sua età, afferra il piatto, prima che qualcuno possa prenderne ancora. "Potrebbero non essere fresche. Non avrei dovuto tirarle fuori."

Strano, ma pazienza.

"Allora, Oliver" esordisce la mamma. "Nostra figlia

ti ha detto che io e Harry salviamo gli animali, proprio come te?"

"Sì, Crystal, me l'ha detto" replica Oliver. "In realtà, sono molto curioso della vostra fattoria."

Mamma comincia a raccontargli tutto sulle loro creature, mentre io digerisco il fatto che Oliver e i miei genitori si diano del tu, chiamandosi per nome. Quando lei ha detto "Harry", lui non ha battuto ciglio e, poi, l'ha chiamata "Crystal." Di che cos'altro avranno parlato, prima del mio arrivo? Mi chiedo se Oliver abbia mantenuto una faccia da poker, mentre si presentavano. Crystal Hyman suona come una membrana verginale che potrebbe lacerare qualcuno durante una deflorazione, mentre Harry Hyman è praticamente la verginità di un gorilla.

"Organizzate dei tour?" chiede Oliver. "O raccogliete fondi in altri modi, per sostenere gli animali?"

Merda! So cosa c'è in arrivo.

"Abbiamo dei lavori" afferma papà. "Io sono un tester di penetrazione di giorno... e, spesso, anche di notte."

Il nonno ha appena teso la mano verso il fucile?

Oliver inarca un sopracciglio. "Un tester di penetrazione?"

Papà sorride. "Si tratta di penetrare i sistemi informatici."

"Di giorno" precisa la mamma. "Di notte, invece, me."

Se il nonno sta *davvero* per estrarre il fucile, posso chiedergli di porre fine alle mie sofferenze?

La faccia da poker di Oliver merita come minimo una nomination agli Oscar. "E tu?" chiede a mia madre. "Anche tu sei nel ramo dell'informatica?"

"No" risponde lei. "Io sono una sessatrice."

Il nonno sospira.

"Non sembra forse un hobby divertente?" chiede papà.

Il nonno stringe i denti e sta per dire qualcosa (o per sparare a qualcuno), quando la nonna gli posa una mano sulla spalla.

"Una sessatrice separa i pulcini in maschi e femmine" spiega la nonna in modo rassicurante.

Il nonno grugnisce qualcosa di incomprensibile.

"È un mestiere interessante" commenta Oliver. "Scommetto che sono difficili da differenziare come i pesci."

"È stato un bel lavoro, per un po'" afferma la mamma. "Ma, ultimamente, non così tanto. Sempre più incubatoi usano il sessaggio in-ovo."

"Oh, tesoro" esclama la nonna. "Non lo sapevo."

Papà le fa l'occhiolino. "Non si preoccupi, signora Butchski. Manterrò sua figlia."

Il nonno guarda papà con approvazione per la prima volta, oggi.

"Oh, troverò un altro modo per guadagnare qualche soldo" afferma la mamma con fiducia. "Mi sono occupata di attività riproduttive alla fattoria e potrei iniziare a offrire i miei servizi ad altri."

Che Cthulhu mi prenda! Prosegue col raccontare una storia che mi fa sempre venire voglia di lavarmi il cervello con la candeggina: quella volta in cui ha portato all'orgasmo la nostra maialina Petunia come parte del processo di inseminazione artificiale.

"Aumenta del sei per cento la probabilità di avere maialini" spiega la mamma. "Ho sentito dire che alcuni gestori di grandi fattorie non se la sentono di farlo, quindi potrei chiedere una tariffa decente."

Accidenti! Orgasmi per denaro. Mi chiedo cosa sia nato prima: l'agricoltura o la professione più antica del mondo?

"Perché non vi fate dare qualche suggerimento turistico da Oliver?" propone il nonno, chiaramente desideroso di cambiare argomento quanto me. "L'ha fatto per Lemon e Fabio, che si stanno divertendo un mondo."

Oliver assume nuovamente il ruolo di guida turistica, anche se, stavolta, non si limita a suggerire le attrazioni. Menziona anche ristoranti apparentemente fantastici e piatti da provare.

"Wow!" esclama la mamma. "Alcuni dei piatti che hai descritto mi fanno venire l'acquolina in bocca."

Detto questo, si serve una porzione di ogni pietanza sul tavolo.

Quando ha ragione, ha ragione. Le descrizioni di Oliver (o sono le sue labbra?) hanno fatto venire l'acquolina in bocca anche a me, perciò mi servo tutte le pietanze non di mare. Papà segue l'esempio, così come Oliver, che prende solo gli antipasti vegani.

Per qualche motivo, la nonna e il nonno si scambiano uno sguardo colpevole.

"Squisito!" esclama papà, quando assaggia il piatto agrodolce di Oliver. "Non riesco a credere che sia tofu."

Oliver sorride. "Il segreto è la salsa."

Papà si massaggia la pancia. "Mi ricorda il dik-dik."

Per poco non mi strozzo con le patate dolci.

"Hai mangiato un dik-dik?" gli chiede Oliver, con occhi sgranati.

Mangiare il proprio animale domestico deve sembrare barbaro alle sue orecchie vegane... o a qualsiasi orecchio.

"Non è come pensate." La mamma lancia a papà uno sguardo di rimprovero. "È morta per cause naturali."

Oliver sposta lo sguardo da mia madre a mio padre, probabilmente sperando che qualcuno dica che è uno scherzo. "Non sono certo che questo migliori le cose" afferma, dopo una pausa. "È sicuro, almeno?"

"Pensi che stia per cominciare la solfa?" la nonna chiede al nonno, ma lui la zittisce.

"Se l'animale non era malato, mangiarlo dopo la sua morte è perfettamente sicuro" spiega papà. "È un modo per onorarlo."

Oliver fissa mio padre a bocca aperta. "Onorarlo?"

Papà ingoia un raviolo intero senza masticare (un po' come un delfino fa con un pesce). "In alcune culture, c'era l'usanza di mangiare i propri parenti deceduti per lo stesso motivo. Bambi era come uno di famiglia per noi e, ora, fa parte del nostro corpo. Quale onore più grande c'è?"

È egoistico che la mia conclusione in tutto questo sia che sono contenta di non aver mai incontrato il dik-dik in questione?

Ascoltando tutto ciò, il nonno tira fuori il fucile.

Dopo un'occhiataccia da parte della nonna, lo mette via e fissa mio padre. "Se solo ti azzardi a pensare di mangiarmi dopo la mia morte, farò poltergeist sul tuo culo hippie e, poi, ti sparerò."

"Tesoro" gli sussurra la nonna da un lato della bocca. "Sai che è la droga a parlare."

Aggrotto la fronte. "Quale droga?"

Il nonno lancia alla nonna uno sguardo esasperato. "Non sei mai riuscita a mantenere un segreto."

Mia madre guarda la nonna. "Di quale droga stai parlando? Io e Harry siamo completamente al naturale."

"Ricordi quando hai insistito per aiutarmi ad apparecchiare la tavola?" le domanda la nonna.

La mamma incrocia le braccia sul petto. "Continua."

La nonna sospira. "Non avresti dovuto tirare fuori le arachidi."

Le pupille di mia madre sembrano enormi, mentre stringe gli occhi in direzione della nonna. "Perché no, mamma?"

Io ridacchio. "Arachidi allo sciroppo d'acero e peperoncino. Ma certo! Erano infuse di cannabis, vero?"

"È per uso medico" si giustifica il nonno, sulla difensiva.

Continuo a ridacchiare. Prima, sono quasi andata a letto con il mio capo. Poi, gli ho pisciato addosso; poi, l'ho baciato e, adesso, la mia famiglia l'ha drogato.

È folle!

Ebbene, sì. Ora che so cosa cercare, noto che gli occhi ciani di Oliver sono arrossati. "Quanto era alta la concentrazione di THC?"

"Alta" risponde la nonna con aria imbarazzata. "Come a dire che siete strafatti."

Mamma e papà cominciano a ridacchiare (e il fatto che io trovi la risata contagiosa è un'ulteriore conferma di ciò che abbiamo appena scoperto).

"Tanto vale godervela" suggerisce la nonna. "O smaltirla."

"Come?" chiede Oliver. Non sembra affatto felice.

"Nel mio caso, i dolci mi aiutano a smaltire lo sballo" spiega la nonna. "Ne ho un po' in frigo."

Gnam! Mi andrebbe un dolce. E dei nachos. I miei nonni hanno i nachos? Oh, e posso avere i nachos *con* la cheesecake?

"Anche bere molta acqua aiuta." Il nonno prende una brocca dal tavolo e la riempie al rubinetto della cucina.

"Dalla mia esperienza, l'attività cardio fa bene" aggiunge la mamma con una risatina. "Specialmente di un certo tipo." Fa un occhiolino inquietante a papà. "È una doppia euforia."

Oliver si scola un grande bicchiere d'acqua, mentre io e i miei genitori riempiamo i nostri piatti con il resto delle pietanze salate, per fare spazio in tavola per il dessert.

"Potremmo ordinare una pizza" propone la mamma, dopo aver divorato tutto il contenuto del proprio piatto. Mi fa l'occhiolino. "Con le olive."

Papà annuisce. "E mettiamoci anche le patatine fritte."

La nonna si schiarisce la gola. "E quel dolce che ho preparato?"

La mamma aggotta la fronte. "Salsa al caramello sopra le patatine fritte?"

"No, dovremmo prendere gli Oreo" propone Oliver. Adesso, non sembra più così infelice. Semmai, sembra affamato. Il THC dev'essere entrato in circolo.

"Sono vegani?" gli chiedo.

"Sì" mi risponde. "Anche la Vegenaise. Ne ho un po' in frigorifero. Scommetto che starebbero benissimo insieme." Si lecca le labbra, il che mi fa quasi dimenticare il cibo e pensare all'attività cardio (del tipo che aveva in mente mia madre). "Ho anche un avocado, che possiamo abbinare al cioccolato" continua Oliver. "Magari, aggiungerci un po' di salsa sriracha. E burro d'arachidi." Guarda i miei genitori. "Posso prendere in prestito un po' di basilico dalla vostra pizza?"

La nonna sbatte un piatto sul tavolo. "Questa è una torta al lime *vegana*."

"Wow" esclamiamo tutti e quattro, per poi attaccare la torta come un branco di lupi famelici.

"C'è agar-agar qui dentro?" Oliver chiede a mia nonna, dopo aver ripulito il proprio piatto.

Lei scuote la testa. "Che cosa sarebbe?"

"Una gelatina fatta con le alghe." Lui sogghigna. "Se l'avessi usata, questa sarebbe una *kelpcake*."

Mi faccio aria con le mani. Lui sta apertamente dicendo di volermi mangiare.

È ufficiale.

Siamo strafatti.

CAPITOLO
Venti

PAPÀ alza un dito in aria. "Dovremmo guardare 'Dark Side of the Rainbow'."

La mamma annuisce con entusiasmo. "E prendere dell'altro cibo."

"Che cos'è 'Dark Side of the Rainbow'?" domanda la nonna.

"Portaci degli spuntini e te lo mostrerò." La mamma balza in piedi e corre in salotto.

La nonna sospira. "Suppongo che dovremmo assecondarli." Porge a tutti degli snack.

Mi accingo ad aiutarla, ma alzarmi in piedi mi rende ancora più sballata (o si tratta di quello, o dei salti temporali). So solo che, in qualche modo, mi ritrovo in salotto, accoccolata accanto a Oliver.

Ehi. Alla me stessa strafatta viene l'idea giusta. Ora, se solo i membri della mia famiglia se ne andassero...

"Guarda e ascolta" dice la mamma, prendendo un'altra fetta di torta al lime. "Questa è 'Dark Side of the Moon' dei Pink Floyd, suonata su *Il mago di Oz*."

All'inizio, sono troppo preoccupata per l'ondata di ormoni generata dalla vicinanza di Oliver. Poi, però, noto la musica e guardo lo schermo.

Wow!

In un raro momento di lucidità, mi rendo conto che corrispondono in modo inquietante. I Pink Floyd hanno scritto l'album pensando al film, o è un pregiudizio di conferma?

A un certo punto, verso metà del film, la musica e la cannabis cospirano per portarmi più in alto di quanto io sia mai stata, finché la trama de *Il Mago di Oz* diventa difficile da seguire, anche se l'ho già visto. Un paio di volte, penso di essermi dimenticata addirittura come si fa a guardare la TV, ma ne esco rapidamente.

Mmm. Forse sono come lo spaventapasseri e ho bisogno di un cervello?

Tonnellate di domande mi vorticano in testa e sembrano tutte così profonde, che vorrei annotarle, ma credo di aver dimenticato come si fa a scrivere al momento.

Perché l'uomo di latta arrugginisce? È fatto di latta, non di ferro, e la latta non arrugginisce. Inoltre, quanto è stato orribile per lui rimanere lì immobile, prima che Dorothy lo salvasse? E, tornando ai danni causati dall'acqua, come si è sciolta la strega cattiva? Avrà mangiato anche lei un'arachide, o era fatta di un materiale che si fonde?

"Se l'acqua è la sua debolezza, perché ne aveva un secchio nel suo castello?" domando ad alta voce.

"Me lo chiedo anch'io" replica papà. "E perché

voleva uccidere Toto? Lui non rappresentava una minaccia."

Già. Papà dice una cosa sensata per la prima volta, da quando riesco a ricordare, sebbene la mia memoria sia compromessa al momento (come minimo).

Anche la percezione del tempo. In un batter d'occhio, la canzone e il film sono finiti e quest'ultimo, a quanto pare, è stato "solo un sogno", il che è facilissimo da credere nel mio stato attuale.

Improvvisamente, sullo schermo appare una scena hard di un porno con tentacoli.

"Ops!" esclama la nonna. "Non è quello che volevo riprodurre."

È strano che io sia arrapata, ora? Significa che mi piacciono gli hentai?

No. Oliver ha il braccio intorno a me, ecco perché.

Ignorando i commenti incoraggianti di mia madre sul porno e sulla vita sessuale dei miei nonni, mi avvicino a Oliver, fluttuando su una nuvola di euforia.

Lui mi abbraccia, mandando in cortocircuito ciò che rimane dei miei neuroni.

Inizia un nuovo film, senza i Pink Floyd stavolta.

Faccio fatica a trovarci un senso. Penso che sia uno degli ultimi film di *Harry Potter*, perché Hermione sembra cresciuta.

Ma dov'è Harry? E chi è quel ragazzo che ci prova con Hermione?

Mmm. Si chiama Gaston. Era uno dei Serpeverde?

Inoltre, non ricordo quel lupo mannaro con le corna...

Aspettate un attimo. Adesso ho capito: dev'essere l'adattamento live-action de *La Bella e la Bestia*.

Sì. La canzone "Stia con noi" lo conferma (ed è altrettanto psichedelica qui quanto lo era nella versione del cartone animato, anche se potrebbe essere colpa del THC).

Alcune delle scene precedenti, però, hanno meno senso… a meno che non fossero allucinazioni. Per esempio, ho forse visto Hermione (voglio dire, Belle) inventare una lavatrice nella Francia del Diciottesimo secolo? Inoltre, se non ci sono licantropi in questo film, perché quei lupi erano così grandi? E facevano il verso del leone?

"Ho fame" dice la mamma, distraendomi dai miei tentativi di elaborare il film.

"Non è rimasto più niente da mangiare" risponde la nonna con una risatina.

"Vi va di andare a fare la spesa?" domanda papà a nessuno in particolare.

"Non guiderai in queste condizioni" afferma il nonno severamente, accarezzando il fucile.

"Guastafeste!" esclamano mamma e papà all'unisono.

"Io ho qualcosa da mangiare a casa mia" dice Oliver a pochi centimetri dal mio viso.

Oh, sì. Mi sta abbracciando. Non c'è da stupirsi che mi senta così confortevole.

Inoltre, chi ha bisogno di cibo, quando posso leccare le sue labbra?

No. Ci sono dei testimoni.

"Andiamo a casa tua!" esclamano i miei genitori.

"Ne sei sicuro?" la nonna chiede a Oliver.

Lui annuisce. "Probabilmente, Tofu sente la mia mancanza."

"Gnam!" dice la mamma. "Anche a noi manca il tofu."

———————

Non ricordo il tragitto verso casa di Oliver nei dettagli, ma quando entriamo, un hot dog corre verso di noi e guaisce con gioia, scodinzolando troppo velocemente, perché il mio cervello stordito possa elaborarlo.

"Questo è Tofu" annuncia Oliver ai miei genitori. "Lui non è sul menù, ma il tofu in agrodolce sì."

Ridacchio e accarezzo il naso umido e appuntito di Tofu.

"La cucina è da questa parte" dice Oliver, guidandoci attraverso un atrio dall'aspetto minimalista.

Anche la cucina è piuttosto spartana, con elettrodomestici puliti e moderni e un tavolo di vetro.

"Hai del gravlax?" gli domanda la mamma.

"O gnocchi?" aggiunge papà.

"Oliver è vegano" affermo, sentendomi orgogliosa di aver gestito una tale concatenazione logica. "Qui non ci sono piatti a base di pesce o uova."

"Tenete." Oliver prende qualcosa dal frigorifero e noi lo attacchiamo tutti insieme, fino a quando non ne rimane niente.

"Che cos'era?" chiedo tardivamente. "Nachos?"

Oliver ride. "Oreo, ma con la salsa, quindi posso capire perché ti sei confusa."

Le avventure culinarie continuano, fino a quando il frigorifero di Oliver è vuoto; è allora che i miei genitori si congedano ed escono.

Sbatto le palpebre verso Oliver. "Dove sono andati?"

"Non ne sono sicuro" risponde. "Andiamo a cercarli."

Certo. Devo solo ricordarmi come si fa a camminare.

Con uno sforzo erculeo, mi alzo.

Fantastico. Tutta questa faccenda del camminare potrebbe tornarmi in mente, ora.

Prima che io faccia un passo, Tofu entra di corsa nella stanza e comincia a saltellare e guaire.

Oliver lancia un'occhiata colpevole al suo salsicciotto. "Di solito, gli do da mangiare, quando torno dal lavoro. Non posso credere di averlo dimenticato."

Tofu inclina la testa, come a dire: *Mi darai la pappa, o dovrò uccidere un tasso per cena? È per questo che veniamo allevati noi hot dog.*

Oliver ridacchia. "Scommetto che, se potesse parlare, lo farebbe proprio così."

Aggrotto la fronte. "L'ho detto ad alta voce?"

Lui si gratta la cima della testa. "Spero che sia stata tu. Se sono così sballato, da sentir parlare Tofu, forse dovrei andare in ospedale."

"No, sono stata io" confermo. "Credo."

"Fiù! In tal caso, dovresti sapere che i bassotti, specialmente quelli moderni, non sanno realmente uccidere un tasso. Si limitano ad aiutare durante la caccia. Sono gli umani a uccidere."

Sbuffo. "Che cos'è un bassotto?"

Lui sospira. "Un hot dog."

"Giusto. Giusto. In latino, sarebbe *canis pēnis*. Colloquialmente, però, è cane wurstel. O cane salsicciotto. Cane pisellone? Cane cazz…"

Un forte latrato di Tofu mi interrompe.

Non mi piace essere preso in giro.

Oliver sorride. "Il mio salsicciotto è affamato."

L'immagine dell'enorme Aqua-manico di Oliver passa davanti all'occhio perverso della mia mente.

È ufficiale.

Sono affamata del suo salsicciotto quanto il suo salsicciotto è affamato di cibo per cani.

Oliver va verso una mensola vicina e prende una lattina con l'immagine di un cane (possibilmente sballato). Quando la apre, sento un profumino delizioso e il mio stomaco brontola.

Tofu mi guarda con aria preoccupata.

Quando ho fame, mordo.

Con una risatina (che potrebbe indicare che ho parlato di nuovo ad alta voce), Oliver versa il cibo in una ciotola sul pavimento.

Tofu trangugia la pappa in tempo record, come se temesse che qualcuno gliela contenda.

Il mio stomaco brontola di nuovo. Quand'è stata l'ultima volta che ho mangiato?

Oliver sogghigna. "Fame chimica?"

Lancio un'occhiata alla ciotola del cane. "Ha un profumino così buono."

Lui sbuffa. "Mangeresti cibo per cani?"

Mi lecco le labbra. "Non ti sei mai chiesto che sapore ha?"

Sembra incuriosito. Prende un'altra lattina, la apre, ne tira fuori una cucchiaiata e se ne ficca un boccone tra le labbra sexy.

È strano, se desidero che lui mi passi di bocca quel cibo, come un papà uccello?

"Non male" commenta Oliver, dopo aver deglutito. "Potrebbe servire un po' di sale, però."

Sbuffo. "Sei così sballato, che hai appena mangiato cibo per cani."

Oliver agita il cucchiaio e una goccia di pappa vola nella ciotola di Tofu. "Non darei da mangiare a Tofu qualcosa che non mangerei io stesso."

Ridacchio. "Sai che hai rotto il sacro patto vegano. I tuoi poteri psichici non funzioneranno più."

"Non è vero" ribatte. "Questo è cibo per cani vegano."

"Davvero?" Sbatto le palpebre. "I cani non sono fondamentalmente lupi, nel senso di carnivori?"

Lui brandisce la lattina in aria. "Compro queste perché Tofu abbia a disposizione una maggior varietà. I cani sono onnivori e possono mangiare pasti vegani, purché siano formulati correttamente."

Sogghigno. "Tofu è un hot dog vegano?"

Oliver scuote la testa. "Non è esclusivamente vegano; il cibo a base di carne gli piace troppo. Tuttavia, gradisce un piatto vegano occasionale, che gli dà la possibilità di ridurre la sua piccola impronta (zampetta) di emissioni di carbonio."

Sentendo il proprio nome ripetuto più e più volte, Tofu alza lo sguardo.

In realtà, potrei ridurre da solo le emissioni di metano del mondo, mangiando tutte le mucche che scoreggiano. E anche i maiali, se è da loro che proviene la pancetta. E i polli, ammesso che sappiano scoreggiare. Mangerei qualunque creatura che scoreggi, in realtà; è per questo che noi cani abbiamo un senso dell'olfatto così sopraffino.

Oliver ridacchia, mentre mi porge la lattina e il cucchiaio. "Ti interessa?"

Annuso. Ha un profumino delizioso.

"Non lo dirò a nessuno" mi assicura Oliver. "Sarà il nostro piccolo segreto."

Esitante, prendo una cucchiaiata di cibo per cani e me la ficco in bocca, mentre Oliver mi guarda con aria affamata.

Ne vuole ancora?

Poi, il sapore mi raggiunge. Per le papille gustative di Cthulhu, mi piace! C'è del riso, forse dell'avena, sicuramente dell'orzo e dei piselli o ceci.

Tofu guaisce di nuovo e io abbasso lo sguardo, per vederlo fissare la lattina tra le mie mani, in preda al panico.

Gli umani mangiano la mia pappa, ora? Quale sarà il prossimo passo? Mettere me sul menù?

Ridacchio. Sciocchino, Tofu. "Mangerà troppo, se gliela do?"

Oliver scuote la testa. "Può averla."

Mestamente, verso il resto della prelibatezza nella ciotola di Tofu, che la attacca come un lupo dall'aspetto fallico.

Argh! Speravo che me ne lasciasse un po'.

Distogliendo a forza lo sguardo dal cibo che scompare rapidamente, mi guardo intorno. "Ho la sensazione che manchi qualcosa, ma non riesco a capire esattamente cosa."

Oliver lancia un'occhiata confusa alla porta. "Già. Non te lo ricordi?"

Chiudo gli occhi e sforzo il cervello al massimo.

Delfini?

No, quelli sono al lavoro.

Spuntini?

Abbiamo già mangiato tutto. Tofu ci ha aiutato.

Musica?

No. Quella era a casa dei miei nonni.

Aspettate. Ci sono! Aprendo gli occhi, mi do uno schiaffo sulla fronte. "Genitori!"

"Ah, già" commenta Oliver. "Dove saranno?"

"Non ne ho idea." Mi avvicino a lui e infilo il braccio nell'incavo del suo gomito. "Ti va di andare a cercarli?"

"Andiamo!" Mi conduce fuori dalla cucina e dentro il salotto.

Esamino il comodo divano e il televisore con maxi-schermo.

Che cosa stavo cercando?

"Non sono qui" afferma Oliver.

Ah, giusto. Genitori.

"Andiamo a cercarli da un'altra parte" propongo, voltandomi verso il corridoio.

"Sì." Oliver mi conduce lungo il corridoio e annusa l'aria, come farebbe Tofu. "È odore di burro d'arachidi?"

Inalo profondamente. Mmm, nocciolato. "O quello, oppure un rospo dai piedi a vanga. Quand'è stressato, emana una secrezione che sa di burro d'arachidi."

Oliver aggrotta le sopracciglia. "Credo che provenga dalla mia camera da letto."

Cerco di dare un senso a questa affermazione. È *matto*? Qual era la follia in questione? Ah, già, l'odore. "Pensi che i miei genitori abbiano nascosto del burro d'arachidi in camera tua, per non doverlo condividere?" Che bastardi! Come hanno potuto?

Oliver mi guarda sbattendo le palpebre. "Sembrano troppo gentili, per fare una cosa così abominevole. Forse si stanno sottoponendo il test per l'Alzheimer a vicenda?"

Sarà così? Quanti anni hanno i miei genitori? Aspettate, in che anno siamo? "Hai detto Alzheimer o Alka-Seltzer?"

Lui solleva un dito, che sembra danzare nella mia visuale. "I pazienti affetti da Alzheimer non riescono a sentire l'odore del burro d'arachidi attraverso la narice sinistra quanto attraverso la destra."

Narici. Giusto. Destra contro sinistra. Mi premo il dito su un lato del naso. Aspettate, di che cosa stavamo parlando? Ah, già, genitori matti e quel profumino delizioso. "Sono troppo giovani per avere l'Alzheimer. Credo che abbiano deciso di imboscare il burro d'arachidi." Fiù! Penso che questo abbia senso.

Oliver sembra inorridito. "Non lo farebbero."

"Vediamo!" dico con determinazione e, con uno sbuffo indignato, apro la porta della camera da letto, pronta a entrare come una furia per riprendermi il burro d'arachidi.

Solo che non posso.

199

Accanto a me, Oliver resta senza fiato, analogamente bloccato sul posto.

Lo shock di ciò che sto vedendo è talmente forte, che fa regredire l'annebbiamento da cannabis.

Santissimi Cthulhu e gli altri Grandi Antichi!

Mamma sta cavalcando papà come una cowgirl alla rovescia.

Entrambi sono completamente nudi.

Ah, inoltre, entrambi sono ricoperti di burro d'arachidi in quantità sufficiente a nutrire un esercito di sballati.

CAPITOLO
Ventuno

FACENDO UN BALZO INDIETRO, chiudo la porta di colpo e rifletto seriamente sull'eventualità di cavarmi gli occhi.

No. Non sono abbastanza forte.

Lascio che i miei piedi mi conducano via. Un secondo dopo, mi ritrovo seduta sul divano, con i palmi delle mani sugli occhi.

Me li sono cavati, alla fin fine?

Un braccio forte mi avvolge. "Ti senti bene?" Oliver mi mormora all'orecchio.

Scuoto la testa. "Credo di essere traumatizzata."

Mi abbraccia più forte. "L'assicurazione sanitaria di Sealand copre la psicoterapia."

Fa caldo qui dentro, o è solo lui?

Mi tolgo i palmi dalla faccia. "Davvero?"

Oliver annuisce. "All'occorrenza, potresti anche parlare con Rose."

Ridacchio. "Ti rendi conto che è una strizzacervelli per pesci?"

Lui mi sta fissando, come ipnotizzato. "Ti ho mai detto che hai un sorriso stupendo?"

Lo ha fatto? Non riesco a ricordare. Probabilmente no. Se mi fossi mai sentita così leggera e fluttuante nel cuore, me ne ricorderei.

Lui mi sta ancora fissando.

Mi domando perché. Si aspetta che io risponda a qualcosa?

Inoltre, perché provo una sensazione così calda e piacevole?

Ah, già: lui ha il braccio intorno alle mie spalle. Mi cade lo sguardo sulla mano che mi sta toccando.

Stupendo. Sì, è stato menzionato qualcosa del genere. "Tu hai un pollice stupendo" sussurro, guardandogli le dita.

Poi, mi torna in mente cos'aveva detto. Credo di averci accidentalmente azzeccato, ricambiando il suo complimento. Ho la sensazione che le mie tette stiano soffocando dentro a questo stupido reggiseno (e il fatto di avere i capezzoli turgidi non è d'aiuto).

Oliver si sporge in avanti, con gli occhi socchiusi. "Non mi avevi mai fatto un complimento, prima d'ora."

Com'è possibile? Se un elogio fosse un essere umano, sarebbe lui impersonificato.

Mi inumidisco le labbra. "Non lasciare che i miei complimenti ti diano alla testa. Le rotelle del mio cervello non stanno esattamente girando a tutto gas."

Merda! Avrei dovuto usare una metafora più ecologica? Cavalcando a tutto galoppo? I cavalli scoreggiano? Forse, cavalcando a…

Le labbra di Oliver si abbattono sulle mie.

Oh. Mio. Cthulhu.

Sono sballata, ma anche bagnata.

Qualsiasi rotella stesse ancora girando nel mio cervello si ferma bruscamente. Infatti, se fossi un motore, ora starei esplodendo.

Sentendomi svenire, cado all'indietro e Oliver mi segue, senza interrompere il bacio.

Ha un'impressionante capacità di coordinazione bocca-occhio. Soprattutto, se è sballato quanto me.

Non appena sono comodamente sdraiata sulla schiena, le sue mani da polpo si posano su di me nel modo più meraviglioso. Una mi tiene il mento, l'altra la nuca, mentre la terza…

Aspettate. Lui non è realmente un polpo, quindi quella terza cosa che preme contro il mio ventre non è una mano. È qualcos'altro.

Ma cosa?

Oh, lo so!

Il suo Aqua-manico.

Faccio scendere la mano e lo sento. Sì! È proprio questo… e lo voglio di brutto.

Lui si ritrae, respirando affannosamente. I suoi occhi sono oscurati dal calore. "Sei d'accordo?"

Annuisco in silenzio.

Lui si afferra l'orlo della maglietta e se la toglie con un movimento scattoso.

Fisso la sua magnificenza in uno stordimento annebbiato.

Mi sbottona la camicetta, esponendo il mio reggiseno. Le sue narici si dilatano, mentre mi rimira.

Sì! Mi piace la direzione che stanno prendendo le

cose, ma sento che sto dimenticando qualcosa. Qualcosa di remoto, ma piuttosto importante… credo.

Lui si china in avanti e preme le labbra contro la pelle tenera del mio collo… e io dimentico tutto, forse persino il mio stesso nome. Per Cthulhu, che bella sensazione! Le sue labbra sono morbide e calde; la sua pelle è irruvidita da un accenno di barba, che mi graffia nel modo più delizioso.

Gemo, quando lui mi lecca la clavicola, mentre alcune delle sue molteplici mani tirano giù la cerniera dei miei pantaloncini da lavoro.

Pantaloncini da lavoro… ho il presentimento che questo potrebbe essere un indizio di qualcosa che sto dimenticando.

Le sue labbra e la sua lingua scendono sui miei seni e, poi, più giù, percorrendo la mia cassa toracica ansante, fino all'ombelico. Poi, scendono ancora… e io dimentico di aver dimenticato qualcosa.

Lui sta per…

Sì!

Il suo fiato è sulla mia *wunderpussy*. Sollevando lo sguardo per incontrare il mio per un istante, mormora: "È ora del dessert, *kelpcake*."

Prima che io possa rispondere, lui dà alla mia perla una leccata lenta e lussuriosa.

Un gemito mi sfugge dalle labbra.

Lui mi lecca ancora. E ancora. Poi, fa qualcosa di geniale, ma non capisco cosa. Sembra che, improvvisamente, gli siano spuntate otto lingue, che si contendono l'onore di farmi venire.

Forse è *davvero* in parte polpo?

I miei gemiti aumentano di ritmo.

Oliver mantiene le sue implacabili leccate costanti.

La nuvola di euforia su cui sto fluttuando è diversa da qualsiasi cosa abbia mai provato. È una sensazione intensa e quasi spaventosa, perché mi porta a pensare che vorrò sentirmi ancora così, in futuro. Lui mi sta facendo diventare dipendente dalla cannabis, o da se stesso, o da entrambe le cose.

"Verrai per me?" La sua voce è bassa e roca; sembra provenire da lontano.

La mia risposta è un altro gemito, che deve incoraggiarlo a diventare ancora più abile con le sue lingue. Quattro secondi dopo, vengo, con le dita dei piedi che si arricciano, mentre grido il suo nome.

Quando lui si ritrae, sul suo volto c'è un'espressione di soddisfazione maschile, che è quasi compiaciuta.

Ah, sì? Pensa di essere l'unico capace di far impazzire qualcuno?

Impugnando delle ciocche dei suoi lunghi capelli, lo tiro su, verso il mio viso, e lo bacio energicamente. Mentre le nostre lingue danzano tra loro, gli sbottono i pantaloni.

Lui si irrigidisce, in tutti i sensi della parola.

Gli abbasso i pantaloni sui fianchi e stacco le labbra dalle sue, ansimando, mentre mi chino.

Lui sembra affamato. Vorace.

Così come il suo Aqua-manico.

Afferro quest'ultimo per l'asta, poi mi chino e ci do una leccata lenta e tortuosa, come se fosse un gelato.

"Cazzo!" grugnisce Oliver.

Proprio così. So manovrare macchinari pesanti anche quando sono strafatta.

Sto per infilarmelo in bocca, quando uno strano rumore si intromette nella mia consapevolezza.

Infastidita, mi giro verso la fonte del suono, senza curarmi di mollare la presa sull'Aqua-manico. Perché non ho intenzione di lasciarlo andare.

È una decisione di cui mi pento all'istante.

Perché ci sono i miei genitori.

Loro sono qui.

Questa è la cosa che avevo dimenticato.

CAPITOLO
Ventidue

GUARDO il cazzo nella mia mano.

Guardo mia madre.

Guardo di nuovo il cazzo nella mia mano.

Guardo mio padre.

Entrambi i miei genitori sfoggiano capelli da sesso e vestiti indossati alla rinfusa. Hanno anche tracce di qualcosa di marrone in volto. E sento odore di burro d'arachidi.

Oh, Cthulhu!

Come ho potuto dimenticare il burro d'arachidi?

Quel che è peggio è che entrambi mi stanno guardando con espressioni strane. Approvazione? Incoraggiamento? In ogni caso, vorrei sprofondare attraverso il divano e continuare a cadere fino a raggiungere l'Australia.

Mi accorgo che la mamma sta parlando.

"Mi dispiace tantissimo" dice. "Vi prego, continuate. Stavamo giusto andando via."

Oliver grugnisce, al che mi rendo conto che potrei aver stretto la sua erezione un po' troppo forte.

La mamma dev'essere d'accordo, perché afferma con tono di rimprovero: "Devi essere più delicata con l'organo maschile. Di solito, io non uso nemmeno le mani con quello di tuo padre, bensì..."

Mollo l'organo maschile di Oliver, come se mi stesse ustionando le dita, e mi alzo frettolosamente dal divano. Il mio sguardo frenetico si posa sulla mia camicetta, appallottolata sopra il divano; la afferro.

Incontro lo sguardo scombussolato di Oliver.

"Scusa" mimo con la bocca.

Lui guarda il proprio pene.

Poi, me.

Poi, mia madre.

Poi, mio padre.

Poi, di nuovo me, mimando con la bocca: "Capisco."

Capisce?

Io no. So solo che devo svignarmela... ed è ciò che faccio.

Mentre corro via, sento papà che mi incoraggia a tornare, assicurandomi che stavo facendo un buon lavoro e che lui e la mamma se ne sarebbero andati, per mettermi più a mio agio. Parlando al di sopra di lui, la mamma continua a blaterare qualcosa sul potere trascendentale degli orgasmi, ma non riesco a cogliere i dettagli.

Una volta fuori, mi rivesto e mi dirigo verso la casa dei miei nonni, dove mi precipito nella camera degli ospiti e mi sdraio, nella speranza di schiarirmi le idee.

Invece, mi addormento di botto.

CAPITOLO
Ventitré

QUANDO MI SVEGLIO, il sole splende sul mio viso.

Maledettissima palla di fuoco! Perché il sole ci tiene così tanto a farmi venire il cancro alla pelle? È come se sapesse che non mi sono messa la crema solare, prima di andare a dormire.

Controllo sotto la coperta.

Non soltanto non mi sono messa la crema solare, ma non mi sono nemmeno spogliata. Né lavata i denti.

Ora che ci penso, come sono finita sotto la coperta?

Aspettate un attimo. È come nella canzone preferita della nonna: It's all coming back to me now (mi sta tornando tutto in mente adesso).

Mi sono sognata quello che è successo, poco prima di fuggire dalla casa di Oliver, o ho realmente vissuto il momento più imbarazzante della mia vita?

"Namaste, raggio di sole" mi saluta una voce al mio fianco, facendomi quasi venire un infarto.

Giro la testa di scatto e vedo il viso sorridente di mia madre.

Ha dormito con me? Immagino che questo spieghi la coperta.

"Che cosa ci fai qui?" le chiedo, con la voce stranamente rauca.

"Non eravamo nelle condizioni di guidare per tornare a casa" risponde. "Perciò, ci siamo fermati a dormire qui."

Suppongo che dovrei essere grata per il fatto che papà non sia nel letto con noi (o che, al mio risveglio, non li abbia trovati ricoperti di burro d'arachidi e intenti a recitare il Kamasutra).

Che Cthulhu mi aiuti! Ho visto davvero quella scena ieri sera (e, pochi minuti dopo, me ne sono dimenticata).

Non toccherò mai più la marijuana. Se la campagna "Just Say No" avesse avvisato la gente che l'uso delle droghe avrebbe comportato di vedere i propri genitori nudi, la guerra alla droga sarebbe stata breve.

"Riguardo a ieri sera" esordisce la mamma. "Volevo dirti quanto siamo dispiaciuti io e tuo padre per..."

Scendo dal letto in fretta e furia. "Non voglio parlarne."

La mamma si tira su a sedere. "Gli orgasmi sono il perfetto..."

"Sul serio, non voglio parlarne!" ringhio.

Lei aggrotta la fronte. "Ho decenni di esperienza in fatto di orgasmi tantrici che fanno arricciare le dita dei piedi e sconvolgono la mente; perciò, ti converrebbe approfittare di una simile risorsa."

Grr. "Sono in ritardo per il lavoro. La tua consulenza dovrà aspettare." Ciò che non aggiungo è che questa conversazione mi fa venire voglia di spremermi il cervello fuori dalla narice destra e dargli una bella strofinata con lo spazzolino da denti.

"Ma, dopo colazione, torneremo a casa Hyman" mi informa la mamma.

"Posso telefonarti" mento.

"Bene." La mamma dondola i piedi sul pavimento. "Quando vedi Oliver, digli che ci è piaciuto molto e che speriamo di rivederlo."

Sarà stato il suo pene eretto a conquistarli?

Cercando di nascondere il rossore sul mio volto, indosso un nuovo paio di abiti da lavoro. "Se mai Oliver mi parlerà ancora, mi assicurerò di menzionare che ha dei nuovi fan." Non accadrà.

"Sii positiva!" mi esorta la mamma, per poi darmi un bacio sulla guancia. "Namaste."

Scendo al piano di sotto, dove schivo il tentativo di papà di chiacchierare con me. Non sono sicura di quando (o se) sarò in grado di guardarlo di nuovo negli occhi.

In relazione a ciò, non mangerò mai più burro d'arachidi.

———

Mentre guido per andare al lavoro, mi rendo conto di non avere minimamente fame. Beh, non c'è da stupirsi. Ieri sera, ho fatto come i lamantini: ho mangiato una quantità di cibo equivalente al quindici per cento del mio peso corporeo.

Più mi avvicino alla mia destinazione, più la mia ansia cresce.

Che cosa mi dirà Oliver, quando lo vedrò?

Posso considerarmi licenziata? Oppure lui mi trascinerà nel suo ufficio, per finire ciò che abbiamo cominciato?

Nel secondo caso, voglio che lo faccia?

Quando arrivo a Sealand, sono contemporaneamente sollevata e delusa dal fatto che Oliver non mi stia aspettando nel parcheggio per licenziarmi.

Come una fifona, vado avanti con la mia giornata di lavoro.

Alle quattro e mezza, ho ancora un impiego, ma non ho visto Oliver, quindi non ho idea di come siano le cose tra noi.

Proprio quando finisco di dare da mangiare a Beaky, percepisco una presenza nella stanza e sento profumo di mare.

Il cuore mi salta in gola.

"Ciao" sento il saluto di Oliver alle mie spalle.

Mi giro, cercando di sembrare disinvolta (e non come se i miei genitori mi avessero vista reggere in mano il suo Aqua-manico in tutta la sua gloria). "Ciao a te."

La sua espressione è di nuovo illeggibile. "Volevo parlarti."

Ci siamo. Sono licenziata o…

"Hai sentito parlare dell'SOS?"

Lo guardo sbattendo le palpebre. "Il famoso

messaggio di soccorso che si usa, quando la nave sta affondando, o la Save the Ocean Society?"

"La seconda" risponde.

"L'SOS che organizza raccolte fondi annuali nella zona?" specifico.

Lo so perché tengo d'occhio Octoworld, che è un grande sponsor di queste raccolte fondi. Non ne faccio parola con Oliver, però. Non voglio ricordargli il passo falso di Fabio e Lemon, quando gli hanno spifferato il mio desiderio di lavorare per la concorrenza.

"Sì. *Quella* SOS" conferma.

Sorrido. "No. Non ne ho mai sentito parlare."

Lui non sorride, né mostra una sola crepa nella sua illeggibile faccia da poker. "C'è una raccolta fondi tra qualche settimana."

"D'accordo" dico, mentre i piranha nel mio stomaco cominciano ad affilare i denti. La conversazione non sta andando nella direzione che penso io, vero? "Sealand sarà presente alla raccolta fondi?"

Lui annuisce. "Ci vado ogni anno e, di solito, porto con me un membro del personale."

I piranha sentono l'odore del sangue. "Che bello. Scommetto che la competizione per accompagnarti è feroce."

"Non proprio. Alcuni, come Dex, avevano guarda caso 'impegni familiari', quando li ho invitati."

Dex aveva l'occasione di andare alla raccolta fondi dell'SOS e non l'ha colta? Non ha soltanto l'aspetto di una lontra, ma anche il cervello.

Aspettate, questo è ingiusto. Le lontre sono molto

intelligenti, in realtà. Usano le rocce per aprire le vongole e, se il capo chiedesse loro di partecipare a un evento importante, scommetto che ci andrebbero (o che inventerebbero una scusa migliore di "impegni familiari").

"Dunque" dico, cercando di non mostrare quanto io desideri andarci, per timore che ciò possa danneggiare le mie possibilità. "Chi porterai, stavolta?"

Per favore, scegli me. Per favore!

La sua facciata di pietra finalmente si incrina e lui aggrotta la fronte. "Perché avrei dovuto parlartene, se non per invitarti?"

Per stuzzicarmi?

Faccio spallucce, nascondendo la mia euforia. "Non volevo darlo per scontato."

"Capisco." La faccia da poker ritorna. "Consideralo un invito ufficiale. Pensi di poter partecipare?"

Stabilizzo il mio respiro. "Penso di poter liberare la mia agenda."

"Ottimo. Ti manderò i dettagli via email." Gira sui tacchi e se ne va.

Aspettate, che cosa?

Tutto qui?

Cioè, sono felice di andare alla raccolta fondi dei miei sogni, ma non c'era qualcosa di molto più importante di cui avremmo dovuto discutere? Qualcosa come (e la butto lì) il suo Aqua-manico che ritorna nella mia bocca, o l'astinenza di cui la mia *wunderpussy* sta soffrendo, senza la sua lingua?

Forse, lui non voleva parlare di cose così private al lavoro?

Guardo di nuovo Beaky, come per avere delle risposte.

Non ci aspettiamo che il nostro clero sia austero; però, quando onoriamo qualcuno con il titolo di Gran Sacerdotessa, non intendiamo che debba sballarsi.

————

Quando arrivo a casa, Fabio e Lemon mi stanno aspettando... e stanno ridendo di me. Questo, prima che io racconti loro tutta la storia di ieri sera.

"Ti sei sballata di cannabis con i tuoi genitori?" mi chiede Fabio, sghignazzando. "Due persone che si comportano come se fossero strafatte, persino senza droghe?"

"Ha anche drogato il suo ragazzo. Non dimenticarlo" interviene Lemon.

Incrocio le braccia sul petto. "Non l'ho drogato io. È stata la nonna. Credo."

"Beh" continua Lemon con un enorme sorriso. "Che cos'è successo? La nonna ci ha raccontato che siete andati a razziare il frigo di Oliver."

Con un sospiro, sputo il rospo, interrompendomi solo quando mi deridono e si prendono gioco di me (cioè, dopo ogni parola).

"Grazie per essere così solidali" brontolo. "Vi rendete conto che potrei ancora essere licenziata, vero?"

Lemon sembra leggermente pentita, ma Fabio, che sorride come un delfino, non lo sembra affatto.

"Dubito che lui ti chiederebbe di accompagnarlo a

quella raccolta fondi, se stesse per licenziarti" afferma Lemon.

"A meno che non sia un appuntamento" precisa Fabio.

Aggrotto la fronte. "Non credo sia un appuntamento. L'aveva chiesto a Dex, prima."

Fabio si lecca le labbra. "Io porterei Dex a un appuntamento."

"Anch'io" conferma Lemon.

"La nostra aspra dolcezza sta facendo come Samantha, oggi" commenta Fabio. "Che ne è del ballerino?"

Lemon abbassa lo sguardo. "Hai ragione. Non dovrei tradire il russo."

"Non è un appuntamento" dichiaro con fermezza.

Fabio si esamina le unghie perfettamente curate. "Se è un appuntamento, potrebbe significare che lui vuole fare sesso con te, prima di licenziarti. È ciò che accadrebbe nel mio lavoro."

Lemon rotea gli occhi. "Tu lavori nell'industria del porno. Il sesso è ciò che accade prima che ogni tuo ingaggio finisca."

"A proposito, domani parto" afferma Fabio. "Devo girare una scena a Miami."

La sveglia del mio telefono comincia a suonare.

Abbasso lo sguardo, confusa.

Ah, giusto. È il promemoria del giorno della spazzatura.

"Torno subito" dico, senza dare spiegazioni.

Se scoprissero i miei piani da stalker, non la finirebbero più di prendermi in giro.

Prendo il bidone della spazzatura e lo trascino fuori... appena in tempo.

Oliver sta passando insieme a Tofu.

"Ciao" lo saluto, senza fiato.

"Ciao" ricambia lui.

Guardo Tofu. "Devo fingere di non essere qui, prima che lui mi conti e debba unirmi alla vostra passeggiata?"

"È troppo tardi." L'espressione di Oliver è ancora una volta impossibile da decifrare. "Ti ha già 'contata'."

Evviva! Mi stringo nelle spalle con disinvoltura. "Immagino che mi unirò a voi."

Oliver annuisce bruscamente. "Grazie."

Cominciamo a camminare, ma lui non dice una parola.

Mi schiarisco la gola. "A Tofu interessa di cosa parliamo?"

"No" replica Oliver. "Ma volevo discutere di una cosa con te, se non ti dispiace."

Annuisco e traggo un respiro profondo. Finalmente! Avremo l'occasione di chiarire la questione di ieri sera.

"So che ora non sei in servizio" continua Oliver. "Ma ti dispiacerebbe anticiparmi alcuni dei tuoi progetti per il futuro arricchimento negli acquari?"

Vuole parlare di lavoro? Adesso?

"Ho quasi finito di attuare le mie idee per i lamantini" rispondo, sforzandomi di nascondere la delusione.

"E in quanto agli altri?"

Ebbene, sì. Vuole parlare di lavoro (cioè, non ha affatto intenzione di discutere di ieri sera).

Beh, se non altro, sembra che manterrò il mio impiego... a meno che questo interrogatorio non sia per aiutarlo a stabilire quanto sarebbe svantaggioso licenziarmi.

Reprimendo un sospiro, gli spiego cosa ho intenzione di fare domani per i cavallucci marini, nonché il giorno seguente per il cavedano europeo.

"E dopo?" mi chiede.

Glielo spiego e, così, finiamo col parlare di giocattoli per pesci per il resto della passeggiata (e non una parola su di noi).

Quando ci fermiamo davanti al suo vialetto, dopo che Tofu ha fatto sufficiente esercizio, sento quell'attrazione magnetica verso Oliver, più forte che mai, e sarei pronta a scommettere la mia ovaia destra che la sente anche lui. Ma, con mia grande delusione, non si china per baciarmi. Si limita ad augurarmi "Buonanotte" e se ne va.

A casa, Lemon e Fabio mi stanno aspettando con l'espressione di chi la sa lunga.

"È stato patetico" commenta Lemon. "Vi siete comportati come due estranei."

Sono certa di non essere l'unica tra le mie sorelle che, a volte, si chiede perché non abbia assorbito le altre nell'utero. Se l'avessi fatto, ora Lemon sarebbe un neo sulla mia spalla (e i nei non ti prendono a calci, quando sei a terra).

"Vado a letto." Mi spingo a forza tra di loro.

"L'hai fatta arrabbiare" dice Fabio severamente.

"Ehi, Olive, mi dispiace" mi grida dietro Lemon. "Non volevo essere cattiva. Lo giuro."

Mi fermo e mi volto verso di lei. "Non sono arrabbiata con te. Non sul serio." Mi passo le dita tra i capelli. "Perché lui sta facendo finta che non sia successo niente?"

Lemon si stringe nelle spalle. "Perché è il tuo capo?"

"E ha avuto una brutta esperienza con le relazioni sul lavoro" aggiunge Fabio. "Credetemi, so cosa vuol dire."

"Basta parlare di fluffer!" Lemon sibila a Fabio. Girandosi verso di me, mi suggerisce gentilmente: "Forse, Oliver ha solo bisogno di tempo?"

Sospiro. "Forse."

———

Se Oliver ha bisogno di tempo, di sicuro gliene serve parecchio.

Per la settimana successiva, lo vedo a malapena e, ogni volta che parliamo, è strettamente professionale (il che mi sta facendo impazzire).

Dopo aver girato la sua scena porno, Fabio torna per un giorno; poi, riparte per New York, lasciando libero il divano. Lemon inizia a dormire lì, rendendomi più facile occuparmi delle frustrazioni correlate a Oliver, ogni volta che faccio un sogno erotico su di lui (cosa che avviene ogni notte, per altro).

Passa un'altra settimana e Lemon è ancora qui in vacanza. Non per la prima volta, mi domando che mestiere faccia. Qualunque esso sia, le permette di avere orari di lavoro *davvero* flessibili. Quando la incalzo per avere delle risposte, lei è evasiva, il che mi porta a pensare che la teoria di Blue sia vera: Lemon ha guardato così tanto *Sex and the City*, che ha deciso di scrivere una rubrica anonima sul sesso per qualche giornale.

Passa ancora qualche altra settimana, con il lavoro e la famiglia ad occupare il mio tempo. Poi, qualche giorno prima della raccolta fondi dell'SOS, mi imbatto "casualmente" in Oliver vicino all'area espositiva dei lamantini.

"Capo" gli dico, nascondendo la mia amarezza.

"Ciao" mi saluta lui. "Sono contento di averti incontrata. C'è una cosa di cui dobbiamo parlare."

Bel tentativo. Non mi faccio più illusioni. Sarà un argomento legato al lavoro, ne sono certa.

Lui non incontra il mio sguardo. "Non so se ne abbiamo parlato, ma Sealand non guadagna abbastanza con i tour."

Aspettate, che cosa? È possibile che ci abbia messo così tanto, per decidersi a licenziarmi? Suppongo che abbia senso. Stava cercando una motivazione e ha trovato questa: tagli al bilancio.

Aggrottando la fronte, rispondo: "Ok. Quindi?"

Stavolta, lui incontra il mio sguardo e io mi sento immediatamente affogare in quelle pozze ciane. "Servono benefattori importanti per tenere l'attività a galla."

Mmm. Quindi, forse, non è una conversazione sui tagli al bilancio. Provo un'ondata di sollievo.

"Benefattori?" chiedo.

"Sì, come Tampa Electric" prosegue lui.

"Tampa Electric?" A quanto pare, oggi mi sono

trasformata in un pappagallo.

"Il massimo produttore di energia solare della Florida" spiega lui, come se citasse uno spot televisivo.

"Fantastico" commento. "Che cosa c'entra tutto questo con me?"

Lui si avvicina, avvolgendomi nel suo profumo di mare. "Hai mai sentito parlare del Manatee Viewing Center, il centro di osservazione dei lamantini di Tampa Electric?"

Scuoto la testa.

"Dal 1986, l'azienda usa l'acqua della baia di Tampa per raffreddare una centrale elettrica chiamata Big Bend Unit 4. In seguito, l'acqua (che è ancora pulita, ma riscaldata) fluisce in un canale di scarico e, poi, torna nella baia."

Annuisco, cominciando a capire dove il discorso potrebbe andare a parare.

"I lamantini amano l'acqua calda, quindi, da quell'anno, bazzicano nel canale di scarico, specialmente quando la baia di Tampa si raffredda."

"Wow" commento. "Questo deve salvare molte vite, negli inverni rigidi."

Lui annuisce. "Il sito, ora, è un santuario dei lamantini designato a livello federale. Si chiama Manatee Viewing Center ed è aperto al pubblico."

Guardo Betsy e gli altri lamantini. Quelli di loro che saranno rilasciati di nuovo in natura potrebbero finire a bazzicare vicino a quella centrale elettrica (un pensiero confortante).

"Ad ogni modo" continua Oliver. "Tampa Electric è un grande sponsor della raccolta fondi dell'SOS. Mi hanno contattato per dirmi che stavano cercando idee su come rendere i lamantini ancora più confortevoli al MVC, senza nutrirli né mettere in pericolo in altri modi la loro capacità di prosperare in natura, ovviamente."

Mi gratto il mento. "Potrebbero costruire dei grattatoi subacquei." Indico il mio aggeggio fatto di spazzole.

"Esattamente" dice lui. "Pensa a una lista di idee. Le presenteremo tra un paio di giorni, quando andremo a una riunione a Tampa."

"Una riunione a Tampa?" Faccio un involontario passo indietro. "Noi?"

Lui annuisce. "Avrò bisogno di te lì."

"Ah sì?" Trattengo il respiro. Quel "noi" significa ciò che speravo: noi due.

I piranha nel mio stomaco si agitano.

"Devi venire" afferma. "Non mi sentirei a mio agio a prendermi il merito delle tue idee." Lancia un'occhiata a Betsy, che sceglie proprio quel momento per grattarsi sensualmente su uno dei miei pali.

Esatto. Così sono le curve delle vere sirene. Roditi il cuore, umana.

"Inoltre" continua Oliver. "Potrebbero avere delle domande, alla riunione, e tu saresti la persona migliore per rispondere."

"Quand'è questo viaggio?" gli chiedo.

"Tra due giorni."

I piranha iniziano il loro attacco. "Come ci andiamo?"

Per favore, dimmi che andremo in macchina insieme.

"Dovrai raggiungermi lì" risponde. "Io parto oggi, perché ho qualche altra riunione su quella costa."

"Ah" commento, nascondendo il mio disappunto. "E dove alloggeremo?"

"Al Grand Hyatt Tampa Bay Hotel" risponde.

I piranha vanno in estasi. Certo, non viaggeremo nella stessa macchina, ma alloggiare nello stesso hotel sembra molto promettente. Probabilmente, mangeremo insieme. E, magari, mi porterà a fare un giro turistico. È così bravo come agente di viaggio in Florida, dopotutto.

"Credo di poter venire" mormoro.

Per la prima volta da un po', lui sorride (e sono felice di essermi messa la crema solare, altrimenti mi scioglierei in una pozzanghera per l'intensità accecante del suo sorriso).

A proposito di crema solare, sono a corto. Mi sono rimasti due flaconi, forse tre. Dovrò assicurarmi di comprarne ancora, soprattutto in prospettiva del viaggio imminente.

"Va da sé che questo sarà considerato un viaggio di lavoro" precisa.

Nel senso di una vacanza pagata? Con il ragazzo su cui faccio sogni erotici?

Ci metto la firma!

CAPITOLO
Ventiquattro

LUNGO il tragitto verso la riunione a Tampa, rimango bloccata nel traffico: è la prima volta che mi succede, da quando sono arrivata in Florida.

Merda! Questa caratteristica tipica di New York è benvenuta quanto i ratti giganti. Spero di non fare tardi alla riunione. Se avessi previsto di trovare traffico, non mi sarei fermata prima in albergo.

Nah, chi voglio prendere in giro? Dovevo rendermi presentabile, prima di comparire davanti a Oliver (oltre che a quelli di Tampa Electric).

Quando entro nel parcheggio, i miei livelli di cortisolo sono alle stelle e ho un minuto di ritardo.

Dopo una corsa forsennata, ho il fiatone, mentre spiego alla signora della sicurezza il motivo per cui sono qui. Dato che questo è il primo di diversi incontri, lei mi consegna un badge identificativo temporaneo. Lo prendo e mi affretto a inoltrarmi nell'edificio, dov'è accesa l'aria condizionata, sentendomi come se il sudore sulla mia pelle si stesse trasformando in ghiaccioli.

Sto per fare un'ottima prima impressione.

Corro verso l'ascensore, schiaccio il pulsante e aspetto per quella che mi sembra un'eternità.

"Ciao" mi saluta una voce maschile profonda e familiare, facendomi trasalire.

Mi giro e vedo Oliver.

Indossa un completo su misura e ha i capelli raccolti nello chignon più ordinato fino ad oggi.

Che Cthulhu mi divori il cuore! So che questo martellamento nel petto è dovuto alla corsa precedente e allo stress del traffico, ma vedere Oliver inganna una parte più profonda di me, dandomi la sensazione che l'effetto sia tutto dovuto alla sua bellezza.

Probabilmente, è così che si sente un'innamorata, quando si riunisce con il suo amato. O un polpo arrapato, quando rischia la vita (e gli arti) per accoppiarsi.

Oh, e la cosa più assurda è che lui non sta sfoggiando la sua recente faccia da poker. Anzi, direi che mi sta esaminando con un apprezzamento puramente maschile.

Ha forse un feticismo di cui non sono a conoscenza per le donne sudate e in disordine?

"Sei in ritardo" ansimo.

Gli angoli delle sue labbra si sollevano. "Questo non implica forse che sei in ritardo anche tu?"

Accidenti a quelle labbra! Mi stanno facendo bagnare le mutandine. "A differenza di te, io non sono l'incarnazione ambulante di Sealand."

Le porte dell'ascensore si aprono e lui mi fa cenno di entrare per prima. "In realtà, è te che sono venuti a sentir parlare, quindi sei tu l'icona di Sealand oggi, non io."

"Allora, perché sei venuto?"

Preme il pulsante del secondo piano. "Per supporto morale."

Il viaggio in ascensore è veloce. Quando usciamo, un uomo in giacca e cravatta ci accoglie con un sorriso mellifluo.

"Io sono Jason" si presenta, tendendomi la mano. Ha il palmo umido, quando glielo stringo, e non posso fare a meno di notare che mi sta fissando in modo lascivo.

Quando è il turno di Oliver di stringergli la mano, colgo un'espressione di dolore passare sul volto di Jason, prima che lui gliela lasci.

Gliel'avrà stretta troppo forte? Se sì, perché?

Potrebbe aver notato lo sguardo lascivo?

Prima che io possa esplorare ulteriormente questa linea di pensiero, Jason ci conduce in una sala riunioni, dove un gruppo di persone sta già aspettando. Durante le presentazioni, si scopre che lui è un project manager, mentre il resto è un assortimento di pezzi grossi della compagnia.

"Ora, diamo la parola a Olive" dice magnanimamente Jason.

Inspirando per calmarmi, comincio il mio discorso, partendo dai grattatoi. Quando ho finito, mi fanno un milione di domande, la maggior parte delle quali gira intorno ai costi.

"Questo è un ottimo punto di partenza" commenta Jason, appena finisco di rispondere alle domande.

"Perché non elaboriamo il tutto, ne discutiamo offline, se necessario, e ci riuniamo di nuovo qui domani?"

"Certo" replico; poi, guardo Oliver, che non ha parlato nemmeno una volta.

"Per me va bene" conferma lui. "Grazie a tutti."

Ci alziamo tutti, ma un dirigente pone una domanda a Oliver, lasciandomi in una strana situazione, in cui non so se dovrei aspettarlo o meno.

Probabilmente, no. Siamo venuti con macchine diverse, dopotutto.

Sento un odore di aglio parzialmente digerito e mi giro, per trovare Jason un po' troppo vicino a me.

"Ti accompagno fuori" si offre.

"Certo" rispondo, esitante.

Seguo Jason fino alla porta, che tiene aperta per me.

"Dunque" esordisce, mentre usciamo nel corridoio. "È la tua prima volta qui a Tampa?"

Accelero il passo. "Mi sono trasferita in Florida da New York abbastanza di recente, quindi non ho ancora avuto la possibilità di esplorare lo Stato del Sole."

Raggiunto l'ascensore, lo chiamo disperatamente.

Jason sorride, esponendo una griglia di denti bianco-cesso. "Devi lasciare che ti porti fuori stasera. Conosco un ristorante fantastico che…"

"Olive ha già dei programmi" ringhia una voce profonda alle nostre spalle.

Mi giro e vedo Oliver. La sua mascella è serrata e i suoi occhi sono inflessibili.

"Programmi?" Incrocio le braccia sul petto. "Ricordami quali sono, esattamente?"

Non ho idea del perché, tutto ad un tratto, sono così

incazzata con il mio capo. Stavo per trovarmi nella situazione imbarazzante di dover rifiutare le avances di Jason, quindi dovrei essere grata per il salvataggio.

Poi, mi viene in mente.

Oliver si sta comportando come avrebbe fatto Brett in questa situazione. E lo sta facendo, dopo aver finto per settimane che non ci sia niente tra di noi.

Che faccia tosta!

"Cena al Dim Subtraction" afferma Oliver, con gli occhi che brillano. "Alle sette."

Inarco un sopracciglio. "E perché Jason non può unirsi a noi per cena?"

Quest'ultimo fa un passo indietro. "Non sono sicuro che…"

"Jason non può unirsi a noi perché abbiamo un appuntamento." Oliver stringe gli occhi in direzione dell'uomo, mentre io rimango lì, inebetita. "A meno che tu non voglia fare il terzo incomodo?"

"No, no" risponde Jason. "Voi due godetevi la cena."

L'ascensore arriva e, appena le porte si aprono, mi ci fiondo dentro.

Che cosa diavolo intende con un appuntamento?

Aspettate, no. Probabilmente, era un bluff. Se è così, sono ancora più incazzata.

"Dunque." Mi volto verso Oliver, non appena le porte si chiudono. "Qual è il codice di abbigliamento per la nostra cena?"

Il mio capo sospira. "Non devi venirci sul serio."

Quindi, era un bluff. Che bastardo!

"No, no. Non vedo l'ora. Dovrei indossare un abito da cocktail che si abbini al tuo completo?"

Il suo sguardo si scalda. "Se insisti."

"Devo raggiungerti al ristorante o mi accompagni tu?" gli chiedo, prima che possa tirarsi indietro. Il battito del mio cuore accelera, mentre aspetto la sua risposta.

Le porte dell'ascensore si aprono e lui esce. "Verrò a prenderti alle sei e mezza. Non fare tardi, stavolta."

Santo Cthulhu e tutte le sue braccia! Questo appuntamento si farà. "Anche tu eri in ritardo" dico con quel che resta della mia compostezza; poi, gli comunico il numero della mia stanza.

Fa un sorrisino. "Lo so. Abbiamo camere adiacenti."

"Ah. Ok. A più tardi" riesco a dire, quando il concetto che i nostri letti si trovino a pochi metri l'uno dall'altro penetra completamente nella mia mente sconcia.

"A più tardi" mi saluta lui, incamminandosi verso la sua Tesla.

Lo guardo con quella sensazione di piranha affamati nello stomaco, che ho imparato ad associare a tutto ciò che riguarda Oliver.

Non ci sono dubbi su quello che ho appena fatto.

Ho costretto il mio capo a portarmi a un appuntamento.

Venticinque

MENTRE GUIDO verso l'hotel e, poi, mi preparo per la cena, continuo a ripetermi che questo appuntamento è una cattiva idea.

Per cominciare, lui potrebbe rivelarsi il prossimo Brett. Ci sono già alcuni campanelli d'allarme, come il suo comportamento geloso verso Jason, oggi, e Dex, in precedenza. Il fatto che io trovi sexy la sua possessività è un altro campanello d'allarme, così come il fatto che fossi molto attratta da lui, quando ci siamo incontrati. Ho chiaramente una fissazione per tipi che non portano a niente di buono.

Peggio ancora: lui è il mio capo, che è contrario a qualsiasi relazione sul posto di lavoro.

Eppure, mi metto in ghingheri, mi trucco alla perfezione e aspetto vicino alla porta, guardando i minuti scorrere sul mio cellulare.

Non appena scoccano le sei e trenta in punto, apro la porta e noto che lui stava per bussare.

"Visto? Sei in ritardo" gli dico, ignorando il balzo

del mio cuore alla vista di lui con quel completo.

Mi rimira dalla testa ai piedi (e il suo sguardo mi ricorda quello di un barracuda affamato che insegue la sua preda. "Sei bellissima, *kelpcake*."

Gulp.

"Pensi che l'adulazione ti porterà da qualche parte?" gli chiedo, facendo finta di niente. Dentro di me, sto fluttuando come un palloncino all'elio, dimentica di tutte le mie preoccupazioni precedenti.

Un sorriso malizioso gli curva gli angoli delle labbra. "Dove mi vuoi?"

Capo? Che cos'è un capo?

"'Ti voglio seduto di fronte a me in un ristorante" riesco a rispondere, in qualche modo. Ehi, è sempre meglio di: "Scegli un buco, qualsiasi buco."

Fluttuo verso la hall su una nuvola di ormoni, che salgono alle stelle, quando Oliver liquida con un gesto gli uscieri e i parcheggiatori, per tenere personalmente aperte tutte le porte per me.

Quando mette in moto l'auto, la musica dei titoli di testa di *Pulp Fiction* risuona dagli altoparlanti, a ritmo con il mio battito cardiaco.

Oppure, questa è "Pump It" dei Black-Eyed Peas?

"Sei un grande fan di Tarantino?" gli chiedo, quando abbassa il volume. "O stiamo per rapinare il ristorante, invece di mangiare lì?"

Lui si immette in strada con un sorriso. "Rapinare, di sicuro. Non lo fa mai nessuno, quindi è un'occasione d'oro. Vuoi essere soprannominata Honey Bunny o Pumpkin, oppure continuare con *kelpcake*?"

"*Kelpcake*" rispondo. "E tu sarai Aquaman."

Alza un sopracciglio. "Non Namor?"

"Chi diavolo è Namor?"

"Namor il Sub-Mariner?" Mi rivolge un'occhiata esageratamente esasperata. "È il re di Atlantide della Marvel, che precede Aquaman e sa volare."

Beh, "Namor-manico" non suona bene quanto Aqua-manico, ma non m'inoltrerò in questo argomento. Tenendo lo sguardo prudentemente distolto dal suddetto membro virile, chiedo: "Ti piacciono quei fumetti?"

"Mi piace tutto ciò che riguarda l'oceano o il mare." Alza il volume. "Come questa canzone."

Lo guardo con curiosità. "Che cosa c'entra la colonna sonora di *Pulp Fiction* con il mare?"

Lui sogghigna. "Questa è 'Misirlou' di Dick Dale & His Del-Tones. Un classico del surf rock. E la melodia proviene da una canzone popolare che ha avuto origine nel Mediterraneo orientale: il mare."

Rido e lo interrogo sulle sue altre preferenze musicali, che sono tutte legate al surf, guarda caso.

"E tu?" mi chiede. "Ti piace la band degli Octopus, per ovvie ragioni?"

Scuoto la testa. "Mi piace molto il Jawaiian."

"È un gruppo?"

"No, è un genere. Reggae in stile hawaiano."

Lui armeggia con i comandi dello schermo della sua auto e, in breve, trova una stazione di Jawaiian.

"Evoca la spiaggia" commenta, mentre accostiamo presso il ristorante. "Mi piace."

Dannazione! Quando mi apre la portiera, vorrei potergli saltare addosso e cavalcarlo, come Aquaman su un cavalluccio marino gigante. Invece, esamino l'esterno lussuoso del ristorante.

"Questo posto si chiamava Dim Sub" spiega Oliver, seguendo il mio sguardo. "L'hanno ribattezzato Dim Subtraction, perché troppe persone pensavano fosse un club BDSM."

Il vecchio nome sarebbe più azzeccato, considerando come mi sento: come una ragazzaccia che dovrebbe essere sculacciata... preferibilmente, con l'Aqua-manico di Oliver.

Una direttrice di sala bionda con l'aspetto di una modella ci fa accomodare vicino a una finestra e, poi, una sua copia ci porge il menù delle bevande e ci chiede cosa desideriamo.

"Un Sex with an Alligator." Faccio l'occhiolino a Oliver. "Sembra un titolo di cronaca della Florida."

"Io prendo uno Smart-Ass Manhattanite" dice Oliver. "È fatto esattamente come il Leg Spreader sul vostro menù, ma in un bicchiere virile." Si interrompe e, poi, aggiunge: "Se poteste mantenere i miei drink e i miei piatti vegani, sarebbe fantastico."

"Lo stesso per me" aggiungo, immaginando che, se mangiassi carne, lui potrebbe non volermi baciare, più tardi (non che io stia complottando né altro).

"Lo riferirò allo chef e al barista" assicura la cameriera a Oliver con voce roca, che sembra implicare che *lei* sia disponibile ad aprire le gambe. Poi, prende i menù e si sofferma vicino a lui un po' troppo a lungo, per i miei gusti.

A suo merito, Oliver non la guarda, mentre lei si allontana sculettando. Invece, si sporge in avanti e mi dice con tono cospiratorio: "Penso che i nomi dei drink, qui, possano aver contribuito all'equivoco del 'sex club'."

Sorrido. "Dov'è il menù del cibo? Sto morendo di fame."

"Non c'è" risponde. "I dim sum saranno tutti a scelta dello chef."

Intrigante.

Sto per interrogarlo ulteriormente, quando una nuvola che bloccava il sole si sposta e un raggio si posa su di me da una finestra vicina.

Merda! Non voglio fare la diva e chiedere un cambio di tavolo, ma, se restiamo qui, dovrò riapplicarmi la crema solare, subito.

Con un sospiro, tiro fuori il flacone.

Oliver non batte ciglio, perciò inizio l'applicazione; è allora che la cameriera torna con i nostri drink e mi guarda come se fossi una criminale di guerra sifilitica.

"L'esposizione al sole fa male" spiego a Oliver in tono difensivo, dopo che la cameriera se n'è andata.

"Anche a quest'ora del giorno e attraverso il vetro?" Lui assaggia il proprio drink e fa un cenno di approvazione.

"Direi che l'indice UV qui dentro è di mezzo punto" affermo. "Ma questo significa che i raggi UV-A che passano attraverso il vetro possono ancora danneggiare il mio DNA, per non parlare degli effetti di invecchiamento della luce blu, della luce infrarossa e così via." Per impedirmi di lanciarmi in un discorso sull'esposizione solare in stile TED Talk, sorseggio il mio drink e scopro che è più buono di quanto il nome lasciasse intendere.

"Io dovrei mettere la protezione solare, quando faccio surf" afferma Oliver. "Sto esitando, perché alcuni ingredienti sono nocivi per le barriere coralline."

Rovisto nella mia borsa e tiro fuori uno dei miei flaconi di scorta. "Tieni." Lo spingo tra le mani di Oliver e, quando le mie dita sfiorano le sue, ho quasi un orgasmo per la lussuria repressa. In qualche modo, riesco comunque a sembrare semi-coerente, mentre spiego: "Gli ingredienti attivi contenuti qui dentro sono minerali e non c'è ossibenzone, che è probabilmente la sostanza chimica a cui ti riferisci."

Lui adocchia la mia borsa con diffidenza. "Quante creme solari porti con te, regolarmente?"

Di nuovo con questa storia?

"Non sai che il contenuto della borsa di una donna è intimo e privato?"

"Colpa mia." Si intasca il mio regalo. "Non farò più il ficcanaso."

Resisto all'impulso di esortarlo a mettersi subito un po' di protezione solare. Non voglio fare come Gia (la mia sorella con la fobia dei germi), quando qualcuno commette l'errore di menzionare virus, batteri o… salsicce.

"Dunque" esordisco. "Sei preoccupato per le barriere coralline?"

"Chi non lo è?" replica. "Ma, stasera, non voglio parlare di argomenti deprimenti."

"Allora, niente discorsi sull'ambientalismo."

"Non necessariamente. Certi argomenti possono

essere edificanti, come la prospettiva di città galleggianti." Fa roteare la mano in aria, con l'indice puntato verso l'alto.

Sarebbe così sbagliato, se succhiassi quel dito? Solo per qualche secondo, tutto qui.

Con uno sforzo, imposto un'espressione indifferente. "Città su isole galleggianti, come in *Avatar*? Sembra davvero edificante, letteralmente."

La sua bocca si piega in un lieve sorriso. "La tecnologia attuale riesce a malapena a costruire città che galleggino sull'acqua, quindi si comincerebbe da lì."

Lo guardo con interesse. "Ne esiste già qualcuna?"

"Alcuni villaggi sono nelle prime fasi di sviluppo. Quando esisterà una città galleggiante completamente sviluppata, sarà fantastica sia per gli umani sia per le creature marine. Ad esempio, il fondo di una simile città potrebbe essere una barriera corallina artificiale."

Ridacchio. "Questo darà una nuova definizione di 'bassifondi'."

Lui sorride. "Se esistesse una città galleggiante, ti piacerebbe viverci?"

Sorseggio il mio drink. "Come sarebbe la vita lì?"

"Moderna. Userebbero le ultimissime tecnologie, come l'OTEC e..."

"Frena. Che cos'è l'OTEC?"

"Ocean Thermal Energy Conversion" mi spiega. "Utilizza la differenza di temperatura tra l'acqua fredda nelle profondità dell'oceano e l'acqua più calda vicino alla superficie, per generare energia."

"Ah. Ho il presentimento che dovrei saperlo, ma è la prima volta che ne sento parlare."

I suoi occhi brillano di eccitazione. "Questa è solo una delle tante tecnologie rinnovabili che una città galleggiante potrebbe usare. Ci sono anche l'energia del moto ondoso, l'energia solare, eccetera."

Guardo il mio bicchiere. "Dovrei bere urina riciclata, come Kevin Costner in *Waterworld*?"

Lui si stringe nelle spalle. "Non mi preoccuperei di questo genere di cose. Ogni singolo bicchiere d'acqua che hai bevuto contiene molecole che sono passate attraverso qualche creatura vivente, molto probabilmente un dinosauro."

Fantastico. Se mai volessi uccidere Gia, potrei condividere quest'informazione con lei.

Stringo le mie perle inesistenti. "Tu sì, che sai davvero come stimolare l'appetito di una signora."

Fissa le mie labbra. "Stiamo parlando di cibo?"

Beh, gliel'ho servita su un piatto d'argento. Prima che possa rispondergli, vengo salvata dalla cameriera dall'aspetto nordico, che sculetta verso di noi con un enorme vassoio, pieno di piccole vaporiere di bambù.

"Tutto biologico e a base vegetale" dice a Oliver. "Buon appetito."

Reprimendo l'impulso di ringhiarle contro, mi ficco un dim sum in bocca.

Non male.

Ne assaggio un altro.

Decente, anche se credo che sia della cucina sbagliata. Spagnola, per essere precisi.

Oliver sembra assaporare il cibo molto più di me (e mi piace quell'espressione sul suo viso).

Dopo aver assaggiato qualche altra portata, gli chiedo: "Questo è un ristorante fusion?"

Lui ingoia ciò che stava masticando. "Perché?"

"Beh, la maggior parte di questi piatti mi ricorda i dim sum, ma alcuni hanno un sapore più simile alle tapas."

Lui scuote la testa. "Questi sono autentici dim sum cinesi."

"Ma certo. E io sono una vera sirena."

Inarca un sopracciglio. "Non ti piacciono?"

"Sono buoni, ma certamente non autentici." Lancio un'occhiata alla cameriera bionda e alla direttrice di sala altrettanto bionda. "Basta guardare il personale, per capirlo."

Lui si acciglia. "È un commento razzista?"

"In che modo? Semmai, alimentarista. Qualunque squallido ristorante di dim sum a Chinatown è un milione di volte meglio di questo posto. Per non parlare del modo in cui servono…"

"Non ricominciamo" dice Oliver con un sospiro. "Stai per dirmi che hai trovato l'ennesima cosa per cui New York è superiore alla Florida?"

Sorrido. "Quando ci vuole, ci vuole."

Lui mi tende la mano, come per darmi una stretta. "Scommetto che qui in Florida posso mostrarti qualcosa che non è disponibile a New York."

Si tratta di qualcosa nei suoi pantaloni? Sì, per favore!

All'apparenza, lo schernisco. "Per esempio? Un tizio nudo che lotta contro un pitone? Quella sarebbe una cosa che non è disponibile a New York, per fortuna."

La sua mano non vacilla. "Sai cosa intendo. Posso offrirti un'esperienza straordinaria qui. Qualcosa che ti farà dire: 'Oliver, grazie. Questa è una cosa che non potrei mai ottenere a New York'."

"Dubito fortemente che tu possa indurmi a pronunciare questa frase." A meno che non si tratti *davvero* di una cosa correlata al suo Aqua-manico, nel qual caso, perderò con piacere.

"Allora, non rischi nulla, accettando la sfida." Afferra un altro dim sum inautentico con la mano libera.

"Bene." Gli stringo la mano, concludendo la scommessa (e la scarica di piacere che mi scorre alle parti basse mi fa desiderare che stessimo *davvero* parlando di una cosa inappropriata). "Che cosa ottiene il vincitore?"

Per favore, di' "sesso orale."

Un sorrisino sexy appare sulle sue labbra. "Se perdo io, indosserò una di quelle magliette 'I love NYC'."

Ritraggo la mano, prima di avere un orgasmo. "E se perdo io?"

"Ti farò avere una maglietta personalizzata" risponde con un sorriso subdolo. "Ci sarà scritto: 'I love Florida Man'."

Mmm. La posta in gioco non potrebbe essere più alta, ma come farà a impressionarmi così tanto... fuori dalla camera da letto?

"Accetto la scommessa" dichiaro. "A una condizione."

Lui inarca un sopracciglio.

"Se vinco io, potrò anche farti le treccine."

Aggrotta la fronte.

"Ehi, prendere o lasciare."

"D'accordo" concede con un sospiro. "Partiremo dopo la fine delle riunioni."

Va bene, allora. Se questa cena non è un appuntamento, il luogo mitico in cui ha intenzione di portarmi lo sarà sicuramente.

Non per la prima volta, non posso evitare di chiedermi se, forse, in qualche modo, potrebbe nascere una storia tra di noi. Nonostante lui sia il mio capo e tutto il resto.

È spaventoso quanto io lo voglia (il che, di per sé, mi fa quasi desiderare di porvi fine ancor prima che inizi).

"Dunque." Mi schiarisco la gola, stranamente secca. "Raccontami qualcos'altro sulle città galleggianti."

Lui esegue. Dopodiché, parliamo di tutto e di più e, prima che me ne renda conto, stiamo tornando in hotel.

Più ci avviciniamo al momento di salutarci, più mi chiedo se mi darà il bacio della buonanotte... o qualcosa di più. Quando usciamo dall'ascensore e ci avviciniamo alla mia camera, ho la pelle arrossata e le mutandine decisamente bagnate.

Deglutendo, mi passo la lingua sulle labbra. In modo seducente, spero. "Allora..."

Il suo viso si irrigidisce, quando il suo sguardo cade sulla mia bocca. "Allora, mi occuperò di organizzare il viaggio. Non appena le riunioni di domani saranno finite, potremo partire."

Stavolta, mi mordo il labbro, nel caso in cui questo funzioni meglio. "Sei *così* impaziente che io vinca la nostra scommessa?"

Ma, soprattutto, perché non mi sta ancora baciando?

I suoi occhi si oscurano e lui solleva la mano.

Sì, sì, toccami!

E lo fa. Con le nocche piegate, mi solleva il mento, mandando un fulmine di elettricità dritto alla mia perla. I suoi occhi ciani tengono prigionieri i miei, mentre afferma con voce bassa e roca: "Sono impaziente di dirti 'Te l'avevo detto'."

"Nei tuoi sogni" sussurro, col cuore che batte all'impazzata.

Le sue narici si dilatano. "Oh, *kelpcake*. Nei miei sogni, faccio molto più che parlarti."

È ufficiale. Ho seri problemi di respirazione, come un polpo fuori dall'acqua. "Per esempio?"

Qualunque cosa sia, sì, grazie.

"Dovremmo dormire un po'" dice, abbassando la mano con evidente riluttanza.

Aspettate, che cosa?

Che cosa ci vuole perché le nostre labbra si uniscano? Dovrei afferrarlo per i capelli (perfetti per una simile manovra) e tirarlo verso di me?

Se non fosse il mio capo, lo farei sicuramente.

Sta per voltarsi, quindi blatero disperatamente: "Ho del tè nella mia stanza…Ne vuoi un po'?"

Si blocca per un secondo; poi, scuote la testa tristemente. "Abbiamo bevuto alcol, prima."

È serio? "Sono a malapena brilla."

Posa lo sguardo sulla mia bocca per un millisecondo, dandomi speranza; poi, però, fa mezzo passo indietro. La sua voce è bassa e tesa, mentre dice:

"Se l'offerta del tè sarà ancora valida, quando non ci sarà di mezzo l'alcol, la accetterò."

Dannazione! Se tutti sperimentassero così tanto tormento per un drink, non ci sarebbe bisogno del programma degli alcolisti anonimi.

"Sono abbastanza sobria, per preparare il tè" insisto.

Lui contrae le mani lungo i fianchi, prima di scuotere di nuovo la testa. "Forse lo sei, forse no. Devo essere sicuro."

Sicuro di cosa? Prima che possa domandarglielo, lui si gira e scompare nella sua stanza. Un istante dopo, si ode lo scatto di una serratura.

"D'accordo" ringhio, combattendo l'impulso di sfondare la sua porta a calci, come un membro di una squadra SWAT. Alzo la voce, così che lui possa sentirmi. "Forse, non ti offrirò mai più il mio tè!"

CAPITOLO
Ventisei

Un bussare lontano raggiunge le mie orecchie.

Apro gli occhi assonnati e rabbrividisco. Ho mal di testa. Saranno i postumi di una sbornia? Nah. Più che altro, sintomi dell'SMMDS: Sindrome da Mancanza Maschile Drasticamente Severa.

"Chi è?" grido.

"Oliver" è la risposta. "Sai che ore sono?"

Merda!

Prendo il cellulare e controllo.

Eh già. Sono in ritardo per la riunione.

Inoltre, ho una dozzina di messaggi non letti da parte di Oliver.

"Un secondo!" grido, correndo a prepararmi il più velocemente possibile.

Apro la porta e gli lancio un'occhiata imbarazzata. "Non so cosa mi sia preso."

Lui solleva le sopracciglia. "Pensi ancora di essere immune all'alcol?"

Mi vengono i nervi, ma trattengo la mia replica. Ho effettivamente dormito troppo.

"Che cosa facciamo adesso?" gli chiedo invece.

"Niente. Ho proposto di posticipare la riunione, affinché tu ed io potessimo dare prima un'occhiata al Manatee Viewing Center, nel caso ti facesse venire qualche nuova idea."

"Grazie." Esalo un sospiro di sollievo. "In effetti, mi sarebbe utile visitare il posto."

Lui annuisce. "Andiamo."

———

Il Manatee Viewing Center è quello che ci si aspetterebbe: una grande struttura simile a una fabbrica, con ciminiere che emettono vapore. Ciò che è insolito sono i lamantini felici che scorrazzano nella baia sottostante.

"Sei sicuro che l'acqua sia pulita?" chiedo a Oliver, scrutando le torbide profondità.

"Sicurissimo" risponde. "L'unico impatto della compagnia elettrica, qui, è l'acqua calda."

Prima che io possa aggiungere qualcosa, appaiono Jason e altre persone della riunione di ieri, che cominciano a parlare dello status di santuario di questo posto, nonché di quanto siano tutti orgogliosi di questo "simbolo di impegno ambientale."

"Allora, Olive" esordisce Jason. "Hai qualche nuova idea, dopo aver visitato questo posto?"

"A tonnellate." Indico il pontile di legno su cui ci troviamo. "Per cominciare, si potrebbero attaccare delle spazzole a questi pali di legno subacquei, per creare dei grattatoi molto più facilmente di come ho suggerito ieri."

Jason e gli altri apprezzano le implicazioni di risparmio dei costi di quest'idea; poi, propongo loro altre cose che potrebbero fare.

"È meglio che ne parliamo in sala riunioni?" chiede Jason, quando si accorge che mi sto riapplicando la crema solare.

Io e Oliver concordiamo; quindi, torniamo nella sala con l'aria condizionata, dove propongo alcune idee più costose e rispondo a parecchie domande conseguenti.

"Sembra che abbiamo tutto quello che ci serve" afferma Jason, alla fine. "A nome di tutti, voglio ringraziare Olive e Oliver per essere venuti a darci una mano."

Perché, all'improvviso, mi viene in mente quella filastrocca per bambini? *Olive and Oliver sitting in a tree, K-I-S-S-I-N-G...*

A proposito, perché quelli che si baciano sono sempre seduti su un albero? Sono forse degli ambientalisti, che si rifiutano di lasciare che l'albero venga abbattuto? Immagino che potrei vedere bene Oliver in quel ruolo...

"...ti offro il pranzo?" Jason finisce di dire, mentre mi rendo conto di essermi distratta e non aver notato il resto dei suoi colleghi uscire dalla sala riunioni.

"Non può." La voce di Oliver è così fredda, che potrebbe congelare un merluzzo dell'Antartico (una creatura dotata di proteine speciali che fungono da antigelo). "Abbiamo dei programmi."

"Giusto. Ciao" Jason saluta in fretta e furia e se ne va.

Per qualche motivo, non riesco a sentirmi infastidita per la prepotenza di Oliver. Probabilmente, questo è un cattivo segno.

Inarco un sopracciglio nella sua direzione. "Ne deduco che il pranzo lo offra tu?"

Lui annuisce. "Te lo offrirò lungo il tragitto verso la nostra destinazione."

Ah, giusto. Il luogo mitico che lui pensa gli farà vincere la scommessa.

Non vedo l'ora di dimostrargli che si sbaglia.

———

Guidiamo per un'ora su un'autostrada della Florida e, proprio quando oltrepassiamo una città chiamata Brooksville (da non confondere con Brooklyn), Oliver svolta nel parcheggio di un'area di sosta e mi rivolge un'occhiata leggermente preoccupata.

"Hai idea di dove siamo?" mi chiede.

"Florida?"

Con un sorrisino malizioso, apre il vano portaoggetti (il che lo porta così vicino a me, che quasi svengo).

Inspiro ed espiro profondamente, cosa che aiuta, soprattutto quando noto ciò che lui tira fuori.

È una mascherina per dormire, di quelle che si trovano sugli aerei. Oppure, se si ha una mente sconcia (e la mia è pronta ad esserlo, per la sua vicinanza), è una benda sexy da mettere a un'amante consenziente.

"Il mio piano dipende da un elemento a sorpresa" afferma Oliver, porgendomi la mascherina. "Non preoccuparti. È nuova di zecca."

La prendo con cautela. "Vuoi che me la metta?"

Lui si stringe nelle spalle. "Oppure, puoi semplicemente ammettere che ho vinto."

Con uno sbuffo, indosso la maschera (che nasconde un mostruoso roteare di occhi, che potrebbe non essere appropriato rivolgere al proprio capo). "Io non mi arrendo mai."

Suonava forse troppo sessuale? Inoltre, probabilmente, non dovrei mai dire mai. Se lui volesse fare un gioco sexy, in cui io sono una sottomessa bendata che si arrende al suo…

"Sapevo che non mi avresti reso la vittoria facile" afferma. "Pronta?"

Annuisco e lui riprende a guidare.

Seduta lì, bendata, mi sento come se mi fossi trasformata in Daredevil… o in mia sorella Lemon. Privata della vista, i miei altri sensi si acuiscono. Riesco a sentire il delizioso profumo di mare di Oliver e percepire il calore che il suo corpo muscoloso emana. Inoltre (anche se potrebbe trattarsi della mia immaginazione), credo di udire il suo forte battito cardiaco… almeno, finché non rimette la musica jawaiana.

Dopo qualche canzone, abbassa il volume. "Siamo quasi arrivati."

Non dico una parola, mentre sento la Tesla svoltare. Cerco di non lasciare che la curiosità prenda il sopravvento, ma è difficile.

Ci fermiamo.

"Resta seduta" mi intima. "Ti apro la portiera."

Uhm. Sarà questa benda, ma il suo essere autoritario mi fa pensare sempre di più a scenari BDSM... e mi piace quello che sto immaginando.

La sua portiera si chiude e quella accanto a me si apre.

"Ti prendo per mano" mormora Oliver. "Sei pronta?"

Annuisco così entusiasticamente, che rischio di slogarmi il collo. Speravo davvero che le cose portassero a questo.

Una mano forte e callosa afferra la mia. La mia energia sessuale repressa va alle stelle.

"Attenta a dove metti i piedi" mi consiglia, mentre mi aiuta a scendere dall'auto.

"Ok" è tutto ciò che mi fido a rispondere.

Mentre lui mi conduce attraverso quello che, probabilmente, è un parcheggio, sento il sole sul viso e intravedo una parte della sua luce filtrare attraverso la mascherina.

Ehi, la maschera funge da protezione solare extra intorno ai miei occhi: un bonus.

Lui mi stringe la mano.

Per il potente becco di Cthulhu! Chi immaginava che essere tenuta per mano, da bendata, potesse essere così eccitante? Il mio cervello è una poltiglia ormonale, che è la mia unica giustificazione per domandarmi se, magari, lui mi stia portando in un sex club perverso... nel bel mezzo della campagna della Florida.

Considerando come mi sento in questo momento, se

ciò dovesse succedere, potrei dirgli: "Oliver, grazie. Questa è una cosa che non potrei mai ottenere a New York."

No. Non posso perdere. Inoltre, devono pur esistere dei sex club a New York. Per stupirmi, questa cosa dovrà essere esclusiva della Florida.

A proposito, ho mai sentito storie che cominciano con "Uomo della Florida benda la sua ragazza e..."?

Mmm. Spero proprio che il resto del titolo non sia: "se la mangia" (e non nel senso buono).

Ma no, Oliver è vegano. E, anche se non lo fosse, confido che non sia cannibale. Ripensandoci, se fosse segretamente cannibale, il veganismo non sarebbe la copertura perfetta?

"Vado a prendere i biglietti" mi dice, spaventandomi. "Per favore, rimani ferma qui."

Con mia grande delusione, toglie la mano dalla mia... e mi manca all'istante.

Dopo averlo sentito allontanarsi, decido di fare la birichina e abbassarmi la benda, per dare una sbirciatina.

Ci troviamo accanto a quella che sembra l'entrata di un parco; il cartello sulla biglietteria recita orgogliosamente: "Weeki Wachee."

Mmm. C'è un simbolo: una sirena dentro una conchiglia. Fin qui, promette bene, ma non lo confesserei a Oliver. Non vorrei pensasse che sta vincendo e si illudesse inutilmente.

"Imbrogliona" mi rimprovera lui, che (mi accorgo) sta tornando indietro con i biglietti in mano.

Merda! Beccata. Mi tiro su la benda. "Scusa."

"Sei pregata di seguire le indicazioni, altrimenti riterrò che rinunci alla scommessa" mi dice con finta severità.

"Sì, signore" rispondo con la mia migliore imitazione di una schiava sessuale.

"Hai mai sentito parlare di questo posto?" mi chiede.

"No. Che cos'è?"

Sembra compiaciuto, mentre replica: "Vedrai."

Faccio spallucce e mi lascio condurre dentro. Mentre camminiamo, sento alcune persone mormorare a proposito del mio essere bendata, ma non potrebbe fregarmene di meno, grazie alla mano di Oliver che tiene la mia.

Dopo una breve camminata, lui mi dice di aspettare ancora.

Incapace di trattenermi, sbircio un'altra volta.

Interessante. Ci sono giostre d'acqua in lontananza. È una specie di parco a tema? Ne abbiamo anche a New York e nel vicino New Jersey, quindi non c'è modo di impressionarmi abbastanza, da farmi perdere la scommessa.

Inoltre, ci sono bambini in giro, il che seppellisce definitivamente la mia idea/fantasia di un sex club.

Vedo una donna avvicinarsi a Oliver. Una donna troppo attraente, per la mia serenità mentale.

La sorpresa non sarà mica una cosa a tre? Se è così, mi infurierò. Quando si tratta del mio capo, ho zero inclinazione a condividere.

Li osservo parlare furtivamente per qualche

secondo. Poi, Oliver si accinge a tornare indietro, perciò mi rimetto la benda.

"La sorpresa non è ancora pronta" afferma. "Ti va di fare qualcosa, mentre aspettiamo?"

"Tipo cosa?" gli chiedo.

"Vedrai" risponde e, poi, mi conduce più in profondità nel parco (o qualunque cosa sia).

Ci fermiamo un paio di volte e Oliver parla a bassa voce con alcune persone, ma non oso sbirciare di nuovo.

La prossima volta che ci fermiamo, Oliver mi informa che posso togliermi la mascherina, "per ora."

Liberandomi gli occhi, esamino ciò che ci circonda.

Uhm. Ci troviamo accanto a un kayak arancione per due persone e, davanti a noi, c'è un sereno specchio d'acqua.

"Che cosa ne pensi?" mi chiede Oliver, indicando la sorgente, o il fiume, o qualunque cosa sia.

Scruto un tronco che galleggia verso valle. "Ricordami... è la stagione dell'accoppiamento degli alligatori?"

Perché, se gli umani avessero stagioni di accoppiamento, la mia sarebbe proprio ora.

Lui sogghigna. "Tipico dei newyorkesi. Preoccuparsi degli alligatori."

Mi allontano dal kayak. "Questo sembrerebbe un sì."

"È un no. La stagione dell'accoppiamento non è ancora iniziata. Ma, anche se lo fosse, ci sono io a tenerti al sicuro."

Il mio battito cardiaco accelera. Chiaramente, i geni che ho ereditato da quelle antenate cavernicole si stanno manifestando. Che cos'altro potrebbe spiegare la mia eccitazione alla prospettiva che lui sia il mio grande protettore?

Tirando fuori il cellulare, controllo le statistiche sugli attacchi degli alligatori. Dalla fine degli anni Settanta ad oggi, le vittime sono solo una ventina. Spaventoso, ma non troppo tragico, considerando tutti gli articoli in cui un uomo della Florida lotta contro un alligatore, lo picchia, lo tiene come animale domestico o cerca di avere un rapporto sessuale con lui.

Oliver sbircia il mio schermo e mi schernisce. "È più probabile essere ferita da una noce di cocco che ti cade in testa, piuttosto che da un alligatore."

Grandioso. Scruto la costa alla ricerca di palme troppo vicine all'acqua, ma non ne trovo.

Metto via il cellulare. "D'accordo. Facciamo kayak."

Lui annuisce con approvazione e, prima che io possa sbattere le palpebre, si toglie la camicia.

Ansimo udibilmente, mentre tutto il mio corpo prende fuoco.

Anche se l'ho già visto in tutta la sua gloria muscolare in passato, sono talmente eccitata, che questa nuova visione mi dà la sensazione che la mia *wunderpussy* potrebbe implodere.

Oliver afferra una pagaia e si avvicina al kayak.

"Sei pazzo?" gli chiedo, recuperando finalmente la facoltà di parola.

Lui si porta la mano all'orecchio. "Cosa?"

"Non ti sei messo la crema solare!"

La bocca sexy di Oliver si apre, ma non ne esce nulla. Se ne sta lì, in silenzio, a guardarmi, mentre tiro fuori un flacone dalla mia borsa e mi ricopro di lozione, come avrebbe dovuto fare lui.

"Così" gli spiego. "Tieni presente che la superficie di cui mi devo preoccupare io impallidisce in confronto alla tua... scusa il gioco di parole."

Era un lieve scuotimento di testa quello? Ehi, per lo meno, lui non mi ha presa in giro come avrebbe fatto la maggior parte delle mie sorelle. Invece, mi sorprende, dicendo: "Puoi aiutarmi?"

Sento un formicolio nel petto (e in altre zone del corpo). "Vuoi che ti spalmi la crema solare?"

Lui sorride. "Se non ti dispiace."

Se non mi dispiace? A un polpo dispiacerebbe divorare una vongola succosa? A un lamantino dispiacerebbe fare il bagno in una Jacuzzi?

Mi spremo la crema solare sulle mani e mi avvicino rapidamente a Oliver.

Le sue narici si dilatano, quando gli tocco il petto.

Wow! Il suo cuore sta battendo come un tamburo. Sarebbe sbagliato spalmargli la crema con la lingua, anziché con le dita?

Accontentandomi dell'applicazione con le dita, mi concentro sul cospargerlo di protezione solare, senza sbavare.

I suoi occhi seguono il movimento delle mie mani con bramosia, mentre il suo petto diventa ansante. Il rigonfiamento nei suoi pantaloni è inconfondibile.

Una parte diabolica di me ne è contenta. Perché dovrei essere l'unica a soffrire?

Per non dire eccitata.

Dopo aver finito con i suoi pettorali, scendo a

cospargergli gli addominali (e, se fosse possibile svenire per l'eccitazione, sarei già priva di sensi).

Quando ho terminato con la parte anteriore, gli ordino di girarsi.

"Sai" mormora lui, dandomi le spalle. "Quando ho chiesto il tuo aiuto, in realtà, intendevo solo per la schiena."

Beh, di sicuro non mi ha impedito di occuparmi della parte frontale.

Spremo altra crema solare e comincio ad applicargliela sulla schiena possente, domandandomi se potrei avere un orgasmo di nascosto, mentre nessuno guarda... o chiedergli di violentarmi proprio ora, sul kayak.

Come se aspettasse questo preciso momento, un kayak blu plana sull'acqua e una coppia di anziani felici ci saluta con la cordialità tipica della Florida.

Dannati guastafeste!

"Spalmati le braccia da solo" gli dico burberamente, dopo aver finito con la sua schiena.

Lui prende la crema solare e se la applica sulle braccia, mentre io vorrei aver tenuto chiusa la mia stupida bocca. Avrebbero potuto essere le mie mani ad accarezzare quei bicipiti e tricipiti cesellati.

"Pronta?" mi chiede.

Annuisco, mandando giù la bava, e lui porta il kayak in acqua (il che fa gonfiare i suoi muscoli scintillanti, ricordandomi la prima volta in cui ho visto *Magic Mike*).

Si siede davanti e, non appena inizia a remare, mi

vengono in mente altri spogliarellisti, cosa che mi rende molto difficile accorgermi della fauna selvatica che oltrepassiamo, compresi molti uccelli carini, alcuni alligatori (non ancora arrapati quanto me) e un serpente.

Verso la fine del giro in kayak, comincio a prendere in considerazione l'idea di rovesciare l'imbarcazione e toccarmi sott'acqua.

"Che cosa ne pensi?" mi chiede Oliver, tirandoci verso la riva con un'altra facile flessione dei suoi muscoli.

Mi asciugo il sudore dalla fronte, mentre scendo. "Penso che avremmo potuto fare qualcosa di simile al Central Park di New York. Se la tua sorpresa principale assomiglia a questo, perderai alla grande."

Lui ridacchia, mentre trascina il kayak fuori dall'acqua e mi porge la benda. "È il momento."

Mentre mi conduce via, la mia mano ha un orgasmo. Questa passeggiata è la più lunga, finora, ma mi sto godendo il suo tocco così tanto, che non voglio che finisca.

Alla fine, entriamo in un edificio, dove lui mi concede di togliermi la benda.

"Per la cronaca, questa è solo metà della sorpresa" mi informa Oliver. "Goditela."

Esamino avidamente ciò che mi circonda.

Facciamo parte di un pubblico davanti al sipario di un teatro. Un riflettore è puntato su una donna, che afferma che stiamo per assistere a uno spettacolo mai visto prima.

Mmm.

Una musica da strip club inizia a diffondersi dagli altoparlanti e il sipario si alza lentamente.

Ma che diavolo?

Il sipario rivela una gigantesca vasca piena d'acqua.

Qualunque cosa sia, sembra già interessante.

Poi, vedo la sorpresa... e mi rendo conto che potrei perdere questa scommessa.

L'acqua non è piena di polpi (che era la mia prima teoria e sarebbe stata già abbastanza problematica).

Le cose stanno ancora peggio.

Questa vasca è piena di vere e proprie... sirene.

CAPITOLO
Ventisette

OK, forse non sono le autentiche creature mitologiche, di per sé. Ma queste donne indossano code di ottima qualità e nuotano sott'acqua, quindi è quanto di più realistico si possa ottenere.

Afferro la mano di Oliver e gliela stringo in segno di gratitudine, guardando con aria affascinata le sirene che fluttuano. Non so se sia per le loro code maestose o per la vicinanza di Oliver, ma la mia povera libido torna alla ribalta.

Poi, come per aggiungere la beffa al danno omoerotico, noto che ogni sirena tiene in mano un tubo fallico. Tutte iniziano a succhiare i suddetti tubi in modo molto allettante. Naturalmente, ciò che stanno facendo in realtà è inspirare ossigeno, ma comunque…

Tutti applaudono e io più degli altri.

Le sirene eseguono una giravolta nell'acqua.

Fanno anche acrobazie? Accidenti!

A un certo punto, una donna senza coda comincia a parlare sott'acqua (o a sincronizzare le labbra, grazie alla scienza). Racconta di un uomo che ha trovato le sorgenti (ed è così che apprendo dove ci troviamo) e, poi, ha deciso di aprire un teatro sottomarino... con le sirene.

Chiunque fosse quel tizio, era un visionario, alla pari di Steve Jobs ed Elon Musk.

Sulle note di "Do You Believe in Magic", le sirene eseguono altre acrobazie subacquee; dopodiché, sembrano mangiare e bere sott'acqua.

Ne seguono altre straordinarie prodezze di nuoto sincronizzato e, poi, sentiamo raccontare la storia di questo luogo, che è estremamente impressionante, così come l'elenco delle celebrità che hanno visitato le sorgenti.

Come a beneficio di Oliver, parlano del problema dell'inquinamento, prendendo di mira i nitrati provenienti dai fertilizzanti (forse, nella speranza che questa disgustosa associazione diminuisca l'arrapamento di tutti, prima che ce ne andiamo). Nel mio caso, non funziona.

"Ho vinto?" mi chiede Oliver, quando lo spettacolo delle sirene è finito.

Se fossi onesta, la risposta sarebbe sì, ma sono una ragazzaccia, quindi mento spudoratamente: "È stato bello, ma..."

"Trattieni questo pensiero" mi dice. "La sorpresa non è ancora finita. Vieni."

Mi conduce in una stanza sul retro.

Sgrano gli occhi, quando vedo code e altri accessori da sirena in giro.

Mi ha procurato un accesso VIP per un tour dietro le

quinte con le sirene? Se è così, sarà molto difficile fingere che non abbia vinto.

La donna con cui lui aveva parlato all'ingresso del parco entra nella stanza e io mi rendo conto che era una delle sirene dello spettacolo.

"Oliver!" esclama con un sorriso. "È questa l'apprendista?"

Apprendista?

Significa quello che penso io? Che ho l'opportunità di imparare ad essere una sirena da una vera esperta? Questo è molto più fico dell'accesso VIP! È un sogno, alla pari di...

"*Potrebbe* essere l'apprendista" risponde Oliver, per poi rivolgersi a me con un'espressione diabolica. "Ammesso che voglia esserlo."

Stringo gli occhi verso di lui. "Perché non dovrei volerlo?"

Mi solleva il mento con l'indice, in modo che i nostri occhi si incontrino. "Oh, so che lo vuoi. La domanda è: lo vuoi abbastanza, da ammettere che sei impressionata? Da ammettere che questa è una cosa che *non* puoi ottenere a New York?"

Sussulto; il suo tocco mi brucia. "D'accordo." Le parole mi escono senza fiato. "Hai vinto. Ad essere onesta, avevi già vinto quando ho visto lo spettacolo. Questa è solo una fantastica ciliegina sulla torta."

Lui toglie il dito e il mio mento ne sente la mancanza all'istante. "Lo immaginavo."

È molto compiaciuto, ma ciò che non capisce è che indossare una maglietta con la scritta "I love Florida Man" è un piccolo prezzo da pagare, per la possibilità di imparare i trucchi delle sirene. Oltre al fatto che, considerando l'esperienza che lui ha organizzato per me, la sua bellezza e le nostre interazioni, potrebbe esserci effettivamente un uomo della Florida che amo, quindi la maglietta sarà solo una rappresentazione accurata della realtà.

"Vieni con me, cavalletta" mi dice la maestra sirena. O, almeno, questo è ciò che presumo dica. Sono talmente emozionata, che il mio cervello è un po' annebbiato.

"Tu aspetta qui" dice a Oliver. "L'accesso è riservato alle sirene."

Poi, mi conduce in un'altra stanza.

Wow!

Tutt'intorno a noi, ci sono file e file di code di prima qualità, nuove di zecca. Ci sono anche bikini di tutte le taglie, ma questo è meno esaltante.

"Scegline una" mi esorta la maestra, con uno scintillio consapevole negli occhi. "Sarà tua e potrai tenerla."

Ecco come deve sentirsi un vergine arrapato quando entra in un bordello. Le code sono stupende ed è molto difficile sceglierne soltanto una, ma alla fine ci riesco.

"Indossala" mi esorta la maestra. "E anche un costume da bagno."

Seguo le sue istruzioni.

Ho già accennato al fatto che mi eccito stranamente, quando indosso una coda da sirena? Questo in circostanze normali. Considerando che ero già su di giri per la presenza di Oliver, quando indosso la coda, sono contenta che lui sia rimasto indietro. Altrimenti, la notizia di cronaca di domani avrebbe potuto essere: "Uomo della Florida aggredito sessualmente da una sirena ninfomane in un parco pubblico."

La mia maestra tira fuori una sedia a rotelle e mi dice di sedermi. "È difficile camminare con la coda" mi spiega.

Mi siedo sul mio trono onorario e lei mi spinge fuori, in direzione della sorgente.

Ecco quanto eccitata sono, a questo punto: l'idea di riapplicarmi la crema solare non mi passa nemmeno per la testa.

"C'è qualcosa che hai visto durante lo spettacolo, che vorresti ti insegnassi per prima?" mi chiede la mia saggia maestra, quando sono bagnata (con l'acqua della sorgente, non nell'altro senso... quella nave è salpata da tempo).

"Voglio imparare tutto" dichiaro con riverenza.

Lei annuisce con aria consapevole e inizia la lezione, cominciando con l'importantissima abilità di respirare attraverso un tubo dell'aria, la più grande arma di una sirena di Weeki Wachee.

Quelle che ne seguono sono le ore migliori della mia vita, eccetto forse per la pomiciata con Oliver dell'altro giorno.

Proprio quando le labbra e le unghie mi stanno diventando blu per essere rimasta in acqua così a lungo, la maestra annuncia: "Questo è tutto, per oggi, ma sei la benvenuta a tornare. Oliver ha organizzato le cose, in modo che tu possa imparare il nostro programma completo."

Davvero? Sono senza parole, mentre lei mi riporta

da Oliver, e mi sento ancora sopraffatta, mentre camminiamo verso l'auto, pur essendo vagamente consapevole che lui mi sta raccontando come è nata la sorpresa. Per farla breve, le sirene di Weeki Wachee una volta si sono esibite a Sealand e, così, hanno finito per dovergli un favore.

Quando ci fermiamo accanto alla sua auto, incontro il suo sguardo. "Non so come ringraziarti."

Una curva sensuale gli appare sulle labbra. "Ho vinto. Questa è una ricompensa sufficiente."

"No. È stato incredibile."

Lui mi apre la portiera e mi fa cenno di entrare. Una volta che siamo entrambi in macchina, afferma: "Ho una confessione da farti. Ti ho guardata, mentre eri in acqua."

Inarco un sopracciglio, mentre un rivolo di calore mi attraversa. "E?"

"E mi sento come se avessi vinto due volte."

Gli è piaciuto quello che ha visto? Questo è il genere di adulazione che lo farebbe entrare nelle mie mutandine, se non si fosse già guadagnato un abbonamento lì, per due volte.

Mette in moto la macchina.

"Com'è che non ho mai sentito parlare di questo Weeki Wachee?" gli chiedo, mentre usciamo dal parcheggio.

"Non ne ho idea. Nel 2008, è diventato un parco statale: ecco quanto è importante. Weeki Wachee è una delle più antiche attrazioni della Florida e ospita una delle caverne sottomarine più profonde del paese."

Mi giro e saluto Weeki Wachee, prima di chiedere:

"Ci sono altre gemme nascoste qui, in Florida, che dovrei conoscere?"

Dato che ho già perso, tanto vale andare fino in fondo e lasciarlo vantarsi del suo stato natio quanto vuole. Per non parlare del fatto che c'è sempre la possibilità di ricavarne un altro appuntamento.

Non c'è bisogno di sollecitare Oliver due volte. Se mai si stancherà di essere il proprietario di Sealand, potrà sempre aprire un'agenzia viaggi, data la sua bravura. Per tutto il tragitto di ritorno, mi riempie di interessanti idee di viaggio in Florida, anche se, quando parcheggiamo e prendiamo l'ascensore dell'hotel fino al nostro piano, la mia mente si è spostata su altre cose.

Del tipo: "che cosa fai, dopo il miglior appuntamento della tua vita?" e "in quali posizioni lo fai?"

"Dunque" esordisce Oliver, quando raggiungiamo la porta della mia camera. "Eccoci qui."

Annuisco, decisa a cogliere l'attimo. "Infatti. E con zero alcol nel sangue."

I suoi occhi sono socchiusi. "Che cosa intendi dire, *kelpcake*?"

Mi lecco le labbra. "Voglio farti quel tè. Fortemente."

CAPITOLO
Ventotto

MUOVENDOSI più velocemente di un pesce spada sotto l'effetto dell'Adderall, Oliver si avvicina e rivendica la mia bocca.

Lascio cadere la borsa con la mia nuova coda da sirena e lo bacio con tutta me stessa. Le nostre lingue si aggrovigliano avidamente, mentre ci godiamo il sapore, l'odore e la sensazione dell'altro. Le sue mani vagano sul mio corpo con avidità a stento trattenuta, mentre le mie dita affondano nelle sue spalle, godendo della sensazione dei suoi muscoli possenti, che si flettono sotto il mio tocco, e del calore che la sua pelle emana.

Respirando affannosamente, si ritrae. La sua voce è roca. "La tua stanza o la mia?"

Anziché rispondere, tiro fuori la chiave della mia camera, apro la porta e lo trascino dentro per la camicia.

Non appena la porta si chiude, lui si leva di dosso la camicia e io ammiro di nuovo il suo torso muscoloso. Stavolta, nessuna coppia di anziani in kayak potrà ostacolarmi. Si spera!

Le nostre labbra si incontrano di nuovo e rimangono incollate, mentre ci strappiamo i vestiti di dosso a vicenda, inoltrandoci nella camera per metà camminando e per metà ballando, avvicinandoci al letto. Quando mi stacco per riprendere fiato, sono in reggiseno e mutandine, mentre lui è in boxer.

Boxer dal tessuto teso.

Mi rimira con uno sguardo accaldato. "Sei splendida, *kelpcake*. Lo sai, vero?"

"Zitto e spogliati" gli ordino, senza fiato, mentre mi slaccio il reggiseno.

Con le pupille che si dilatano, lui lascia cadere i boxer.

Mi viene l'acquolina in bocca, mentre fisso il suo Aqua-manico in tutta la sua gloria.

Quasi pensandoci tardivamente, mi sfilo le mutandine fradice.

"Stupenda" ripete lui, con voce roca.

Detto questo, è di nuovo su di me: le sue mani da polpo vagano sul mio corpo, mentre la sua lingua esplora la mia bocca. In risposta, i miei capezzoli diventano duri e appuntiti, come conchiglie; e i seni mi sembrano più pieni e pesanti. Incapace di trattenermi, allungo la mano verso il suo Aqua-manico e lo accarezzo delicatamente.

Oliver grugnisce, baciandomi, e la mia *wunderpussy* praticamente grida: "Sì, quello! Infilamelo dentro, subito!"

Le sue mani bruciano il mio corpo ovunque tocchino e, come se ne avesse più di due (otto?), mi solleva e mi stende sul letto.

"Allarga le gambe" mi ordina rudemente.

Per l'ossitocina di Cthulhu! Avrò l'opportunità di recitare la parte della timida sottomessa, dopotutto?

Evviva!

Arrossendo come si addice al mio ruolo (e perché non posso evitarlo), obbedisco al comando.

Le sue narici si dilatano. "Toccati."

Ebbene, sì. La fantasia del capo autoritario sta diventando realtà.

Mi lecco le dita, per assicurarmi che siano belle umide, poi allargo le mie pieghe con una mano, mentre individuo il mio punto G con l'indice dell'altra.

"Proprio così" conferma lui, con gli occhi ciani che brillano.

Traccio un cerchio intorno a quel punto e un gemito mi sfugge dalle labbra.

"Ottimo lavoro." Le parole sono come le fusa di un leone. "Ora, dammi quelle dita."

Obbedendo di nuovo, osservo, stupefatta, mentre lui me le lecca.

"Deliziosa" mormora. "Ne voglio ancora."

Eh?

Prima che io possa chiedergli di spiegarsi, la sua bocca è sul mio sesso e la sua lingua va infallibilmente verso la mia perla, mentre la sua barba strofina sensualmente le mie pieghe.

Che Cthulhu mi aiuti! Tutto il mio corpo si contrae in un'ondata di calore, le dita dei piedi mi si arricciano e... vengo sulla sua bocca con un grido, mentre le sensazioni mi attraversano con un'intensità tale, che i fuochi d'artificio esplodono dietro le mie palpebre, strettamente serrate.

"Sì" lo sento dire, quando riprendo i sensi. "Ora, assaggia il tuo sapore sulle mie labbra."

Sbattendo le palpebre con aria stordita, apro gli occhi e incontro il suo bacio divorante. Ha un sapore diverso dal solito, che mi piace (ma penso che mi piacerebbe qualsiasi cosa, persino il cianuro, se fosse consegnato tramite quelle labbra).

"È il tuo turno?" gli chiedo con voce vellutata, mentre mi ritraggo; in tutta risposta, lui si reclina all'indietro e il suo Aqua-manico sussulta per l'aspettativa, mentre le sue palpebre si abbassano.

Finalmente! Senza genitori né burro d'arachidi in vista, posso farlo senza interruzioni.

Scendendo in picchiata, lo lecco in modalità gelato.

Lui grugnisce qualcosa di incomprensibile.

Alzo lo sguardo e i miei occhi si fissano sui suoi, mentre mi infilo in bocca il suo Aqua-manico.

I suoi occhi sono selvaggi, ora.

Faccio scorrere la lingua sotto l'asta.

Lui si contrae nella mia bocca e sento il sapore del liquido preseminale.

Accidenti, questo mi sta eccitando! Non me n'ero mai resa conto prima, ma succhiare un cazzo è ancora più eccitante che indossare una coda da sirena. Almeno, quando è attaccato alla persona giusta (il cazzo, intendo, non la coda). Anche se, a pensarci bene, Oliver con una coda potrebbe essere eccitante, a modo suo.

Lui avvolge la mano tra i miei capelli, quindi raddoppio il mio entusiasmo. Geme; i suoi glutei si flettono. Proprio quando ci sto prendendo gusto, lui mi tira i capelli e io mi libero la bocca, per guardarlo con aria interrogativa.

"Mettiti carponi." L'ordine roco esprime dominanza e lussuria in ugual misura.

Non solo obbedisco, ma dimeno anche il sedere nudo, per mostrargli che brava ragazza posso essere, se adeguatamente incentivata.

Guardando il suo viso teso da sopra la spalla, gli chiedo: "Così?"

In risposta, lui mi afferra per i fianchi e il suo Aquamanico pungola la mia apertura, prima di penetrarmi con un unico movimento fluido.

Mi si mozza il fiato.

Wow! Wow! Wow!

È così dotato, che dovrebbe far male; invece, mi riempie alla perfezione: il leggero dilatamento non fa che aumentare la tensione calda che si sta accumulando nel mio intimo.

"Voglio venire dentro di te" ringhia.

"Cazzo" ansimo. "Sì, ti prego."

Ops. Potrei aver appena sguinzagliato il Kraken.

La sua prossima spinta è dura. Quella successiva è ancora più forte e mi piace talmente tanto, che glielo comunico con un gemito.

Oh. Mio. Cthulhu.

Con un ringhio, lui mi sbatte con rinnovato vigore e la tensione diventa così intensa, che mi aggrappo alle lenzuola.

Ecco. È così che si sentirebbe la tavola da surf di Oliver, se lui la cavalcasse sopra uno tsunami. Ed è anche così che mi rovino la possibilità di qualsiasi altro uomo.

Un grido mi viene estorto dalle labbra.

"Sì, *kelpcake*" geme lui, sbattendomi. "Vieni con me."

Sì.

Sì!

Questa è la migliore idea nella storia delle idee.

Grido il suo nome, mentre un enorme orgasmo si abbatte su di me.

Lui si spinge dentro più a fondo e il suo Aqua-manico si indurisce all'inverosimile, mentre viene dentro di me con un grugnito animalesco.

Boom! Il suo orgasmo ne scatena un altro dei miei e io gemo ancora, finché i miei arti cedono, alla fine, e mi lascio cadere mollemente sul letto.

CAPITOLO
Ventinove

ABBRACCIANDOMI DA DIETRO, Oliver strofina il viso sui miei capelli. "È stato fantastico."

Espiro lentamente. "Sei in vena di eufemismi?"

"Le mie scuse." Posso udire il sorriso nelle sue parole. "È stato stupefacente, notevole, ultraterreno."

Sbuffo. "Questo ancora non gli rende giustizia. Suppongo che sia una di quelle situazioni in cui bisogna essere presenti, per apprezzarlo."

Una risatina. "Io ero molto presente."

Sorrido nel cuscino. "Doccia?"

"Certo." Mi sento sollevare e portare in bagno.

Ridacchiando, mi godo il viaggio.

Quando ci avviciniamo al box doccia, lui mi chiede: "Riesci a reggerti in piedi?"

Sogghigno. "Qualcuno è *davvero* presuntuoso riguardo alle proprie prodezze."

Mi mette in piedi e apre il rubinetto.

Conosco la sensazione dell'acqua.

"Unisciti a me." Fa un passo sotto il getto e si versa del docciaschiuma sulle mani grandi.

Lo seguo obbedientemente e lui comincia a insaponarmi, una sensazione incredibile e voluttuosa.

Merda! Mi ha già rovinato la possibilità di altri uomini. Vuole rovinarmi anche la possibilità di godermi il semplice piacere della doccia, in futuro?

Sembra di sì. Le delicate carezze delle sue mani (tutte e otto), il massaggio alla testa, mentre mi lava i capelli, il modo in cui i suoi muscoli scintillano sotto il getto... è esattamente il genere di cose a cui potrei abituarmi molto rapidamente (e di cui non potrei più fare a meno).

"È il tuo turno?" gli chiedo, quando ha finito di lavarmi la schiena.

"Ho qualcos'altro in mente" mormora; mi giro per guardarlo.

Gulp! Un'erezione nuova di zecca ammicca verso di me.

Eh eh. Persino dopo il litro di sapone che lui ha appena consumato, mi sento sporca... in senso birichino.

Solletico la parte inferiore del suo Aqua-manico, come farei con il mento di un gatto. "Mi piacciono le tue intenzioni."

Con un sorrisino malizioso, Oliver rivendica di nuovo le mie labbra e la sua lingua arriva in profondità, per accarezzare ogni superficie della mia bocca.

Meno male che siamo sotto la doccia, altrimenti ci sarebbe una pozzanghera sotto di me, di sicuro.

Premendo la mia schiena contro le piastrelle lisce, lui

mi afferra per le natiche, mi solleva di qualche centimetro e mi penetra di nuovo.

Ansimando, avvolgo le gambe intorno ai suoi fianchi e mi aggrappo alle sue spalle, tenendomi forte, mentre si spinge dentro di me. Stavolta, il suo ritmo è più dolce, più lento, come se la nostra sessione frenetica di prima fosse stata l'antipasto, mentre questa fosse la portata principale, assaporata con attenzione.

L'acqua è decisamente il nostro elemento. Questo è ancora più sexy di quando mi ha presa sul letto. Il getto della doccia smorza i miei gemiti, ma non gli schiaffi della carne nuda bagnata (suoni che mi eccitano oltre ogni logica). Ringhiando, lui approfondisce il bacio e, man mano che le sue spinte accelerano, un orgasmo potente si accumula nel mio intimo.

Credo che siamo di nuovo in modalità antipasto. O forse, questo è il dessert voluttuoso.

"Ci sono vicina" ansimo nella sua bocca.

Lui affonda i denti nel mio labbro inferiore e si spinge più a fondo, portandomi oltre il limite.

Il mio grido è così forte, che potrebbe essere udibile nelle stanze vicine. Tutto il mio corpo spasima e si sfoga, mentre un'estasi bollente esplode attraverso le mie terminazioni nervose. Non ho ancora ripreso fiato, quando Oliver raggiunge l'apice a sua volta, gemendo il mio nome e strusciandosi su di me... azione che mi provoca un secondo orgasmo.

Wow! Doppio, triplo wow!

Mi sento le gambe flosce come spaghetti, ma (per fortuna) c'è lui a sorreggermi.

"Ti senti bene?" mormora, mentre mi sposta di nuovo sotto il getto e lava teneramente il mio sesso.

"Ufficialmente e adeguatamente scopata" rispondo con voce flebile. "Per il resto, alla grande."

Mi lancia uno sguardo di pura soddisfazione maschile. Dopo avermi condotta fuori dal box doccia, mi asciuga e mi riporta sul letto.

"È ingiusto" affermo, mentre mi copre con la coperta. "Io non ho lavato *te*."

Mi fa l'occhiolino. "Dovrai farti perdonare. In qualche modo."

Sbadiglio. "Certo. Domani."

"Per prima cosa" precisa, con finta severità. "Non dormire di nuovo fino a tardi."

Dormire troppo e perdermi *questo*?

Mai.

Gli scosto una ciocca di capelli dietro l'orecchio e cerco di sembrare seria, mentre affermo: "Oliver, grazie." Abbasso lo sguardo sul suo Aqua-manico. "Questa è una cosa che non potrei mai ottenere a New York."

La mia ricompensa è sentire la sua risata di pancia e guardare i suoi addominali flettersi. Dopodiché, lui mi dà un dolce bacio sulle labbra. "Sogni d'oro."

Con un sorriso da ebete, chiudo gli occhi e mi addormento all'istante.

MI SVEGLIO, quando dita forti mi toccano il viso. Aprendo gli occhi, vedo che si tratta di Oliver, che mi sta massaggiando qualcosa sulla pelle.

Mi è venuto in faccia?

Non mi dispiacerebbe, ma preferirei essere sveglia per questo.

Ma no. È completamente vestito.

Mi strofino gli occhi, mentre lui ritrae la mano. "Che cosa succede?"

Mi sorride. "Sono quasi le dieci e mezza e il sole stava per posarsi sul tuo bel viso."

Ah. Quella sostanza che mi stava spalmando addosso è crema solare.

Mi giro e vedo che ha ragione. I raggi del sole hanno quasi raggiunto il cuscino.

Dannati bastardi!

Poi, la mia mente assonnata registra il punto più importante. Oliver era preoccupato per l'esposizione solare da parte mia.

Anche se non avessi appena fatto il miglior sesso della mia vita, vorrei stare con lui solo sulla base di questo gesto.

Lui si china per riprendere l'applicazione della crema solare, ma io mi ritraggo.

"Penso di volermi lavare i denti, prima."

Sorride. "Va bene, ma non metterci troppo. In realtà, devo partire tra poco."

Sento il mio cuore sprofondare. "Ah sì?"

Lui annuisce. "Mi aspetta un lungo viaggio."

"Eh?"

Mi stringe la coscia attraverso la coperta. "Sto andando a St. Augustine, prima della raccolta fondi dell'SOS, per incontrare alcuni dei partecipanti."

Merda! Non riesco a trattenere il broncio. "Ma ti devo un'insaponata."

Sorride con rammarico. "Stavi dormendo così bene, che non volevo svegliarti."

Uff, alla fin fine, ho *davvero* dormito troppo. Se avessi saputo cosa c'era in gioco, avrei impostato una sveglia. Magari due.

"Quando parti?" gli chiedo.

Guarda l'orologio e la sua espressione cambia. "Cazzo! Tra dieci minuti."

Balzo in piedi e mi precipito in bagno per rendermi presentabile.

Quando esco, a Oliver restano solo cinque minuti, quindi li trascorriamo saggiamente: pomiciando come se dipendessimo l'uno dall'altra per l'ossigeno.

O, forse, non così saggiamente. Ieri sera, ho

soddisfatto la mia libido iperattiva, ma sono tornata ad essere arrapata e Oliver deve andarsene.

Perché la vita è così ingiusta, a volte?

"Dunque." Tirandomi indietro, mi tocco le labbra gonfie. "Quando ti vedrò?"

Lui sospira. "Alla raccolta fondi. Mi dispiace. Avevo fatto i programmi prima che noi..."

"Non fa niente" mento (ma, dentro di me, sto battendo i piedi come se fosse il mio compleanno e fossi stata privata della torta).

Non vederlo fino a domani mi sembra una punizione.

"Ok." Mi dà un bacio delicato sulla guancia. "Vado."

Se ne va, prima che io possa fargli un milione di domande.

Disorientata, mi siedo sul letto per riprendere fiato.

Non posso credere a quello che è successo.

Ho fatto sesso con Oliver.

Due volte.

È un evento monumentale per lui quanto lo è per me? Oppure, lui la considera una cosa da una notte?

I dubbi oscurano il mio buonumore, come l'inchiostro di un polpo spaventato. Anche se non fosse un'avventura di una notte, io e Oliver possiamo avere una relazione vera e propria? Lavoro per lui, che ha quella politica delle Risorse Umane contro le relazioni tra colleghi, per una buona ragione.

Gemo interiormente. Questo è il genere di cose che avrei dovuto chiarire con lui *prima* di estendergli l'invito per il "tè", non dopo. Anche se, in mia difesa, ieri ho indossato una coda da sirena per un lungo periodo di tempo (il che equivale al fatto che un ragazzo si rifornisca di Viagra).

Il mio stomaco brontola.

Giusto. Dovrei mangiare.

Mentre scendo al piano di sotto per fare colazione, mi vengono in mente domande più prosaiche per Oliver, del tipo: "Devo tornare al lavoro o posso godermi Tampa per un po'?"

Da un lato, lui mi ha parlato del vicino museo Salvador Dali, ma, dall'altro, è un giorno feriale e i nostri affari a Tampa sono terminati. Ah, e dato che lui è partito per affari, questo non implica che il lavoro sia di nuovo in corso?

Dopo aver finito di mangiare, concludo che scrivergli per domandarglielo sarebbe imbarazzante quanto dormire sul soffitto (e non mi sfugge che questo sia solo un minuscolo esempio del perché genitali e capi non andrebbero mescolati).

Oh, pazienza. Tornerò al lavoro e basta. Scommetto che, se lui verrà a sapere che sono andata a Sealand oggi, sarà impressionato dalla mia etica professionale.

———

Durante il viaggio di ritorno, chiamo Lemon e le racconto l'accaduto. Me ne pento immediatamente, perché lei inizia a strillare come un maialino adolescente.

Aspetto che finisca e, poi, affermo: "Allora, non ho idea di come siamo messi, dato che lui è il mio capo e tutto il resto."

"Chi se ne frega?" ridacchia lei. "Lui è abbastanza sexy, perché tu possa sopportare un po' di imbarazzo."

Roteo gli occhi. "Hai mai lavorato in un contesto aziendale?"

Lei mi schernisce. "Vabbè. Ti propongo un'idea. Noi siamo identiche; quindi, probabilmente, Oliver sarebbe felice di fare sesso con me quanto con te. E io non lavoro per lui, perciò…"

Per poco, non sbando fuori strada. "Stai alla larga da lui!"

"Vedi?" Posso udire il suo sorriso al telefono. "Ora, sai cosa provi veramente."

"Sento che avrei dovuto strozzarti con il cordone ombelicale, quando eravamo dentro la mamma" affermo. "E, poi, che ne è del ragazzo del balletto russo?"

"Ovviamente, stavo scherzando" risponde lei. "Per quanto sia attraente il tuo uomo, il russo è più sexy."

"Giusto." *Continua pure a ripetertelo.*

"Comunque, quando tornerai?" mi chiede.

Faccio spallucce; poi, mi rendo conto che lei non può vedermi e rispondo: "Dopo le cinque. Sto andando al lavoro."

"Ok. Allora, credo che ci vedremo domani pomeriggio. Vado di nuovo a Orlando."

"Quale attrazione?" le chiedo.

"Harry Potter World e, poi, il Blue Man Group."

Ridacchio. "Prima parli di andare a letto con il *mio* uomo e, ora, stai adocchiando un intero gruppo di uomini di Blue?"

Proprio mentre parcheggio davanti all'edificio principale di Sealand, mi arriva un messaggio di Oliver:

Ho dimenticato di menzionare una cosa, prima di partire. Una raccomandazione. Alla raccolta fondi dell'SOS, vestiti in modo da fare colpo.

Fisso il telefono con fascino inorridito.

Sul serio? Sono forse maledetta, come i pirati della Perla Nera? Le lenzuola su cui abbiamo dormito sono ancora calde... e lui si sta già trasformando in Brett 2.0, dicendomi cosa indossare.

La mia risposta è brusca:

Tu preoccupati del tuo abbigliamento e io mi occuperò del mio.

Cammino a passo svelto e rabbioso verso Sealand, mentre aspetto la sua risposta.

Il mio cellulare suona.

Certo. Se vuoi consigliarmi qualcosa da indossare, ti ascolterò... fatta eccezione per una maglietta con su scritto "I love NYC."

D'accordo, è un po' più bravo di Brett nel cavarsi d'impaccio, ma che sia una buona cosa?

"Ehi, Olive" mi chiama Dex, spaventandomi. "Sono felice che tu sia qui. Volevo chiederti un favore."

Scuoto la testa per schiarirmi le idee. "Di che si tratta?"

"Della vasca per il polpo. A quanto pare, non è solo a prova di polpi." Sorride con aria imbarazzata. "Nemmeno io so come aprirla."

Merda! Per fortuna, oggi sono tornata al lavoro, così

MISHA BELL

posso dare da mangiare a Beaky. Ha rischiato di diventare una vittima della sua stessa intelligenza (o della stupidità umana).

Dex si strofina la parte posteriore del collo da lontra. "Allora, che ne dici? Puoi insegnarmi come aprirla?"

Stringo le labbra. "Mi piace molto, ma proprio *molto* nutrire Beaky da sola…"

Deve cogliere il fatto che io stia rivendicando la precedenza su una specifica creatura. C'è un motivo, se lui è il principale addetto all'alimentazione delle lontre. Tuttavia, non ho idea se il concetto di "sono io che do da mangiare al polpo" rientri nelle politiche di Sealand. Spero di sì; altrimenti, lotterò con le unghie e con i denti affinché sia così.

"Capisco." Dex sposta il peso da un piede all'altro. "Ma è per il futuro. Non puoi dargli da mangiare tu, quando non sei qui."

Resisto all'impulso di replicare qualcosa del tipo: "Ma va?" Invece, conduco Dex alla vasca, per potergli mostrare come aprirla.

Durante la lezione, non posso evitare di pensare che lui si stia comportando in modo strano, ma non so il perché.

"Grazie" mi dice, quando finisco di elencare gli spuntini preferiti di Beaky.

Distolgo gli occhi da Beaky (che sta osservando la nostra conversazione con quei suoi occhi intelligenti). "Non c'è di che."

Dex si volta per andarsene. "Non preoccuparti" mi dice da sopra la spalla, quando è a metà strada verso la porta. "Posso insegnare io agli altri come si fa."

"Eh?"

"Non è un problema" afferma. "Tu devi avere tante cose a cui pensare."

Davvero? Prima che possa rispondergli che non mi dispiace insegnare a tutti, se n'è andato.

È stato decisamente strano.

Oh, pazienza!

Dato che la vasca è già aperta, ci lascio cadere dentro uno spuntino.

Oh, Gran Sacerdotessa, non abbiamo potuto fare a meno di notare che hai dimenticato di insegnare al tizio delle lontre la regola più importante, quando si tratta di adorare noi, il Dio Imperatore delle Grandi Vasche: "Gli spuntini devono scorrere."

Qualcuno strascica i piedi dietro di me.

Mi giro e vedo che è Rose.

Sospira, guardandomi in modo strano.

Mmm. Quante possibilità ci sono che sia così brava nelle faccende delle Risorse Umane, da essere riuscita a fiutare l'odore di "sesso con il capo" su di me?

"Sono felice di averti trovata" mi dice. "Ho bisogno di un favore."

Sbatto le palpebre. "Di che si tratta?"

Indica in direzione del vibratore a forma di tentacolo dentro la vasca di Beaky. "Potresti documentare tutti gli strumenti di arricchimento che hai creato finora e come sottoporli a manutenzione?"

Mmm. Questa è una strana richiesta... A meno che lei non stia già pensando di licenziarmi, in base a quello che ha fiutato con i suoi sensi super-sviluppati di Risorse Umane.

Nah. Sono paranoica.

"Per quando ti serve?" le chiedo.

Si gratta il mento. "C'è qualche possibilità che tu riesca a farlo entro la fine della giornata?"

"Certo." Dare da mangiare a Beaky era la mia unica vera priorità, oggi.

"Grazie."

Sono io, o sembra sproporzionatamente sollevata?

Vado al mio computer e inizio a lavorare alla richiesta di Rose. Dato che non ha specificato quanto dovrei essere dettagliata, stilo un documento a prova di ebete (una lezione che ho imparato dalla vasca di Beaky). Spiego come cambiare i video sulla TV nella vasca dei lamantini e, persino, come accendere e spegnere la suddetta TV.

Sto terminando, quando controllo l'orologio. Sono appena passate le cinque, l'ora di tornare a casa.

Qualcuno si schiarisce la gola alle mie spalle.

Ruotando la sedia, alzo lo sguardo e vedo Aruba.

"Miss Hyman" dice. "Mi dispiace per l'interruzione."

È ancora qui? Pensavo che tutti, in questo posto, se ne andassero alle cinque in punto.

"Eravamo d'accordo che mi avresti chiamata Olive" le ricordo.

"Scusa" replica lei. "*Olive*, posso avere un momento del tuo tempo?"

"Certo." Sono sempre più curiosa.

Aruba si siede su una sedia vicina. "Se fossi interessata a creare giocattoli per creature marine, come fai tu, c'è un libro che mi consiglieresti di leggere o qualcosa del genere?"

Inclino la testa. "Non avevo capito che ti interessasse."

Questo è un eufemismo. Le sue parole esatte sono state: "Qualsiasi cosa è meglio che creare giocattoli per pesci rossi."

Aruba fa ruotare la sedia a sinistra e, poi, a destra. "Senti, mi dispiace se sono stata un po' suscettibile, in passato."

Certo. Diciamo pure un po' e... suscettibile. "È acqua passata."

Tira un sospiro di sollievo. "L'unica cosa che ho sempre fatto, qui, è addestrare i delfini. Ma, per quanto li ami, ho pensato che, se imparassi a fare quello che fai tu, avrei la possibilità di ampliare il mio lavoro."

Aggrotto la fronte. "Vuoi iniziare ad aiutarmi?"

Per quanto ne sia lusingata (e nonostante le sue scuse), lei non è comunque una sostituta che sceglierei volontariamente.

Aruba sbatte le palpebre con aria intontita. "Ho pensato che, quando te ne sarai andata... sai cosa? Lasciamo perdere."

L'intera catena di strani eventi si incastra, come un puzzle destinato a un polpo particolarmente intelligente.

Vedo rosso.

Scattando in piedi, ringhio: "Che cosa intendi per 'andata'?"

Lei spinge la propria sedia lontano da me. "Ehm. È arrivata quell'email del dottor Jones. Diceva di prepararsi per quando non sarai più a Sealand, perciò io…"

Non sento il resto, perché il sangue mi martella nelle orecchie.

Lei ha appena confermato il mio orribile sospetto… e fa male come un pugno al fegato.

Io e Oliver abbiamo fatto sesso e, ora, lui ha deciso di sistemare il pasticcio conseguente con le Risorse Umane, usando il metodo più infido possibile.

Ha intenzione di licenziarmi.

CAPITOLO
Trentuno

"Ti MANDERÒ dei consigli sui libri per email" borbotto, prima di uscire di corsa dalla stanza, come se io fossi un tonno e Aruba uno dei suoi delfini preferiti.

Tutto combacia. Il fatto che Rose mi abbia chiesto di scrivere quel documento e che si sia comportata in modo strano. Il motivo per cui Dex voleva imparare a prendersi cura di Beaky.

Oliver ha riferito a tutti che verrò licenziata.

Scommetto che, in realtà, non ha nessuna riunione a St. Augustine. Probabilmente, è nel suo ufficio o a casa.

Alimentata da pura furia, mi precipito nel suo ufficio.

Fortunatamente per lui (e per la mia fedina penale), non c'è.

Ringhio con rabbia e corro verso la mia auto. Accelerando come una pazza, arrivo a casa sua in un batter d'occhio e mi fermo nel suo vialetto con uno stridore di gomme.

Suono il campanello e, poi, batto il pugno contro la sua porta, fingendo che sia la sua faccia.

Un uomo viene ad aprire. Per un secondo, penso che sia Oliver dopo essersi tagliato i capelli, ma, poi, mi rendo conto che non è assolutamente lui. Non voglio uccidere quest'uomo, né averci a che fare.

"Salve" mi saluta lo sconosciuto.

"Sto cercando Oliver" dico a denti stretti.

Il ragazzo sfoggia un sorriso sexy. "Tu devi essere Olive. Che cosa ha combinato, stavolta?"

Traggo un respiro calmante. "Tu devi essere uno dei suoi fratelli."

"Ash, al tuo servizio." Lancia un'occhiata al cane ai suoi piedi. "Mio fratello mi ha chiesto di sorvegliare il piccolino... e di insegnargli a fare surf, già che ci sono. Vuoi lasciargli un messaggio?"

Scuoto la testa. "Devo parlare con Oliver."

Ash si passa una mano tra i capelli (molto più corti di quelli del fratello, ma comunque belli). "Non tornerà oggi. Aveva detto di avere delle riunioni importanti, prima della conferenza, e, poi, dei drink con alcune persone. Ormai, dovresti sapere come la pensa sul guidare dopo aver bevuto."

"Ok." Mi allontano dalla porta. "Grazie."

Barcollo fino alla mia auto e parcheggio nel vialetto dei miei nonni.

Il picco di adrenalina iniziato a Sealand si sta trasformando in una crisi di proporzioni epiche.

Mi trascino nella camera degli ospiti, sentendomi le gambe come meduse sotto l'effetto dello Xanax.

I miei nonni non sono in casa, a quanto pare. Saranno andati a Orlando insieme a Lemon?

È meglio così. Credo di non poter affrontare nessuno, in questo momento.

Reprimendo l'impulso di piangere, crollo sul letto senza togliermi i vestiti.

Come ho potuto essere così stupida?

Come ho potuto lasciare che un altro uomo usasse il mio cuore come un sacco da boxe?

Il campanello d'allarme era lì: la mia attrazione per lui. Gli stronzi sono apparentemente il mio tipo; quindi, perché sono scioccata dal fatto che Oliver si sia rivelato l'ennesimo?

Scommetto che aveva in programma di fare sesso con me un'altra volta, prima di darmi il benservito. Altrimenti, perché mi avrebbe invitata alla raccolta fondi dell'SOS? Ha persino avuto le palle di specificare che avrei dovuto vestirmi bene per lui.

Incredibile!

La cosa peggiore è che ormai ho perso l'energia per rintracciarlo e dirgliene quattro. Tuttavia, non sopporto nemmeno questo limbo, in cui so che lui non sa che io so.

Tirando fuori il cellulare, gli scrivo furiosamente:

So che hai intenzione di licenziarmi. Risparmiati la fatica. Ho chiuso. Sia con te, sia con la tua azienda. Non voglio mai più rivedere la tua faccia.

Ecco. Come strappare un cerotto. Solo che sembra più una ceretta a tutto il corpo (e alla mia anima), ancora e ancora.

Sentendo stranamente freddo, mi avvolgo addosso una coperta.

Nonostante tutti i miei paragoni tra Oliver e Brett, questa rottura mi sembra infinitamente peggiore di quella... anche se conosco Oliver da molto meno tempo e lui non è ufficialmente il mio ragazzo.

Dev'essere colpa di quella sorpresa della sirena che lui ha organizzato per me. Anche se era uno stratagemma per arrivare sotto la mia coda, è stato più bello di tutti i gesti gentili che Brett e gli altri miei ex messi insieme abbiano mai fatto.

Che Cthulhu maledica il suo coccige! Il sesso è stato talmente incredibile che, probabilmente, non proverò mai più una cosa del genere. E non era solo il sesso. Il semplice stare con lui era...

Che cosa sto facendo? Perché torturarmi così?

Quello di cui dovrei preoccuparmi è Beaky.

Lo lascerò stare con Oliver?

Mi sento lo stomaco solido come il ghiaccio.

Che Oliver avesse pianificato così a lungo termine? Si era assicurato di specificare che, se io avessi lasciato Sealand, Beaky sarebbe rimasto lì. Stava già progettando di fottermi, letteralmente e metaforicamente?

Non ne ho idea, ma ciò che rende questo concetto impossibile da affrontare è che Beaky è felice nella sua nuova vasca; quindi, la cosa migliore per lui potrebbe essere lasciarlo con Oliver.

La stanza inizia a girare e io chiudo gli occhi, serrandoli forte contro il bruciore delle lacrime.

Mi sento tutto il corpo pesante, specialmente il petto, e, nonostante i miei sforzi, le lacrime cominciano a scorrere.

Non si fermano, fino a quando la stanchezza mi reclama e mi addormento.

CAPITOLO
Trentadue

MI SVEGLIO con il naso chiuso e la gola irritata.

Il sole è alto, il che significa che ho dormito dall'ora di cena fino a tarda mattinata.

Immagino che fossi *così* prosciugata emotivamente.

Avendo riposato, mi sento un po' più in forze e devo prendere una decisione.

Andrò alla raccolta fondi dell'SOS o no?

Da un lato, potrebbe essere un buon posto per crearmi dei contatti per il prossimo lavoro. Dall'altro, Oliver sarà lì e, per sentirmi pronta ad affrontarlo, mi servirebbe aver dormito molto di più.

Ok, niente raccolta fondi, il che mi porta a un dilemma secondario: dovrei almeno curarmi di alzarmi dal letto?

Dopo una breve riflessione, lo faccio. In passato, ogni volta che mi sono sentita giù di morale, essere attiva, per quanto poco, mi ha sempre fatta sentire meglio.

Scendo dal letto e svolgo la mia routine mattutina.

No.

Non mi sento meglio.

Controllo il cellulare.

La raccolta fondi inizierà tra poco. Se volessi andarci, dovrei partire adesso.

Incapace di trattenermi, controllo il mio messaggio per Oliver.

Sembra che lui non l'abbia ancora letto; probabilmente, è troppo occupato a chiacchierare con gli altri partecipanti alla raccolta fondi.

Merda! Questo significa che pensa ancora di averla fatta franca.

Devo rimanere sana di mente.

Aprendo il mio computer portatile, guardo di nuovo il sito web di Octoworld. Se esiste un po' di giustizia nell'universo, troverò un lavoro lì, per compensare il brutto colpo che la vita mi ha inflitto.

No. Non ci sono nuove offerte di lavoro. Però, noto una cosa interessante. Secondo la loro pagina delle notizie, stanno sponsorizzando la raccolta fondi dell'SOS anche quest'anno. Mi chiedo se...?

Controllo i social media di Ezra Shelby e trovo conferma al mio sospetto. Lei rappresenterà Octoworld alla raccolta fondi.

Sembra che l'universo non abbia finito di prendermi a calci nei denti.

Se non fosse stato per questo pasticcio con Oliver, oggi avrei potuto incontrare il mio idolo.

Ripensandoci, potrei ancora riuscirci... se fossi disposta a imbattermi in Oliver.

Ma no! Non posso rischiare di schiaffeggiarlo in

pubblico. Inoltre, a questo punto, sarei comunque in ritardo per la parte dell'evento dedicata gli incontri e alle presentazioni.

Non sapendo cos'altro fare, apro il programma di posta elettronica, per poter inviare ad Aruba una lista di risorse da usare, se vuole svolgere il mio lavoro.

Nella mia casella di posta in arrivo, ci sono due email non lette di ieri.

Una è di Oliver (quindi, gli faccio il dito medio), ma l'altra è di una persona che non mi ha mai scritto prima: Ezra.Shelby@Octoworld.com

Il mio cuore salta un battito.

Non può essere! Vero?

Apro l'email del mio idolo con dita tremanti:

Cara Olive,

Non vedo l'ora di incontrarti, domani. Qualche settimana fa, il tuo attuale datore di lavoro e mio buon amico, Oliver, mi ha parlato dell'incredibile lavoro che stai svolgendo a Sealand. Mi ha anche riferito quanto ami i polpi e che hai fatto domanda per un impiego qui a Octoworld. Ho controllato e ho notato che il tuo curriculum non ha mai superato il nostro dipartimento delle Risorse Umane. Le mie scuse. Se tutto andrà bene domani, creerò un posto di lavoro appositamente per te, che sarà molto simile al tuo impiego a Sealand, ma con un'attenzione particolare per i polpi. Se non ti dispiace, ti prego di portarmi tutti gli appunti o i progetti che hai, domani, in modo che…

Stacco gli occhi dallo schermo, sbatto le palpebre un paio di volte e, poi, rileggo le prime due frasi.

Ebbene, sì. Ho un colloquio con Ezra Shelby in persona… ed è stato Oliver a organizzarlo.

Forse, perché aveva la coscienza sporca?

No, non può essere. Le ha parlato di me "qualche settimana fa."

In uno stato di stordimento, apro l'email di Oliver, per vedere se può far luce sulla faccenda.

Ciao Olive,

Ho appena sentito Ezra e ho saputo che mi ha rovinato quella che doveva essere un'altra sorpresa. Immagino che, ora, tu sappia perché ti ho invitata ad accompagnarmi alla raccolta fondi dell'SOS. Era per incontrare lei. Vabbè, pazienza. Spero che la impressionerai, come credo. Da parte mia, sono talmente sicuro che ti assumerà, che ho detto a quelli di Sealand di prepararsi per quando non ci sarai più...

Smetto di leggere con un sussulto.

Per i tentacoli di Cthulhu! Ho commesso un errore madornale.

Oliver non ha deciso di licenziarmi dopo che siamo andati a letto insieme. Ha solo prestato attenzione, quando Fabio e Lemon gli hanno detto che il mio sogno era di lavorare con Ezra e, poi, ha deciso di rendere quel sogno realtà, anche se questo significava trovarsi a corto di personale.

Ecco perché mi ha chiesto di vestirmi per fare colpo. Era per questo colloquio.

E io, per ringraziarlo, gli ho mandato quel messaggio orribile.

Controllo il cellulare.

Lui non l'ha ancora letto.

Gli mando un altro messaggio:

Ignora quello che ho scritto. Sei il migliore.

293

Bene. Sembro una pazza. Ma, accidenti, lui non legge nemmeno questo messaggio (ovviamente).

Mordendomi nervosamente le unghie, lo chiamo. Non risponde. Probabilmente, è troppo occupato a compiere qualche altro bel gesto per l'ingrata che sono.

Balzo in piedi.

Devo fare qualcosa. Devo andare da lui. Devo dirgli che mi stavo auto-sabotando. Devo spiegargli che ho avuto brutte relazioni e che, a volte, questo mi porta a vedere le cose attraverso il contrario degli occhiali rosa. Ah, e devo ringraziarlo. E baciarlo. E, soprattutto, aggrapparmi a lui e non lasciarlo mai andare.

Inoltre, potrebbe essere una buona idea non perdermi il colloquio che ha organizzato per me.

Il colloquio della mia vita.

Mi vesto più in fretta che posso, ma, poi, mi rendo conto di avere un problema enorme.

Tra il viaggio a Tampa e ciò che ne è seguito, ho completamente dimenticato di comprare altra crema solare e, ora, sono senza.

Merda!

Che cosa devo fare?

Mi precipito al piano di sotto per chiederne un po' ai miei nonni. La loro marca potrebbe non essere ottimale, ma qualsiasi protezione solare è meglio di niente.

"Ah, Cappero" mi saluta il nonno con un sorriso. "Pronta per la colazione?"

Scuoto la testa. "Non ho tempo. Sono in ritardo per la raccolta fondi. Spero che ci saranno degli stuzzichini lì. Potete prestarmi la vostra crema solare?"

Lui sospira. "Temevo che questo potesse saltare fuori. Non ne abbiamo."

Aggrotto la fronte. "Come fate a uscire all'aperto?"

Lui si stringe nelle spalle. "Il nostro medico ci ha detto che l'esposizione al sole fa bene alla produzione di vitamina D, quindi abbiamo..."

"No! Potete prendere degli integratori per la vitamina D. Quando tornerò, ne discuteremo a lungo, sia dei rischi dell'esposizione solare, sia delle qualità che dovreste ricercare nel vostro nuovo medico."

"Grandioso" grugnisce lui. "Non vedo l'ora."

Con il cuore pesante, mi precipito in garage e controllo se, per miracolo, c'è qualche crema solare in giro.

No. Manca tutto, compresa la mia macchina.

Aspettate. Dov'è la mia macchina?

Ah, giusto. L'avevo lasciata nel vialetto.

Apro la porta del garage.

All'esterno, il malefico sole brilla minacciosamente.

Merda!

Non sono sicura di potercela fare.

No. Posso. Devo. Sono solo pochi metri e, una volta che sarò dentro l'auto, il finestrino anteriore bloccherà la parte peggiore dei raggi UV (che è sempre meglio di niente).

Sì.

Meglio non pensarci, ma farlo e basta.

Avanzo di un passo verso la luce.

Poi, un altro passo.

Poi, un altro ancora.

Mi sembra di essere nel film *Poltergeist* e che qualcuno stia per gridare: "Non andare verso la luce!"

Ma devo, perciò lo faccio.

Esco, strillando... solo per trovarmi di fronte qualcosa di peggiore persino delle radiazioni UV.

Una persona che pensavo non avrei avuto il dispiacere di rivedere mai più.

Nonostante sia ricercato dalla polizia, nonostante l'ordine restrittivo e nonostante la sorveglianza di Blue, lui è qui.

Il mio ex, Brett.

CAPITOLO
Trentatré

STAVOLTA, quando guardo la sua faccia, l'emozione principale che provo è fastidio, insieme a una fitta di paura. Provo anche un enorme sollievo per aver rotto con lui. È chiaramente squilibrato. Inoltre, così, ero single, quando ho incontrato Oliver.

Accidenti! Oliver. Sono già in ritardo e non ho bisogno che Brett mi rallenti.

Nota a margine: ora che vedo Brett, mi rendo conto di quanto fosse stupido paragonare lui e Oliver.

Oliver è un uomo migliore, moltiplicato per un milione.

"Ciao, piccola" mi dice Brett.

Che frase poco originale. Lo fulmino con lo sguardo. "Perché sei qui? I poliziotti ti hanno quasi preso, l'ultima volta. Sei sicuro di voler correre di nuovo questo rischio?"

La sua mascella si contrae. "Non possiamo parlare come due adulti?"

"Al massimo, possiamo parlare come un adulto e mezzo." In realtà, sono generosa a concedergli quella metà.

Lui avanza verso di me e, anche se oggi non puzza come una distilleria, c'è qualcosa che non va nelle sue pupille.

Forse, è sballato?

La fitta di paura si trasforma in seria preoccupazione. Brett ha attaccato Blue e, ora, mi ha seguita fin qui, in Florida; quindi, chissà che cos'altro potrebbe fare?

"Perché non possiamo semplicemente parlare?" insiste, mentre io indietreggio cautamente verso il garage.

"Perché non abbiamo niente da dirci" replico, lanciandomi un'occhiata alle spalle, per valutare quanto sia distante dalla porta, nel caso in cui dovessi correre per mettermi in salvo. "Abbiamo chiuso. Ficcatelo in quella testa dura."

"Chiuso?" I suoi pugni si stringono e si rilassano.

"Finito. Basta. Stop. Ora, vattene e, forse, non dirò a Blue e alla polizia che sei venuto qui." Mi costringo a smettere di indietreggiare, quando raggiungo la porta del garage. "Devo andare in un posto e sono in ritardo."

Il suo viso si incupisce. "Tu mi ascolterai, finalmente."

Alzo il mento, incontrando il suo sguardo furioso. "Se fai un altro passo, mi metto a urlare."

Lui sogghigna. "Se non chiudi quella cazzo di bocca, ti *farò* urlare."

Improvvisamente, si ode il suono rivelatore di un

298

fucile che viene caricato e, poi, la voce severa e gelida del nonno, che ringhia dalla porta d'ingresso: "In realtà, sei tu che urlerai."

E, con un'esplosione assordante, Brett viene scaraventato all'indietro sul vialetto.

CAPITOLO
Trentaquattro

Oн, grande Cthulhu! Il nonno ha sparato a Brett.

In un lampo, mi immagino il nonno in manette e in tuta arancione. Ripensandoci, quando si tratta di sparare alla gente, la Florida è uno stato "stand your ground", che penso significhi che, se qualcuno ti minaccia nella tua proprietà, sei legittimato a sparargli.

Ad ogni modo, uccidere Brett è...

Brett geme dal dolore e si stringe il culo.

Ah. Non è morto?

"Non fai più il duro, adesso, vero?" gli ringhia il nonno con aria soddisfatta. Poi, carica un proiettile di gomma nel suo fucile e si prepara a sparare un'altra volta. "Se solo pensi di muoverti, prima che arrivi la polizia, ti sparo di nuovo."

Stordita, fisso il nonno. "Non l'hai ucciso."

Lui tira fuori il proprio telefono. "Non ancora. Forse, sarò fortunato e lui farà qualche movimento."

Tiro un sospiro di sollievo. Faccio un passo verso il nonno; poi, mi ricordo dov'ero diretta. Esitante, gli chiedo: "Hai bisogno che io sia qui, quando arriverà la polizia?"

"No, va' pure alla raccolta fondi. Questo zuccone ti ha minacciata proprio davanti alla mia telecamera di sicurezza. Sono sicuro che alla polizia non servirà altro."

Mi mordo il labbro. "Giusto. Ha anche infranto un ordine restrittivo, è scappato durante la libertà vigilata e ha sconfinato di nuovo in una proprietà privata."

"Lo sistemeranno" mi assicura il nonno. "Va' pure."

Scavalco con cautela Brett, che sta piagnucolando, e salgo in macchina. "Informa anche Blue" dico al nonno, prima di chiudere la portiera.

Lui annuisce e io metto in moto.

Blue ha contatti con le agenzie di sicurezza; quindi, qualsiasi cosa ci sia in serbo per Brett, lei potrebbe essere in grado di renderla di gran lunga peggiore (e, a questo punto, penso che mi sentirei più tranquilla, se lui andasse in prigione... E diventasse la puttanella di qualcuno).

Accantonando tutti i pensieri su Brett, nonché le mie preoccupazioni riemergenti per le radiazioni UV, esco dal vialetto e rievoco una scena di *Fast & Furious* fino a St. Augustine.

Con mia grande delusione, il parcheggio è all'esterno, a un isolato di distanza dall'edificio.

Non di nuovo!

Controllo il vano portaoggetti, nella speranza che qualche crema solare sia rimasta lì, dimenticata.

No.

Niente.

Esco dalla macchina e faccio un passo coraggioso verso la mia destinazione. Poi, un altro. Poi, un altro ancora.

Non posso evitare di immaginarmi eruzioni solari e piogge di plasma che cadono sulla superficie della sfera infuocata sopra di me, con gocce grandi come un paese. Posso praticamente sentire la mia pelle bruciare, le mie cellule mutare, il mio collagene e la mia elastina subire danni.

In futuro, dovrei almeno tenere un parasole nel bagagliaio dell'auto, in caso di emergenza. Forse, anche un costume da ninja. Ripensandoci, se stiamo parlando di "casi di emergenza", tanto vale tenere una dozzina di creme solari di riserva, lì dentro.

Non sapendo se servirà, mi metto a correre.

Il mio viso è accaldato. Troppo caldo. Immagino sia ciò che hanno provato i primi soccorritori a Chernobyl, in quel fatidico giorno, dopo l'esplosione del reattore. Per almeno due volte, penso che mi arrenderò e mi metterò al riparo all'ombra nelle vicinanze, ma non lo faccio.

Se esiste un po' di giustizia nell'universo, Oliver dovrebbe perdonarmi per il semplice fatto di aver sfidato tutti questi raggi UV per lui.

Sentendomi come se fossi sopravvissuta a una prova degna dei miti greci, mi precipito nell'edificio che è la mia destinazione e mi fermo a riprendere fiato per alcuni secondi preziosi.

"Nome?" mi chiede una signora all'ingresso.

Glielo comunico e lei mi spunta dalla lista davanti a sé.

"Quanto in ritardo sono?" le chiedo, ancora senza fiato.

Lei alza lo sguardo. "Questi eventi sono come i matrimoni. Niente inizia mai in orario."

Quando entro, vedo che aveva ragione. Tutti stanno ancora socializzando.

Sì! Ora, devo trovare Oliver.

Passando attraverso folle di persone sconosciute, scruto tutti i volti.

No.

No.

Eccolo!

È in piedi, da solo, accanto a una scultura di ghiaccio.

Oh, no! Sta sollevando il cellulare verso il viso.

Merda!

Non è possibile che stia leggend...

Deve essere così. Come il cielo durante una tempesta, il suo viso si trasforma, oscurandosi pericolosamente.

Controllo il mio schermo e impreco.

Ha appena letto il mio messaggio.

La mia vaga speranza era di arrivare qui prima che ciò accadesse, prendergli il cellulare e cancellare il messaggio... ma, ora, è fuori questione. Forse, prostrarmi mi sarà d'aiuto? Vale la pena tentare.

Mi avvio verso di lui, quando qualcuno mi tocca la spalla.

Mi volto e sbatto le palpebre di fronte all'elegante donna che ho di fronte. Mi serve qualche istante per riconoscerla, perché nelle foto sui social media non è così tanto truccata.

"Olive?" mi chiede.

Annuisco con aria intontita.

Lei mi tende la mano. "Ezra Shelby."

Gliela stringo un po' troppo vigorosamente. "Ma certo! Ti ho riconosciuta."

Lei mi sorride gentilmente. "Grazie ai social media, nessuno è più un estraneo."

Annuisco, ancora stordita.

Lei dà un'occhiata al proprio orologio. "Possiamo fare quella chiacchierata adesso?"

Merda!

Come posso rifiutare? Mi sta facendo un enorme favore.

Lancio un'occhiata a Oliver.

No, non posso parlare con nessuno tranne lui, in questo momento. Devo sistemare le cose.

Inspirando, dico a Ezra: "Mi dispiace tantissimo, ma non posso parlare ora. Ho una cosa urgente da dire a Oliver."

Se questo significa che non otterrò il lavoro dei miei sogni, così sia.

Lei sembra confusa, mentre annuisce. Non deve aver mai incontrato nessuno che si comportasse in maniera così poco professionale nei suoi confronti.

Alla faccia delle buone impressioni!

Pazienza. La cosa più importante è spiegare a Oliver che non pensavo davvero ciò che ha appena letto. Le possibilità che lui mi perdoni sono minime, ma devo almeno provarci. Altrimenti, non me lo perdonerei mai.

Lasciando Ezra lì impalata, mi precipito verso di lui, ignorando il debole suono proveniente dal mio telefono, mentre corro.

Quando Oliver mi vede, sgrana gli occhi.

"Ciao" sparo. "Prima che tu mi dica di andare a farmi fottere, lasciami parlare."

I suoi occhi si allargano ulteriormente.

"Mi dispiace di non essere arrivata prima che tu leggessi quello stupido messaggio" spiattello. "È apparso Brett e…"

I suoi lineamenti erano così tempestosi, prima?

Ha un aspetto spaventoso. Omicida, persino.

"Il tuo ex si è ripresentato?" ringhia. "Quel bastar…"

Liquido l'argomento con un gesto della mano. "Dimenticalo. Il nonno gli ha sparato nel culo con un proiettile di gomma."

L'espressione tempestosa di Oliver non cambia, quindi parlo più velocemente. "Senti, non intendevo ciò che ho scritto nel messaggio. Cioè, lo pensavo in quel momento, ovviamente, ma adesso non lo penso più. È stato stupido. Ho chiaramente dei problemi, ma ci sto lavorando. È stato fondamentalmente un malinteso. Tutti si sono comportati come se tu mi avessi licenziata, perciò io…"

Lui mi tappa la bocca nel miglior modo possibile: premendo le labbra morbide sulle mie. Il bacio è profondo, caldo ed estremamente inappropriato per il luogo in cui ci troviamo… ed è esattamente ciò di cui avevo bisogno, pur senza saperlo.

Mi sento come se un lamantino mi fosse appena scivolato via dal petto.

Quando, infine, lui mi lascia andare, sono senza fiato.

"Questo significa che non mi odi?" riesco a domandargli.

Mi accarezza teneramente il viso. "*Kelpcake*, come puoi anche solo chiederlo?"

Il mio sospiro di sollievo renderebbe orgoglioso un insegnante di yoga.

"Ora, dimmi." Abbassando la mano, Oliver lancia un'occhiata al posto in cui mi trovavo pochi secondi fa. "Com'è andata la tua conversazione con Ezra?"

Seguo il suo sguardo. "Non ho ancora parlato con lei" ammetto. "A quanto pare, avevo urgenza di baciarti, prima."

Lui scuote la testa (e non sono sicura se la sua disapprovazione sia reale o per scherzo). "Che cosa stai aspettando? Va' da lei. Continueremo più tardi quello che abbiamo iniziato."

Gli rivolgo un sorriso radioso. "D'accordo."

Dubito che lei sarà altrettanto felice di parlare con me, ora, ma vale la pena tentare.

Mentre mi dirigo verso di lei, controllo il mio cellulare. Scopro di aver ricevuto dei messaggi da varie persone, tra cui Oliver.

Dove sei? è ciò che lui ha risposto ai miei messaggi da psicopatica.

Il calore si diffonde nel mio petto. Posso leggere tra le righe di quella risposta. Sarebbe venuto a cercarmi e a parlarmi/baciarmi, per farmi tornare il buonsenso.

Evviva!

Un altro messaggio è da parte di Blue:

Brett è con la polizia, ora. Non aspettarti che veda la libertà per un bel pezzo.

Un altro messaggio è del nonno, con praticamente lo stesso contenuto di quello di Blue, ma con maggiori imprecazioni su Brett.

Mi sento leggera, mentre cammino. Per una che potrebbe aver mandato all'aria le sue possibilità di ottenere il lavoro a Octoworld, mi sento estremamente felice.

Quando raggiungo Ezra, lei mi stupisce, facendomi l'occhiolino (il che è molto da migliore amica e niente affatto da potenziale datrice di lavoro).

"Sembrava un affare tremendamente urgente quello di cui ti dovevi occupare" mi dice con un sorriso, facendosi aria con le mani. "La temperatura nella stanza potrebbe essere salita di qualche grado."

Sorrido con aria imbarazzata. "Spero capirai perché sarebbe meglio se io lavorassi in un posto diverso da Sealand."

"Parliamo di questo" mi propone; la conversazione si trasforma rapidamente in un colloquio informale.

In men che non si dica, stiamo legando grazie al nostro amore per i polpi: un ottimo inizio. A metà del colloquio, sembra che io l'abbia impressionata con le mie invenzioni e idee (o, almeno, presumo che sia così), perché, alla fine, mi offre un lavoro.

"Accetto!" sbotto.

Lei sogghigna. "Non vuoi sapere quanto è la paga?"

Merda! Sospiro. "Suppongo che questo non abbia favorito la mia posizione di negoziazione, vero?"

Il suo viso diventa serio. "Credo nel remunerare le persone in modo equo. Che cosa ne pensi di questo?" Tira fuori il suo biglietto da visita e ci scrive sopra una cifra, che è del trenta per cento superiore a quella che mi paga Sealand (e già quella era generosa).

Dato che non me la sono giocata bene prima, non mi curo di nascondere la mia euforia adesso (anche se resisto all'impulso di saltellare su e giù per la gioia).

"Se questo non ti convince" prosegue lei, "Mi sembra di capire che hai un tuo polpo, che vorresti fosse ospitato a Octoworld? Sarò felice di provvedere e di coprire tutte le spese di trasloco."

La fisso a bocca aperta. "Come fai a…"

"Oliver" spiega lei. "Mi ha chiesto di dargli uno dei residenti di Octoworld, in cambio, il che non è un problema."

Non posso crederci. Sarò circondata da polpi, guadagnerò di più e potrò vedere Beaky ogni giorno.

"Sei molto persuasiva" affermo con un ampio sorriso. "Se anche avessi avuto qualche esitazione a lavorare per te (cosa che non avevo), accetterei sicuramente l'incarico, adesso. Grazie mille."

Lei ricambia il sorriso. "Non vedo l'ora di lavorare con te. Adesso, però, credo che ci siano altri affari tremendamente urgenti che ti aspettano."

Mi giro, per seguire il suo sguardo, e incontro gli occhi ciani di Oliver.

"Vado a occuparmene subito" dico a Ezra, per poi fiondarmi da lui.

"Ti va di fare due passi?" mormora, tendendomi la mano. "Siamo vicini a un posto stupendo, che volevo mostrarti."

"Certo." Gli prendo la mano. Mentre mi conduce fuori, afferro un paio di stuzzichini e li ingoio senza masticare.

Quando raggiungiamo l'uscita, mi rendo conto che c'è un problema enorme e mi fermo. "Non ho la crema solare."

Lui inarca le sopracciglia. "Com'è possibile?"

"Sono partita di corsa. Si può dire che fossi distratta."

Sorride con aria consapevole. "Penso che sia il destino." Con mio stupore, tira fuori dalla tasca un flacone di crema solare… della mia marca preferita. "Ho preso a cuore le tue parole e, d'ora in poi, la userò regolarmente" mi spiega.

Mi limito a fissarlo. Qualcuno può davvero essere un esemplare maschile così perfetto?

"Vuoi il mio aiuto per applicarla?" mormora.

Annuisco, senza parole, e lui mi spalma la crema solare, toccandomi il viso, il collo e le braccia (e provocandomi esplosioni orgasmiche).

"Va bene così?" mi chiede, quando sono coperta da uno spesso doppio strato.

"Ottimo" sussurro. "La migliore applicazione di sempre."

Lui sogghigna, mette via la crema solare e mi prende per mano ancora una volta.

La nostra destinazione si rivela essere un ponticello sopra un laghetto koi circondato dal verde, con pesci giganti che, probabilmente, sono stati nutriti eccessivamente dai turisti.

In altre parole, un posto abbastanza romantico per le foto di nozze.

Alzo lo sguardo dal laghetto e fisso gli occhi di Oliver. "Dovremmo parlare."

"Certo." Con la mano che mi sta ancora tenendo, mi tira verso un altro bacio capace di incenerirmi le mutandine.

"Wow!" ansimo, quando ci stacchiamo. "Sei stato davvero convincente. Comunque, volevo scusarmi per…"

"Non farlo." Mi preme un dito sulle labbra. "Considera la questione dimenticata."

"D'accordo, ma posso almeno dirti grazie? Per la sorpresa della sirena e per aver organizzato tutto con Ezra. A proposito, ho ottenuto il lavoro."

"Non c'è di che. In quanto al lavoro, non avevo dubbi che ci saresti riuscita."

Stavolta, lo bacio *io* (e, se non fossimo in un luogo pubblico, la mia gratitudine sarebbe molto più vietata ai minori). Per come stanno le cose, mi stacco con riluttanza e gli sistemo la cravatta.

"C'è un'altra cosa" mormoro, alzando lo sguardo su di lui.

I suoi occhi scintillano. "Anch'io ho un'altra cosa da dirti, ma prima le signore."

"Bene." Mi schiarisco la gola, secca come il deserto. "Ho capito che provo qualcosa per te. Sentimenti non diversi da quelli che un polpo prova per i gamberi."

Un sorriso sexy gli incurva le labbra. "Che

coincidenza! Stavo per dirti che anch'io provo qualcosa per te. I miei sentimenti non sono diversi da quelli che un lamantino prova per la lattuga romana."

Wow! I lamantini *amano* la lattuga romana...

Lui mi prende il viso tra le mani. "Olive you."

Oh.Mio.Dio.

Fabio è riuscito a corrompere un'altra vittima con i suoi giochi di parole infernali.

Pizzico delicatamente la spalla di Oliver. "Se ti aspetti che ti dica: 'Olive you, too' o 'I Oliver you', sappi che non accadrà." Poso le mani sopra le sue, premendomele più strette al viso. "Ma ti dirò che anch'io ti amo."

Per suggellare la dichiarazione, ci baciamo di nuovo.

E, poi, di nuovo.

E, poi, cento volte ancora.

Epilogo
OLIVER

Dove diavolo è?

Scruto l'atrio ancora una volta.

No. Mio fratello è ancora introvabile.

Forse, si è confuso sul luogo d'incontro?

Mi dirigo verso Octoworld a passo svelto. L'ultima cosa che voglio è arrivare in ritardo per colpa di mio fratello.

Mentre attraverso le sale di Octoworld, non per la prima volta, spero davvero (davvero!) che nessuno nella famiglia di Olive abbia la fobia dei polpi. Sono abbastanza sicuro che i miei parenti siano a posto, anche se dubito che quelle teste di rapa dei miei fratelli ammetterebbero di avere paura dei molluschi, siano vongole o polpi.

Ripensandoci, sarà per questo che Ash è scomparso? Si starà rannicchiando in un angolo, paralizzato dallo sguardo di un polpo? Pur di assistere a questo, forse, varrebbe la pena arrivare in ritardo.

Decido di tornare nell'atrio. Lungo il tragitto, vedo

dappertutto gli interventi della mia *kelpcake*. Il mio preferito è probabilmente l'allestimento attualmente alla mia sinistra, dove due polpi in vasche adiacenti stanno lanciando frisbee contro il vetro che li separa. Olive l'ha realizzato, dopo aver scoperto quanto le sue creature si divertano ad assalire i membri della loro specie con oggetti a caso. Ezra è fortunata a non essere Jane Goodall, perché ciò renderebbe questo posto Chimpworld e i frisbee sarebbero feci.

Correzione. *Ecco* la mia invenzione preferita. Beaky sfreccia in una piccola vasca mobile, che lui è in grado di controllare con le braccia, come una bicicletta ultraterrena. Con una prodezza degna di un ingegnere della NASA, Olive ha costruito questo veicolo-acquario in modo che possa agganciarsi alla vasca più grande, ossia la vera dimora di Beaky; molte persone, ora, vengono a Octoworld solo per ammirare questa meraviglia.

Quando torno nell'atrio, non vedo ancora alcun segno del mio testimone.

Perché ho pensato che oggi sarebbe stato diverso? Perché ho immaginato che, finalmente, lui avrebbe preso qualcosa sul serio?

Un gemito estatico proveniente dal vicino ripostiglio interrompe le mie riflessioni, sempre più arrabbiate.

Sul serio? Di nuovo?

Furioso, mi dirigo lì a grandi passi e apro la porta del ripostiglio, prima di poter riflettere sulle mie azioni.

Per fortuna, avevo ragione. A guardarsi alle spalle con aria compiaciuta è mio fratello e non (diciamo) uno dei miei futuri suoceri.

Insolitamente, Ash sta facendo il gentiluomo (o è così, oppure sta bloccando la mia visuale sulla sua partner per puro caso).

Poi, vedo un vestito da damigella d'onore sul pavimento. Merda! Non ci vuole Sherlock per capire che si stava sbattendo Ezra. Ho detto ai miei fratelli e amici che, se si azzardano anche solo a guardare qualcuna che assomigli lontanamente a Olive, gli taglierò le palle; quindi, Ezra è l'unica damigella che non sia strettamente off-limits.

"Siamo in ritardo" abbaio, richiudendo la porta.

Dopo un minuto, Ash esce dal ripostiglio. "Fratello, ti dispiace accompagnarmi in bagno?"

Aggrotto la fronte. "Da quando sei così in contatto con il tuo lato femminile?"

Lui rivolge un cenno in direzione del ripostiglio. "Non fare lo stronzo."

Ah. Vuole dare alla sua amica (e gli conviene che sia Ezra) la possibilità di sgattaiolare via, senza dovermi affrontare.

D'accordo. Senza rispondere, m'incammino verso il bagno vicino.

"Grazie" dice lui ad alta voce, prima di raggiungermi.

Dato che siamo qui, io uso i servizi e lui pure. Quando abbiamo finito, lo fulmino. "È meglio per te che quella non fosse una delle sorelle Hyman."

"Non parlo delle mie conquiste" replica. Poi, vedendo lo sguardo omicida nei miei occhi, aggiunge: "Non lo era."

Povera Ezra!

"Siamo in ritardo" ringhio. "Sbrigati!"

Apro la porta e mi incammino a grandi passi in direzione dell'atrio.

"Rallenta!" mi dice Ash, raggiungendomi. "Non possono iniziare senza di te."

Scuotendo la testa, salgo sul tappeto rosso che qualcuno ha steso per questa occasione.

Fiù! Lei non è ancora arrivata. Ash può vivere un altro giorno.

Calpestando un petalo, sorrido. Tofu era l'incaricato dei fiori e sembra che abbia fatto il suo dovere, da bravo cagnolino.

Mentre cammino, vedo i miei parenti e i miei amici sulla destra, quelli di Olive sulla sinistra.

In fondo alla sala, c'è l'altro mio fratello con il resto dei miei testimoni e, di fronte a loro, ci sono le sorelle di Olive, oltre a Ezra (il cui aspetto trasandato conferma il mio precedente sospetto).

Evito di guardare direttamente le cinque gemelle Hyman identiche. Anche se riesco facilmente a distinguere Olive da loro, le altre si assomigliano in modo inquietante, nonostante le diverse acconciature e il trucco. Persino le due gemelle Hyman più grandi assomigliano molto alle altre, specialmente con gli abiti da damigella coordinati che indossano tutte, quindi è come se ce ne fossero sette uguali.

Ah, e dove dovrebbe stare un prete, c'è Fabio, il nostro officiante.

Aspettate. Non è corretto da parte mia. Fabio oggi è un prete. Per uno scherzo andato un po' troppo oltre, lui è stato consacrato dalla Prima Chiesa Unita di

Cthulhu: un'autentica organizzazione religiosa registrata in Arizona.

Proprio così! E poi prendono in giro la Florida...

Avvistandomi, Fabio esegue un saluto ufficiale cthulhico, denominato "il saluto dei tentacoli sul mento": si copre la bocca con le dita allargate e le fa tremare.

Prendo posto e mi unisco a tutti nel fissare l'entrata da cui arriverà la sposa.

Il cuore comincia a martellarmi nel petto.

Ci siamo. Tutti gli altri passi (ammettere il nostro amore, andare a vivere insieme, fidanzarci) hanno portato a questo: un matrimonio circondato dai nostri cari... e dai polpi.

Riff di chitarra piacevolmente inquietanti suonano al posto della solita Marcia Nuziale. Sono i Metallica e la canzone si chiama "The Call of Ktulu." Hanno scritto il nome del Grande Antico in modo errato, perché si dice che scriverlo correttamente faccia avvicinare la bestia, quindi hanno deciso di non sfidare la sorte.

I genitori di Olive entrano per primi. Poi, suo padre tiene aperta la porta e la mia sposa entra maestosamente nella sala.

Tutti sussultano, mentre io la guardo a bocca aperta. Non mi ha permesso di vederla, prima della cerimonia, quindi l'unica cosa che sapevo è che lei adora il suo vestito.

Ora, non riesco a staccarle gli occhi di dosso.

È stupenda come la prima volta che l'ho incontrata, ma, oggi, c'è uno splendore etereo nei suoi bellissimi lineamenti. I suoi capelli biondo fragola risplendono nell'intricata pettinatura, i suoi occhi verdi brillano e la sua pelle chiara ha un bagliore perlaceo, che mi fa venire voglia di leccarla tutta.

In quanto al vestito, anch'io lo adoro. Mette in mostra ogni sua curva in modo così esperto, che un afflusso di sangue sgradito si riversa nel mio cazzo.

Sta' giù, ragazzo! C'è troppa gente che guarda. Aspetta il momento propizio. Avrai la tua occasione tra qualche ora.

Per la nostra prima notte di nozze, io e la mia *kelpcake* impareremo come funziona la riproduzione delle sirene. Attenzione allo spoiler: non c'è di mezzo il caviale.

No. Pensare alla notte di nozze non è la migliore delle idee.

Comincio a pensare a cose poco sexy, come le fuoriuscite di petrolio, le alghe della marea rossa e il pesce blob. Questo sembra funzionare. Il cosiddetto Aqua-manico (nome in codice) torna a riposo, per il momento, così mi arrischio ad ammirare il resto della mia sposa.

Guarda caso, indossa un abito in stile sirena, anche se non del genere tipico. Questo ha delle squame al di sotto della vita ed è la cosa più simile all'indossare una coda da sirena al proprio matrimonio, pur restando in grado di camminare.

Sorrido. Dubito di essere l'unico dei due a combattere la propria libido, in questo momento. Quando la mia *kelpcake* indossa una coda da sirena, si trasforma in una bestiolina arrapata, nel miglior senso possibile. C'è un motivo, se le ho regalato tante di quelle code (una per ogni festività, persino nella Giornata della Bandiera).

Quando mi raggiungono, il padre di Olive mi fa l'occhiolino, scatenandomi un flashback dei suoi massaggi nel Giorno del Ringraziamento. Sua madre sussurra a entrambi qualcosa di incoraggiante, che non riesco a capire. Probabilmente, qualcosa del tipo: "Il matrimonio consiste nel dare e ricevere quanti più orgasmi umanamente possibile" oppure "gli orgasmi aiutano i maiali a concepire, quindi perché non anche gli esseri umani?"

"Se posso avere l'attenzione di tutti" esordisce Fabio al microfono, con la voce solenne di un ministro di Cthulhu. "L'ora della resa dei conti è arrivata."

Guardo Olive e mi sento come se il cuore potesse saltarmi fuori dal petto (come un salmone durante la stagione della deposizione delle uova).

"Cari esseri eterei" dice Fabio alla folla. "Siamo qui riuniti, oggi, per assistere all'unione di due entità celesti in una tradizione senza tempo, che noi sacchi di carne umana chiamiamo 'matrimonio'. "Le sue virgolette mimate sembrano i tentacoli contorti di uno dei cartoni animati della nonna di Olive.

Io e Olive ci scambiamo dei sorrisi complici. Fabio era chiaramente alla ricerca di qualche opportunità di recitazione non-porno e si sta davvero calando nel ruolo.

"L'ottantacinque per cento del nostro vasto universo è materia oscura" Fabio sposta il microfono da una mano all'altra, "e noi non siamo altro che minuscoli puntini di luce, che brillano in quel vuoto infinito e freddo."

Sì. Bello allegro, proprio come dovrebbero essere i riti.

Fabio avvicina il microfono al viso, come se stesse per leccarlo cerimoniosamente. "Le nostre deboli menti dovrebbero stupirsi dinnanzi all'improbabilità che l'entità celeste Olive e l'entità celeste Oliver arrivino a questo punto; eppure, eccoci qui, in procinto di assistere al fatto che l'universo indifferente diventi appena un po' più caldo e infinitesimamente meno ostile."

Allontanando il microfono, dice con la sua voce normale: "Gli anelli, gente. Su, su!"

Ash mi porta l'anello, mentre Ezra fa altrettanto con Olive.

Fabio parla di nuovo al microfono. "Come abbiamo appreso dal famoso documentario sugli hobbit e Sauron (il quale, in realtà, non è altri che un tirapiedi del Vero Signore, Cthulhu), gli anelli hanno un grande potere." Con un'inquietante imitazione della voce di Gollum, aggiunge: "Scambiatevi i rispettivi Tesssori."

Faccio un passo avanti e infilo il mio anello sul dito delicato di Olive. Ops! I nostri palmi si sfiorano e io devo comporre un altro soliloquio calmante per il mio cazzo, mentre lei mi mette l'anello al dito.

I nostri sguardi si incontrano e, in questo, c'è una definitività inebriante. La sensazione di qualcosa come il destino.

"Ora" continua Fabio. "L'entità di nome Olive accetta l'entità di nome Oliver come suo legittimo sposo?"

Gli occhi di lei brillano più intensamente. "Lo voglio."

"L'entità di nome Oliver accetta l'entità di nome Olive come sua legittima sposa?"

Mi sento iper-consapevole, come se avessi fatto il pieno di anfetamine. "Lo voglio."

Fabio annuisce solennemente e fa ancora una volta il saluto dei tentacoli sul mento. "Così sia. Per il potere conferitomi dallo Stato della Florida, dal Dio Imperatore delle Vasche e, naturalmente, dai benedetti tentacoli di Cthulhu, vi dichiaro marito e moglie."

Sorrido, mentre un calore si irradia in tutto il mio corpo.

Ecco.

È ufficiale.

Lei è mia.

"Puoi baciare l'entità sposa" mi concede Fabio, e io eseguo.

La bacio, dandole tutto me stesso, tra gli applausi generali.

Anteprime

Grazie per aver partecipato al viaggio di Olive e Oliver!
Se vi è piaciuta la loro storia d'amore, vorrete
sicuramente leggere *Amore a prima annusata*, la storia di
Lemon e del suo bel ballerino di danza classica.

Cerchi altre commedie romantiche spassose? Se non
l'hai già fatto, devi assolutamente conoscere la famiglia
Chortsky nella serie *Hard Stuff*:

- *Hard Code – Codice Duro* – Una storia d'amore
  tra nerd sul posto di lavoro, che narra le
  vicende dell'eccentrica tester di software
  Fanny Pack e del suo misterioso capo russo,
  Vlad Chortsky.
- *Hard Ware – Arnese Duro* – L'esilarante storia
  di Bella Chortsky, sviluppatrice di giocattoli
  erotici, e Dragomir Lamian, potenziale
  investitore nella sua prossima grande
  impresa.

- *Hard Byte – Lavoro duro* – Una commedia romantica incentrata su Holly, un'anglofila ossessionata dai numeri primi, che stringe un patto col Diavolo (alias Alex Chortsky) per salvare il progetto dei propri sogni.

E se non ne avete mai abbastanza delle sorelle Hyman, date un'occhiata anche a:

- *Royally Tricked – Inganno regale* – Una storia d'amore piccante e regale, che vede protagonisti il temerario principe Tigger e Gia Hyman, una maga germofobica e ossessionata dal cinema.
- *Femme Fatale* – Una commedia romantica di spionaggio con l'aspirante femme fatale Blue Hyman e un (potenziale) agente russo sexy.

Se desiderate ricevere una notifica quando il prossimo libro verrà pubblicato, iscrivetevi alla mia mailing list delle nuove pubblicazioni sul sito www.mishabell.com/it/.

Misha Bell è una collaborazione tra marito e moglie, gli autori Dima Zales e Anna Zaires. Quando non ti stanno facendo sbellicare dalle risate sotto lo pseudonimo di Misha, Dima scrive romanzi di fantascienza e fantasy, mentre Anna scrive storie d'amore dark e contemporanee.

E ora, voltate pagina per un breve assaggio di *Femme Fatale* e *Il Titano di Wall Street* di Anna Zaires.

Estratto de Femme Fatale

DI MISHA BELL

Mi chiamo Blue (ma non ho il sangue blu) e sono un'apprendista femme fatale. Il mio obbiettivo è entrare nella CIA. Sfortunatamente, ho un problemino con gli uccelli… la cosa più simile al mio sogno che sono riuscita a ottenere è lavorare per un'agenzia governativa, che è inquietantemente aggiornata sui messaggini piccanti di tutti, sulle invettive nei gruppi privati su Facebook, nonché sulle ricette di famiglia segrete per preparare i biscotti al cioccolato.

So di essere un cliché dello spionaggio: un'agente dietro la scrivania che brama il lavoro sul campo. Tuttavia, ho un piano: mi infiltrerò nel segretissimo Hot Poker Club, dove ho notato uno sconosciuto misterioso e sexy, che credo fermamente essere una spia russa.

E una volta dentro? Non dovrò fare altro che sedurre la presunta spia senza innamorarmi di lui, per poter rivelare la sua vera identità e dimostrare le mie abilità di femme fatale alla CIA. Non perdo mai la concentrazione sul lavoro, perciò questo sarà un gioco da ragazzi per me. Oh, ho già accennato al fatto che lui è sexy?

Lo sto facendo per il mio paese, non per le mie ovaie, lo giuro!

ATTENZIONE: Ora che hai finito di leggere, il tuo dispositivo si autodistruggerà tra cinque secondi.

———

Infilo il dito nell'ano in silicone di Bill.

"Ma che diavolo!" esclama Fabio con un sussurro inorridito. "Quello si chiama infilzare. Devi essere delicata. Amorevole."

Grugnendo per la frustrazione, tiro via la mano di scatto.

L'ano di Bill produce un rumore di risucchio ingordo.

"Vedi?" dico. "Gli manca il mio dito. Non poteva essere poi *così* terribile."

"Senti, Blue." Fabio stringe gli occhi ambrati verso di me. "Vuoi il mio aiuto o no?"

"D'accordo." Mi lubrifico il dito ed esamino il mio obiettivo ancora una volta. Bill è un torso di silicone senza testa con gli addominali, un culo e un cazzo duro (o è un dildo?) che sporge, almeno di solito. In questo momento, quel povero arnese è schiacciato tra l'addome di Bill e il mio divano.

"Fai finta che sia la tua fica." Fabio storce il naso con disgusto. "Sono sicuro che *quella* non la colpisci come un pulsante dell'ascensore."

"Di solito, mi strofino il clitoride, quando mi masturbo" mormoro, mentre aggiungo altro lubrificante al mio dito. "O uso un vibratore."

Fabio simula il rumore di un conato di vomito. "Non mi paghi abbastanza, per ascoltare schifezze del genere."

Con un sospiro, faccio roteare il dito in modo seducente intorno all'apertura posteriore di Bill per alcune volte, poi inserisco lentamente solo la punta dell'indice.

Fabio annuisce, quindi spingo il dito più in profondità, fermandomi quando la prima nocca è dentro.

"Molto meglio" commenta lui. "Ora, mira tra il suo ombelico e il suo uccello."

Rabbrividisco. Odio la parola "uccello" (così come tutto quello che riguarda i volatili). Tuttavia, faccio come mi viene ordinato.

Fabio scuote drammaticamente la testa. "Non piegare il dito. Non stai mica facendo cenno a qualcuno di avvicinarsi."

Tiro fuori il dito e ricomincio da capo.

Stavolta, il mio dito entra dritto come un'asta.

"Oh!" esclamo, quando arrivo alla profondità di due nocche. "C'è qualcosa lì. Sembra una noce."

Fabio sbuffa. "Quella *è* una noce, sciocchina. L'ho infilata lì dentro a scopo educativo. La prostata (o punto P) si trova all'incirca dove stai toccando adesso, ma quella vera è più morbida e liscia. Ora che l'hai trovata, massaggiala delicatamente."

Mentre do piacere alla noce di Bill, Fabio scuote il manichino per simulare come si comporterebbe un uomo reale. Poi, si mette anche a dare la voce a Bill, usando tutta la sua abilità di recitazione da pornodivo.

'Bill' mugola e geme fino ad avere, come dice Fabio: "un orgasmo prostatico che li domina tutti."

Estraggo il dito ancora una volta. Provo sentimenti contrastanti riguardo al mio risultato.

Fabio mi afferra il mento e mi solleva il viso. "Mostrami la lingua."

Sentendomi come se avessi cinque anni, tiro fuori la lingua fino in fondo.

Lui scuote la testa con disapprovazione. "Non abbastanza lunga."

Ritraggo la lingua. "Abbastanza lunga per cosa?"

"Per raggiungere la noce, ovviamente." Sospira teatralmente. "Suppongo che dovrò lavorare con quello che ho."

Uff! Posso schiaffeggiarlo? "Che ne dici di lavorare al suo pene?"

Con un altro sospiro, lui capovolge Bill. "Hai preso quelle pastiglie, come ti avevo detto?"

Non per la prima volta, mi sovvengono dei dubbi sul mio istruttore. L'obiettivo di questa formazione è semplice: voglio diventare una spia, il che significa acquisire abilità di seduttrice/femme fatale. Pensate al personaggio di Keri Russell in *The Americans*. Secondo il suo retroscena in quella serie, lei aveva frequentato un'inquietante scuola di spionaggio, che insegnava

ESTRATTO DE FEMME FATALE

tecniche di seduzione. Infatti, tali scuole sono comuni nei film sulle spie russe; l'ultima compariva in *Anna*. Purtroppo, queste scuole sono più difficili da trovare nella vita reale. Così, ho pensato di assumere una professionista, ma la prostituta a cui avevo chiesto aiuto si è rifiutata. Idem le pornostar che avevo contattato sui social media. Come ultima risorsa, mi sono rivolta a Fabio, un amico d'infanzia che adesso fa il pornodivo. Lavorando nell'ambiente del porno gay, sostiene di saper soddisfare un uomo meglio di quanto farebbe qualsiasi donna.

"Sì, ho succhiato le pastiglie" rispondo. "Ho la gola intorpidita e riesco a malapena a sentirmi la lingua."

"Ottimo. Ora, infilati tutto quel pene in gola." Fabio indica Bill.

Scruto la lunghezza di Bill con apprensione. "Ne sei sicuro? Le pastiglie non renderebbero il pene insensibile? Se Bill fosse reale, intendo."

Lui solleva un sopracciglio. "Bill?"

Mi stringo nelle spalle. "Ho pensato che, se ho rapporti con lui, non dovrebbe essere anonimo."

Fabio mi dà una pacca sulla spalla. "Le pastiglie servono solo a darti un po' di fiducia in te stessa. Quando avrai visto che ci entra tutto, sarai più rilassata per l'esperienza reale, così non avrai bisogno di anestetizzanti. Non preoccuparti. Ti insegnerò la respirazione corretta e tutto il resto. Diventerai una professionista in men che non si dica."

"D'accordo." Mi tolgo la parrucca sexy e la appoggio sul divano. Prima che Fabio dica qualcosa, gli assicuro che la terrò addosso durante un incontro reale.

Sentendomi ormai a mio agio, mi chino in avanti e prendo Bill in bocca, il più a fondo possibile.

Le mie labbra toccano la base di silicone. Wow! Così è più a fondo di quanto io sia mai riuscita a prendere in bocca i miei ex (che non erano poi così dotati!). Il mio riflesso faringeo è sensibile. Di solito, persino lo spazzolino da denti mi dà fastidio, quando lo uso per pulirmi la lingua. Grazie all'anestetico, però, il dildo di silicone è entrato fino in fondo.

Questo è interessante. Le pastiglie potrebbero aiutarmi anche a resistere all'annegamento simulato? Se voglio diventare una spia, devo imparare a resistere alla tortura, nell'eventualità in cui mi catturino. Naturalmente, l'annegamento simulato non è la mia maggiore preoccupazione. Se il nemico avesse accesso a un'anatra (o a un qualsiasi uccello, in effetti), spiffererei tutti i segreti di stato, pur di tenere quella mostruosità piumata lontano da me.

Sì, ok, forse la CIA aveva effettivamente una buona ragione per rifiutare la mia candidatura. Ripensandoci, in *Homeland* (un'altra delle mie serie preferite), hanno lasciato che Claire Danes rimanesse alla CIA con tutti i *suoi* problemi (il che mi ricorda che devo esercitarmi a far tremare il mento a comando).

Fabio mi dà una pacca sulla spalla. "Basta così."

Mi stacco e ingoio una sovrabbondanza di saliva. "Non è stato poi così male. Devo provare di nuovo?"

Lui scuote la testa. "Credo che tu abbia bisogno di una spinta motivazionale."

So di cosa sta parlando, perciò tiro fuori il cellulare.

"Sì!" Si sfrega le mani come un cattivo dei primi film di James Bond. "Mostrami di nuovo la foto."

Apro l'immagine di nome-in-codice: Mr. Spia Sexy.

Un agente dell'FBI sotto copertura ha scattato questa foto, perché stava dando la caccia a uno degli uomini raffigurati, ma non al mio bersaglio. No. Tutti pensano che Mr. Spia Sexy sia solo un tizio qualunque, ma *io* ritengo che sia un agente russo.

Fabio fischia. "Un bel manzo di prima scelta."

È vero. Nella foto, alcuni uomini dall'aspetto estremamente invitante sono seduti intorno a un tavolo, all'interno di una *banya* in stile russo (un ibrido tra un bagno turco e una sauna); indossano solamente degli asciugamani e, nel caso di Mr. Spia Sexy, un paio di occhiali da sole da aviatore non riflettenti, che devono avere una sorta di rivestimento anti-appannamento. Tutti con i muscoli scintillanti, imperlati di sudore, sembrano un sogno erotico diventato realtà.

"Stanno giocando a poker" affermo. "Ecco perché sto prendendo lezioni."

"Già, l'avevo dedotto, visto che la foto è intitolata Hot Poker Club." Fabio enuncia le ultime tre parole con aria eccitata. "Ti rendi conto che sembra il titolo di uno dei miei film?"

Mi stringo nelle spalle. "Un agente dell'FBI ha nominato così quest'immagine, non io. Stavano inseguendo un altro tizio che era presente in quella stanza, e io li ho aiutati in nome della collaborazione tra agenzie."

Fabio picchietta lo schermo per zoomare su Mr. Spia Sexy. "E lui è quello che insegui tu?"

Annuendo, divoro l'immagine con gli occhi ancora una volta. Tra gli uomini di quel gruppo dall'aspetto già impressionante, Mr. Spia Sexy ha i muscoli più sodi e la mascella più marcata. I suoi tratti maschili cesellati sono vagamente slavi (elemento che mi ha fatto inizialmente sospettare di lui). Ha i capelli biondo scuro, sani come quelli delle pubblicità degli shampoo. Nemmeno le mie parrucche sono così belle.

Se dovessi scoprire che quest'uomo è il risultato del tentativo di genetisti sovietici di creare il perfetto esemplare maschile/super-soldato/agente operativo, non ne sarei sorpresa. Né sarei scioccata di scoprire che lui è stato l'ispiratore dell'equivalente russo di una bambola di Ken. Persino se non lo ritenessi una spia, m'infiltrerei in quella partita di poker, solo per strappargli via quegli stupidi occhiali e vedere i suoi occhi. Anche se me li immagino…

"Stai sbavando" mi dice Fabio. "Non che possa biasimarti."

Per poco non mi strozzo con la saliva traditrice. "No, invece."

"Già, certo. Sii onesta: gli dai la caccia perché potrebbe essere una spia o perché vuoi sposarlo?"

"La prima opzione." Nascondo il cellulare. "Spia o meno, il matrimonio è fuori questione per me. Il mio attuale atteggiamento verso le relazioni ha lo stesso acronimo dell'agenzia per cui lavoro, la NSA: Niente Storie d'Amore. Ma non si tratta di questo, comunque. Se smascherassi da sola una spia, la CIA dovrebbe inevitabilmente prenderne atto e riconsiderare il rifiuto della mia candidatura. E anche se non mi assumessero, avrò reso l'America più sicura. Le spie russe sono tuttora tra le maggiori minacce alla nostra sicurezza nazionale."

"Certo, certo" commenta Fabio. "E la sua figaggine non ha niente a che vedere con il fatto che ti sia concentrata su di lui, nello specifico."

Aggrotto la fronte. "La sua figaggine è il motivo per cui lui è l'agente perfetto. Pensa a James Bond. Pensa a Tom Cruise in *Mission Impossible*. Pensa a..."

Fabio alza le mani, come se minacciassi di spargli. "La signora protesta troppo, mi sembra."

Indico il fallo di silicone. "Dovrei riprovare? Credo che l'intorpidimento stia svanendo."

Per qualche ragione sconosciuta, mi sento super motivata a fare un pompino a qualcuno.

Fabio tira fuori il proprio cellulare. "Certo. Tu fa' pratica, ma io devo scappare. Il mio appuntamento su Grindr mi aspetta."

Mi mostra la foto di un pene.

"Amico" commento. "Non sei già abbastanza attivo al lavoro?"

Fabio dà un colpetto scherzoso al membro eretto di Bill, che oscilla avanti e indietro come un pendolo birichino. "Ecco perché ringrazio il cielo di essere attratto dagli uomini. Il loro appetito sessuale è molto più forte."

"Questo è sessista. Solo perché le donne non scopano tutto quello che si muove non significa che abbiano un appetito sessuale debole."

Lui dà un'altra toccatina alla mascolinità di Bill (o dovrei chiamarla manichinità?). "Se il tuo uccello e il tuo buco del culo non sono sempre indolenziti, il tuo appetito sessuale è carente. Questo è quanto."

Rabbrividisco di nuovo. Che cos'hanno in comune gli uccelli (macchine assassine che sono!) con i peni? Perché non chiamare l'organo maschile pitone, wurstel o salsiccia? Ciascuno di questi nomignoli sarebbe più appropriato.

Fabio sogghigna e dà l'ennesimo colpetto all'appendice in questione. "Scusa se ho detto 'uccello'. Sono proprio un…"

Prima che lui possa concludere la frase, una macchia di pelo gli passa accanto. Un gigantesco felino atterra sugli addominali scolpiti di Bill e, con gli artigli affilati come rasoi, colpisce il fallo simile a un pendolo.

Gridando in falsetto, Fabio si allontana dalla scena del crimine d'odio in corso.

Il proprietario degli artigli è il mio gatto, Machete, che (a quanto pare) non ha ancora finito, perché conficca gli artigli su ciò che rimane della 'manichinità' di Bill.

"Questo è semplicemente osceno!" Fabio incrocia le gambe, come se avesse urgenza di andare a fare pipì. "Dovresti portare il tuo gatto da uno psicologo."

Come se avesse capito quello che il mio amico ha appena detto, Machete gli lancia uno sguardo felino carico d'odio.

Come al solito, posso immaginare cosa direbbe, in un mondo da incubo, dove i gatti sanno parlare:

Il maschio di silicone non è riuscito a sfuggire a Machete. Quello più morbido e carnoso sarà il prossimo.

"Vieni qui, tesoruccio" mormoro, chinandomi per prendere il gatto.

Machete deve sentirsi estremamente magnanimo quest'oggi, perché mi permette di tenerlo in braccio e conservare gli occhi.

Fabio ridacchia e io gli lancio uno sguardo interrogativo.

"Il tuo gatto stava cercando di *Kill Bill*" spiega.

Machete sibila contro Fabio.

Machete non lo trova divertente. Uma Thurman ha grandi capacità, ma non può competere con Machete.

Sogghigno. "Deve averti sentito definire quel pene un uccello." Indico con un gesto la sorte sventurata di Bill. "Il mio tesoruccio mi protegge dagli uccelli." Accarezzo il pelo setoso di Machete e vengo ricompensata con delle fusa profonde. "All'inizio, quando l'ho adottato, ha ucciso per me quello che si è rivelato essere un cuscino d'oca."

Fabio adocchia la porta. "So solo che ha l'aspetto di uno che ha combattuto in molte risse di strada clandestine, prima che tu lo adottassi. E che ha perso parecchi scontri."

È vero. Machete aveva un aspetto persino peggiore, quando mi sono imbattuta in lui al rifugio per animali. È stata anche l'unica volta che ricordo di averlo visto in qualche modo vulnerabile.

Inutile dire che ho usato le mie risorse di lavoro per rintracciare i suoi precedenti proprietari e, poco dopo, sono misteriosamente finiti su una lista nera di divieto d'imbarco aereo... appena prima di una grande vacanza.

Interrompo per un momento le carezze al gatto, che sibila di nuovo contro Fabio.

"È meglio che io vada" dice quest'ultimo, indietreggiando.

Lo seguo. Una finestra di videochiamata si apre su uno dei miei monitor a muro. Sì, ho molteplici monitor a muro. La mia configurazione domestica è ispirata a tutti i film in cui le spie osservano qualcuno da una stanza di sorveglianza.

Dimenticando il pericolo rappresentato dal gatto, Fabio si ferma a guardare lo schermo. Se il mio amico fosse della razza di Machete, la curiosità lo avrebbe ucciso da tempo.

"È la mia videoconferenza con Gia e Clarice" gli spiego. "Puoi andare."

Fabio mette il broncio. "Chi è Clarice?"

"La mia insegnante di poker" rispondo. "Vai."

Sembra sul punto di pestare il piede. "Ma voglio salutare la mia ragazza, Gia."

"D'accordo." Accetto la videochiamata e Gia appare sullo schermo insieme a Clarice.

———

Volete continuare a leggerlo? Visitate
www.mishabell.com/it/.

Estratto de Il Titano di Wall Street

DI ANNA ZAIRES

Un miliardario che vuole una moglie perfetta...

Il trentacinquenne Marcus Carelli ha tutto: ricchezza, potere e il tipo di look che lascia le donne senza fiato. Un miliardario che si è fatto da sé, dirige uno dei maggiori hedge fund di Wall Street ed è in grado di affossare le grandi società con una sola parola. L'unica cosa che gli manca? Una moglie che sarebbe una grande conquista come i miliardi sul suo conto bancario.

Una gattara che ha bisogno di un appuntamento...

Emma Walsh, impiegata ventiseienne in una libreria, è rinomata per essere una gattara. Non è esattamente d'accordo con tale valutazione, ma è difficile negare la realtà dei fatti. Vestiti logori ricoperti da peli di gatto? Ce li ha. Ultimo taglio di capelli professionale? Più di un anno fa. Oh, e tre gatti in un piccolo monolocale di Brooklyn? Sì, ha anche quelli.

E sì, non frequenta un ragazzo da... beh, non riesce nemmeno a ricordarlo. Ma quella parte può essere corretta. Non è a questo che servono i siti d'incontri?

Un caso di errata identità...

Un'elegante organizzatrice di incontri, un'app di incontri, un fraintendimento che cambia tutto... Gli opposti possono attrarsi, ma può durare?

————

Inspirando profondamente, entro nel ristorante e mi guardo intorno per vedere se Mark sia già lì.

Il locale è piccolo e accogliente, con dei séparé disposti a semicerchio attorno a un bancone. L'odore del caffè tostato e dei prodotti da forno mi fa venire l'acquolina in bocca e borbottare lo stomaco per la fame. Avevo intenzione di optare solo per un caffè, ma decido di prendere anche un cornetto; il mio budget dovrebbe bastare.

Solo alcuni séparé sono occupati, probabilmente perché è martedì. Esamino le persone, alla ricerca di chiunque possa essere Mark, e noto un uomo seduto da solo al tavolo più lontano. Non sta guardando nella mia direzione, quindi tutto quello che posso vedere è la sua nuca, ma ha i capelli corti e castano scuro.

Potrebbe essere lui.

Raccogliendo il coraggio, mi avvicino al séparé. "Scusa" dico. "Sei Mark?"

L'uomo si gira verso di me, e il battito schizza nella stratosfera.

La persona davanti a me non assomiglia affatto alle foto sull'app. Ha i capelli castani e gli occhi azzurri, ma questa è l'unica somiglianza. Non c'è nulla di arrotondato e timido nei lineamenti duri dell'uomo. Dalla mascella d'acciaio al naso simile a un falco, il suo viso è audacemente virile, con una sicurezza di sé stampata sopra che rasenta l'arroganza. Un accenno di barba gli copre le guance magre, facendo risaltare ancora di più gli zigomi alti, e le sopracciglia sono spesse strisce scure sopra i suoi penetranti occhi chiari. Anche seduto dietro il tavolo, sembra alto e potente. Le sue spalle sono larghe un chilometro nel completo cucito su misura, e ha le mani due volte più grandi delle mie.

Non è possibile che questo sia il Mark dell'app, a meno che non abbia trascorso un bel po' di tempo in palestra da quando sono state scattate quelle foto. Potrebbe essere così? Una persona potrebbe cambiare così tanto? Non ha indicato la sua altezza nel profilo, ma avevo ipotizzato che l'omissione significasse che non fosse un gigante, come me.

L'uomo che sto guardando non è affatto basso e sicuramente non indossa gli occhiali.

"Sono... sono Emma" balbetto, mentre l'uomo continua a fissarmi, con volto duro e imperscrutabile. Sono quasi certa che sia la persona sbagliata, ma mi sforzo di chiedere: "Sei Mark, per caso?"

"Preferisco essere chiamato Marcus" mi risponde scioccandomi. La sua voce è un profondo rombo maschile, che suscita qualcosa di primitivo e femminile dentro di me. Il mio cuore batte ancora più velocemente e i palmi iniziano a sudare, mentre si alza in piedi e dice senza mezzi termini: "Non sei quella che mi aspettavo."

"Io?" *Che diavolo sta succedendo?* Un'ondata di rabbia offusca tutte le altre emozioni, mentre osservo il maleducato gigante davanti a me. Lo stronzo è talmente alto che devo alzare il collo per guardarlo. "E tu? Non assomigli affatto alla persona nelle foto!"

"Suppongo che entrambi siamo stati ingannati" ribatte, con la mascella stretta. Prima che io possa rispondere, fa un gesto verso il séparé. "Tanto vale che ti siedi e pranzi con me, Emmeline. Non sono venuto fin qui per niente."

"Mi chiamo *Emma*" lo correggo, furiosa. "E no, grazie. Devo andare."

Le sue narici si dilatano e si sposta sulla destra per bloccarmi la strada. "Siediti, *Emma*." Pronuncia il mio nome come se fosse un insulto. "Dovrò parlare con Victoria, ma per il momento non vedo perché non possiamo condividere un pasto come due adulti civili."

Le punte delle mie orecchie bruciano per la rabbia, ma scivolo nel séparé piuttosto che fare una scenata. Mia nonna mi ha insegnato l'educazione fin da piccola e, anche se sono un'adulta che vive da sola, trovo difficile ignorare i suoi insegnamenti.

Non approverebbe, se dessi un calcio nelle palle a questo idiota e gli dicessi di andare a fare in culo.

"Grazie" dice, scivolando sul sedile di fronte a me. I suoi occhi brillano di un azzurro gelido, mentre prende in mano il menu. "Non è stato così difficile, vero?"

"Non lo so, *Marcus*" replico, ponendo particolare enfasi sul nome formale. "Ti conosco da appena due minuti e mi sento già omicida." Offro l'insulto con un sorriso da signora, approvato dalla nonna, e, poggiando la borsa nell'angolo del mio posto nel séparé, raccolgo il menu senza preoccuparmi di togliere il cappotto.

Prima mangiamo, prima potrò andarmene da qui.

Una risatina profonda mi fa sussultare. Con mia sorpresa, il coglione sta sorridendo, con i denti che brillano di bianco sul viso leggermente abbronzato. Niente lentiggini per lui, noto con invidia; la sua pelle è perfettamente uniforme, senza nemmeno un neo in più sulla guancia. Non è bello in senso classico—i suoi lineamenti sono troppo audaci per essere descritti in quel modo—ma è straordinariamente affascinante, in un modo potente, puramente mascolino.

Con mio sgomento, una scia di calore s'insinua nel mio intimo, facendomi stringere i muscoli interni.

No. Non è possibile. Questo stronzo *non* mi sta facendo eccitare. Riesco a malapena a stare seduta di fronte a lui.

Stringendo i denti, guardo il mio menu, notando con sollievo che i prezzi in questo posto sono effettivamente ragionevoli. Insisto sempre per pagare il mio cibo agli appuntamenti, e ora che ho conosciuto Mark—anzi, *Marcus*—non gli permetterei di trascinarmi in un posto lussuoso, dove un bicchiere d'acqua del rubinetto costa più di uno shottino di Patrón. Come ho potuto sbagliarmi così clamorosamente sul ragazzo? Chiaramente, aveva mentito sul fatto di lavorare in una libreria e sull'essere uno studente. Per quale motivo, non lo so, ma tutto dell'uomo di fronte a me grida ricchezza e potere. Il suo vestito gessato gli abbraccia le spalle larghe come se fosse stato fatto su misura per lui, ha la camicia blu inamidata e sono abbastanza sicura che l'elegante cravatta a scacchi sia un marchio che fa sembrare Chanel un'etichetta Walmart.

Mentre prendo nota di tutti questi dettagli, mi viene in mente un nuovo sospetto. Qualcuno potrebbe avermi fatto uno scherzo? Kendall, forse? O Janie? Entrambe conoscono i miei gusti in fatto di ragazzi. Forse una di loro ha deciso di attirarmi a un appuntamento in questo modo—anche se il motivo per cui me l'abbiano organizzato con *lui*, e perché lui abbia accettato, è un enorme mistero.

Accigliata, alzo lo sguardo dal menu e studio l'uomo di fronte a me. Ha smesso di sorridere e sta sfogliando il menu, con la fronte corrugata in un cipiglio che lo fa sembrare più vecchio dei ventisette anni dichiarati sul profilo.

Anche quella parte dev'essere stata una bugia.

La mia rabbia s'intensifica. "Allora, *Marcus*, perché mi hai scritto?" Lasciando cadere il menu sul tavolo, lo guardo storto. "Davvero hai dei gatti?"

Solleva lo sguardo, aggrottando le sopracciglia. "Dei gatti? No, certo che no."

La derisione nel suo tono mi fa venire voglia di dimenticare la disapprovazione di nonna e di dargli uno schiaffo sul viso magro e virile. "È una specie di scherzo per te? Chi ti ha spinto a fare questo?"

"Scusa?" Le sue folte sopracciglia si sollevano in un arco arrogante.

"Oh, smettila di fare l'innocente. Mi hai mentito nel tuo messaggio, e hai il coraggio di dire che *io* non sono quella che ti aspettavi?" Posso praticamente sentire il vapore uscirmi dalle orecchie. "*Tu* mi hai inviato il messaggio, e *io* ero completamente sincera sul mio profilo. Quanti anni hai? Trentadue? Trentatré?"

"Ho trentacinque anni" risponde lentamente, con il cipiglio che riaffiora. "Emma, di cosa stai parlando—"

"Esatto." Afferrando la borsa per una cinghia, scivolo fuori dal séparé e mi alzo in piedi. Insegnamenti della nonna o meno, non cenerò con un coglione che ha ammesso di avermi ingannata. Non ho idea di cosa potrebbe spingere un ragazzo a giocare in questo modo con me, ma non rimarrò qui a farmi prendere in giro.

"Buon appetito" ringhio, voltandomi e raggiungendo l'uscita, prima che possa bloccarmi di nuovo la strada.

Ho così tanta fretta di andarmene che quasi mi scontro con una bruna alta e snella, che si avvicina al ristorante, e al ragazzo basso e grassoccio che la segue.

———

Volete continuare a leggerlo? Visitate www.annazaires.com/book-series/italiano/.

L'autore

Sono l'autore Misha Bell. Adoro scrivere storie umoristiche (spesso del genere inappropriato), con lieto fine (di entrambi i tipi) e con personaggi abbastanza stravaganti da essere definiti strambi.

Se ti piacciono le storie d'amore con una forte componente comica e vibrazioni positive, visita il sito www.mishabell.com/it/ e iscriviti alla mia newsletter.